【臺灣現當代作家
研究資料彙編】107

王　藍

國立台灣文學館
出版

部長序

　　文化是一群人思想言行的沉澱，臺灣文化是共同活在這塊土地上所有人的記憶，臺灣文學更是寫作者、評論者、閱讀者經驗交流的最具體且明顯的印記。

　　在不很久之前的 2018 年 1 月，國立臺灣文學館才舉辦「臺灣現當代作家研究資料彙編計畫」第七階段成果發表會，作家、家屬、學者齊聚，見證累積百冊的成果已成當代文學界匯集經典與志業的盛事。

　　時序來到歲末年終，文學館接力推出第八階段的出版成果，也就是林語堂、洪炎秋、李曼瑰、王詩琅、李榮春、吳瀛濤、王藍、郭良蕙、辛鬱、黃娟十位重要作家的研究彙編，為叢書再疊上一批穩固的基石。

　　記憶是土壤，會隨著時代的震盪而流失，甚至整個族群忘卻事情的始末，成為無根的人群。這時候就需要作家的心、文學的筆，將生命體驗以千折百轉的方式描摹、留存到未來。如此說來，文學就是為國家的記憶鎖住養分，留待適當的時機按圖索驥，找出時空的所有樣貌。

　　作家所見所思、所想所感，於不同世代影響時代的認識，因此我們談文學、讀作品，不可能躍過作家。「臺灣現當代作家研究資料彙編計

畫」的精神恰與文化部近來致力推動「重建臺灣藝術史計畫」的核心想
法不謀而合，也就是從檔案史料中提煉出最能彰顯臺灣文化多元性的在
地史觀，為 21 世紀臺灣文化認同找到最紮實的記憶路徑。這套叢書透
過回顧作家生平經歷、查找他們的文學互動軌跡，加上諸多研究者的評
述，讀者不僅與作家的文學腳蹤同行，也由此進入臺灣特有的文學世
界。

　　十分欣見臺文館將第八階段的編選成果呈現在面前。這個計畫從
2010 年開展，完成了 110 位臺灣現當代重要作家的研究資料彙編。這
份長長的名單裡，雖不乏許多讀者耳熟能詳的文學大家，但也有許多逐
漸為讀者或研究者都忘的好手。這個百餘冊的彙編，就是倒入臺灣文化
記憶土壤的養分。漸漸離開前臺的前輩作家，再度重新被閱讀、被重
視、被討論，這是推展臺灣文學的價值。

　　這一套兼具深度與廣度的臺灣文學工具書，不只提供國內外關心、
研究臺灣文學的用戶參考，並期待持續點亮臺灣文學的光芒。

文化部部長　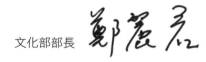

館長序

　　以文字方式留存的臺灣文學，至少已有三百餘年歷史，若再加計原住民節奏韻味的口傳文化，絕對是至足以聚攏一整個社會的集體記憶。相對於文學創作的不屈不撓，臺灣文學的「研究」，則因為政治情境所迫，而遲至 1990 年代才能在臺灣的大學科系成立，因此有必要加緊步履「文學史」的補課工作。

　　國立臺灣文學館，當然必須分擔這個責任。文學，是人類使用符號而互動的最高級表現，作家透過作品與讀者進行思想的美好交鋒，是複雜的社會共感歷程。其中，探討作家的作品，固是文學研究的明確入口，然而讀者的回應甚至反擊，更是不遑多讓的迷人素材。臺灣文學館在 2010 年開啟《臺灣現當代作家研究資料彙編》的編纂計畫，委託臺灣文學發展基金會執行，以「現當代」文學作家為界，蒐羅散落各地、視角多元的研究評論資料，期能更有效率勾勒臺灣文學的標竿圖像。

　　《臺灣現當代作家研究資料彙編》，由最早預定三個階段出版50 冊的計畫，因各界的期許而延續擴編，至今已是第八階段，累積出版已達 110 冊。當然，臺灣文學作家的意義，遠遠大於現當代的範圍，彙編選擇的作家對象，也不可能窮盡，更無位階排名之意。

現當代的範圍始自 1920 年代賴和的世代至今，相對接近我們所處的社會，也更能捕捉臺灣文化史的雜揉情境。當然部落社會的無名遊吟者、清末古典文學的漢詩人，曾在各個時代留下痕跡的文學家們，亦為高度值得尊崇的文學瑰寶。第八階段彙編計畫包含林語堂、洪炎秋、李曼瑰、王詩琅、李榮春、吳瀛濤、王藍、郭良蕙、辛鬱、黃娟共十位作家，顧及並體現了臺灣文學跨越族群、性別、世代、階級的共同歷程，而各冊收錄的研究評論，也提供我們理解臺灣文學特殊面向的不同視野。期待彙編資料真能開啟一個窗口，以看見臺灣短短歷史撞擊出的這麼多類屬各異的文學互動。

國立臺灣文學館館長

編序

◎封德屏

緣起

　　1995 年 10 月 25 日，在臺灣師範大學教育大樓的 201 室，一場以「面對臺灣文學」為題的座談會，在座諸位學者分別就臺灣文學的定義、發展、研究，以及文學史的寫法等，提出宏文高論，而時任國家圖書館編纂張錦郎的「臺灣文學需要什麼樣的工具書」，輕鬆幽默的言詞，鞭辟入裡的思維，更贏得在座者的共鳴。

　　張先生以一個圖書館工作人員自謙，認真專業地為臺灣這幾十年來究竟出版了多少有關臺灣文學的工具書，做地毯式的調查和多方面的訪問。同時條理分明地針對研究者、學生，列出了十項工具書的類型，哪些是現在亟需的，哪些是現在就可以做的，哪些是未來一步一步累積可以達成的，分別做了專業的建議及討論。

　　當時的文建會二處科長游淑靜，參與了整個座談會，會後她劍及履及的開始了文學工具書的委託工作，從 1996 年的《臺灣文學年鑑》起始，一年一本的編下去，一直到現在，保存延續了臺灣文學發展的基本樣貌。接著是《中華民國作家作品目錄》的新編，《臺灣文壇大事紀要》的續編，補助國家圖書館「當代文學史料影像全文系統」的建置，這些工具書、資料庫的接續完成，至少在當時對臺灣文學的研究，做到一些輔助的功能。

　　2003 年 10 月，籌備多年的「臺灣文學館」正式開幕運轉。同年五月《文訊》改隸「財團法人台灣文學發展基金會」，為了發揮更大的動能，開

始更積極、更有效率地將過去累積至今持續在做的文學史料整理出來，讓豐厚的文藝資源與更多人共享。

於是再次的請教張錦郎先生，張先生認為文學書目、作家作品目錄、文學年鑑、文學辭典皆已完成或正在進行，現在重點應該放在有關「臺灣現當代作家評論資料目錄」的編輯工作上。

很幸運的，這個計畫的發想得到當時臺灣文學館林瑞明館長的支持，於是緊鑼密鼓的展開一切準備工作：籌組編輯團隊、召開顧問會議、擬定工作手冊、撰寫計畫書等等。

張錦郎先生花了許多時間編訂工作手冊，每一位作家的評論資料目錄分為：

（一）生平資料：可分作者自述，旁人論述及訪談，文學獎的紀錄。

（二）作品評論資料：可分作品綜論，單行本作品評論，其他作品（包括單篇作品）評論，與其他作家比較等。

此外，對重要評論加以摘要解說，譬如專書、專輯、學術會議論文集或學位論文等，凡臺灣以外地區之報刊及出版社，於書名或報刊後加註，如中國大陸、香港、新加坡等。此外，資料蒐集範圍除臺灣外，也兼及中國大陸、香港、新加坡、日本、韓國及歐美等地資料，除利用國內蒐集管道外，同時委託當地學者或研究者，擔任資料蒐集工作。

清楚記得，時任顧問的學者專家們，都十分高興這個專案的啟動，但確定收錄哪些作家名單時，也有不同的思考及看法。經過充分的討論後，終於取得基本的共識：除以一般的「文學成就」為觀察及考量作家的標準外，並以研究的迫切性與資料獲得之難易度為綜合考量。譬如說，在第一階段時，作家的選擇除文學成就外，先考量迫切性及研究性，迫切性是指已故又是日治時期臺籍作家為優先，研究性是指作品已出土或已譯成中文為優先。若是作品不少而評論少，或作品評論皆少，可暫時不考慮。此外，還要稍微顧及文類的均衡等等。基本的共識達成後，顧問群共同挑選出 310 位作家，從鄭坤五、賴和、陳虛谷以降，一直到吳錦發、陳黎、蘇

偉貞，共分三個階段進行。

　　「臺灣現當代作家評論資料目錄」專案計畫，自 2004 年 4 月開始，至 2009 年 10 月結束，分三個階段歷時五年六個月，共發現、搜尋、記錄了十餘萬筆作家評論資料。共經歷了三位專職研究助理，近三十位兼任研究助理。這些研究助理從開始熟悉體例，到學習如何尋找資料，是一條漫長卻實用的學習過程。

接續

　　「臺灣現當代作家評論資料目錄」的專案完成，當代重要作家的研究，更可以在這個基礎上，開出亮麗的花朵。於是就有了「臺灣現當代作家研究資料彙編暨資料庫建置計畫」的誕生。為了便於查詢與應用，資料庫的完成勢在必行，而除了資料庫的建置外，這個計畫再從 310 位作家中精選 50 位，每人彙編一本研究資料，內容有作家圖片集，包括生平重要影像、文學活動照片、手稿及文物，小傳、作品目錄及提要、文學年表。另外每本書分別聘請一位最適當的學者或研究者負責編選，除了負責撰寫八千至一萬字的作家研究綜述外，再從龐雜的評論資料中挑選具有代表性的評論文章，平均 12～14 萬字，最後再附該作家的評論資料目錄，以期完整呈現該作家的生平、創作、研究概況，其歷史地位與影響。

　　第一部分除資料庫的建置外，50 位作家 50 本資料彙編（平均頁數 400～500 頁），分三個階段完成，自 2010 年 3 月開始至 2013 年 12 月，共費時 3 年 9 個月。因為內容充實，體例完整，各界反應俱佳，第二部分的 50 位作家，分四階段進行，自 2014 年 1 月開始至 2017 年 12 月，共費時 4 年，並於 2017 年 12 月出版《百冊提要》，摘要百冊精華，也讓研究者有清晰的索引可循。2018 年 1 月，舉行百冊成果發表會，長年的灌溉結果獲文化部支持，得以延續百冊碩果，於 2018 年 1 月啟動第三部分 20 位作家的資料彙編。

成果

　　雖然過程是如此艱辛，如此一言難盡，可是終究看到豐美的成果。每位編選者雖然忙碌，但面對自己負責的作家資料彙編，卻是一貫地認真堅持。他們每人必須面對上千或數百筆作家評論資料，挑選重要或關鍵性的評論文章，全面閱讀，然後依照編選原則，挑選評論文章。助理們此時不僅提供老師們所需要的支援，統計字數，最重要的是得找到各篇選文作者，取得同意轉載的授權。在起初進度流程初估時，我們錯估了此項工作的難度，因為許多評論文章，發表至今已有數十年的光景，部分作者行蹤難查，還得輾轉透過出版社、學校、服務單位，尋得蛛絲馬跡，再鍥而不捨地追蹤。有了前面的血淚教訓，日後關於授權方面，我們更是如臨深淵、如履薄冰，希望不要重蹈覆轍，在面對授權作業時更是戰戰兢兢，不敢懈怠。

　　除了挑選評論文章煞費苦心外，每個作家生平重要照片，我們也是採高標準的方式去蒐集，過世作家家屬、友人、研究者或是當初出版著作的出版社，都是我們徵詢的對象。認真誠懇而禮貌的態度，讓我們獲得許多從未出土的資料及照片，也贏得了許多珍貴的友誼。許多作家都協助提供照片手稿等相關資料，已不在世的作家，其家屬及友人在編輯過程中，也給予我們許多協助及鼓勵，藉由這個機會，與他們一起回憶、欣賞他們親人或父祖、前輩，可敬可愛的文學人生。此外，還有許多作家及研究者，熱心地幫忙我們尋找難以聯繫的授權者，辨識因年代久遠而難以記錄年代、地點、事件的作家照片，釐清文學年表資料及作家作品的版本問題，我們從他們身上學習到更多史料研究可貴的精神及經驗。

　　但如何在規定的時間內，完成每個階段資料彙編的編輯出版工作，對工作小組來說，確實是一大考驗。每一冊的主編老師，都是目前國內現當代臺灣文學教學及研究的重要人物，因此都十分忙碌。每一本的責任編輯，必須在這一年的時間內，與他們所負責資料彙編的主角——傳主及主編老師，共生共榮。從作家作品的收集及整理開始，必須要掌握該作家所

有出版的作品，以及盡量收集不同出版社的版本；整理作家年表，除了作家、研究者已撰述好的年表外，也必須再從訪談、自傳、評論目錄，從作品出版等線索，再作比對及增刪。再來就是緊盯每位把「研究綜述」放在所有進度最後一關的主編們，每隔一段時間提醒他們，或順便把新增的評論目錄寄給他們（每隔一段時間就有新的相關論文或學位論文出現），讓他們隨時與他們所主編的這本書，產生聯想，希望有助於「研究綜述」撰寫的進度。

在每個艱辛漫長的歲月中，因等待、因其他人力無法抗拒的因素，衍伸出來的問題，層出不窮，更有許多是始料未及的。譬如，每本書的選文，主編老師本來已經選好了，也經過授權了，為了抓緊時間，負責編輯的助理們甚至連順序、頁碼都排好了，就等主編老師的大作了，這時主編突然發現有新的文章、新的資料產生：再增加兩三篇選文吧！為了達到更好更完備的目標，工作小組當然全力以赴，聯絡，授權，打字，校對，重編順序等等工作，再度展開。

此次第三部分第一階段共需完成的 10 位作家研究資料彙編，年齡層與活動地區分布較廣，跨越 19 世紀末至 1930 年代出生的作者，步履遍布海內外各地。出生年代較早的作者，在年表事件的求證以及早年著作的取得上，饒有難度，也考驗團隊史料採集與判讀的功力。以出生年代較近的作者而言，許多疑難雜症不刃而解，有些連主編或研究者都不太清楚的部分，譬如年表中的某一件事、某一個年代、某一篇文章、某一個得獎記錄，作家本人及家屬絕對是一個最好的諮詢對象，對解決某些問題來說，這是一個好的線索，但既然看了，關心了，參與了，就可能有不同的看法，選文、年表、照片，甚至是我們整本書的體例，於是又是一場翻天覆地的大更動，對整本書的品質來說，應該是好的，但對經過多次琢磨、修改已進入完稿階段的編輯團隊來說，這不啻是一大挑戰。

1990 年開始，各地縣市文化中心（文化局），對在地作家作品集的整理出版，以及臺灣文學館成立後對日治時期作家以迄當代重要作家全集的

編纂，對臺灣文學之作家研究，也有了很好的促進作用。如《楊逵全集》、《林亨泰全集》、《鍾肇政全集》、《張文環全集》、《呂赫若日記》、《張秀亞全集》、《葉石濤全集》、《龍瑛宗全集》、《葉笛全集》、《鍾理和全集》、《錦連全集》、《楊雲萍全集》、《鍾鐵民全集》等，如雨後春筍般持續展開。

　　經過近二十年的努力，臺灣文學的研究與出版，也到了可以驗收或檢討成果的階段。這個說法，當然不是要停下腳步，而是可以從「臺灣現當代作家評論資料目錄」所呈現的 310 位作家、10 萬筆資料中去檢視。檢視的標的，除了從作家作品的質量、時代意義及代表性去衡量外、也可以從作家的世代、性別、文類中，去挖掘有待開墾及努力之處。因此這套「臺灣現當代作家研究資料彙編」，大部分的編選者除了概述作家的研究面向外，均有些觀察與建議。希望就已然的研究成果中，去發現不足與缺憾，研究者可以在這些不足與缺憾之處下功夫，而盡量避免在相同議題上重複。當然這都需要經過一段時間去發現、去彌補、去重建，因此，有關臺灣文學的調查、研究與論述，就格外顯得重要了。

期待

　　感謝臺灣文學館持續推動這兩個專案的進行。「臺灣現當代作家評論資料目錄」的完成，呈現的是臺灣文學研究的總體成果；「臺灣現當代作家研究資料彙編」的出版，則是呈現成果中最精華最優質的一面，同時對未來臺灣文學的研究面向與路徑，作最好的建議。我們可以很清楚的體會，這是一條綿長優美的臺灣文學接力賽，經過長時間的耕耘、灌溉，風搖雨濡、燭影幽轉，百年臺灣文學大樹卓然而立，跨越時代並馳而行，百冊作家研究資料彙編得千位作家及學者之力，我們十分榮幸能參與其中，更珍惜在傳承接力的過程，與我們相遇的每一個人，每一件讓我們真心感動的事。我們更期待這個接力賽，能有更多人加入。誠如張恆豪所說「從高音獨唱到多元交響」，這是每一個人所期待的。

編輯體例

一、本書編選之目的，為呈現王藍生平、著作及研究成果，以作為臺灣文
學相關研究、教學之參考資料。

二、全書共五輯，各輯內容及體例說明如下：

輯一：圖片集。選刊作家各個時期的生活或參與文學活動的照片、著
作書影、手稿（包括創作、日記、書信）、文物。

輯二：生平及作品，包括三部分：

1. 小傳：主要內容包括作家本名、重要筆名，生卒年月日，籍
貫，及創作風格、文學成就等。

2. 作品目錄及提要：依照作品文類（論述、詩、散文、小說、
劇本、報導文學、傳記、日記、書信、兒童文學、合集）及
出版順序，並撰寫提要。不收錄作家翻譯或編選之作品。

3. 文學年表：考訂作家生平所進行的文學創作、文學活動相關
之記要，依年月順序繫之。

輯三：研究綜述。綜論作家作品研究的概況，並展現研究成果與價值
的論文。

輯四：重要文章選刊。選收作家自述、訪談紀錄以及國內外具代表性
的相關研究論文及報導。

輯五：研究評論資料目錄。收錄至 2018 年 11 月底止，有關研究、論
述臺灣現當代作家生平和作品評論文獻。語文以中文為主，兼
及日文和英文資料。所收文獻資料，以臺灣出版為主，酌收中
國大陸、香港、日本和歐美國家的出版品。內容包含三部分：

1. 「作家生平、作品評論專書與學位論文」下分為專書與學位
論文。

2. 「作家生平資料篇目」下分為「自述」、「他述」、「訪談」、
「年表」、「其他」。

3. 「作品評論篇目」下分為「綜論」、「分論」、「作品評論目
錄、索引」、「其他」。

目次

輯一◎圖片集

影像◎手稿◎文物

1923年，一歲的王藍與母親李勛扶合影。（王春步 提供）

1924年，二歲的王藍攝於天津。（國 家圖書館提供）

1929年，七歲的王藍與妹妹王志賢（左）演出京劇 《四郎探母‧坐宮》之劇照。（王春步提供）

1934年，王藍於天津北寧花園寫生。（國家圖書館 提供）

1940年代初期，王藍著軍裝留影於
重慶紅藍出版社前。（王春步提供）

1945年3月19日，王藍與袁涓秋（左）結婚照，攝於重慶。（國家
圖書館提供）

1940年代中期，王藍與袁涓秋（左）於北平合影。（國家圖書館提
供）

1950年代，在臺結誼五兄弟合影。左起：三哥鍾雷、四哥王藍、五弟許希哲、大哥魏希文、二哥穆中南。（文訊文藝資料中心提供）

1958年，王藍與甫印刷完成的作品《藍與黑》合影。（王春步提供）

1959年5月2日，王藍以中國文藝協會常務理事身分出席於臺中《民聲日報》大禮堂舉辦的臺中市分會成立大會。（王春步提供）

1959年5月22日，王藍（持筆者）於臺灣大學演講結束後，受學生包圍要求簽名。（國家圖書館提供）

1959年6月，王藍（蹲者）參與中國文藝協會參訪團，與趙友培（中）、總政戰部主任蔣堅忍（左）留影於馬祖。（國家圖書館提供）

1961年4月15日，王藍應菲律賓華僑文藝工作者聯誼會、中華民國駐菲大使館及僑務委員會之邀，與王生善（中）、余光中（右）前往馬尼拉菲華文藝講習班講學。（王春步提供）

1962年12月27日，王藍出席於馬尼拉舉辦的第一屆亞洲作家會議，與文友合影。右起：王藍、余光中、言曦、鍾鼎文。（文訊文藝資料中心提供）

1963年冬，王藍偕妻子袁涓秋（左）於阿里山寫生。（丁貞婉提供）

1965年夏，王藍與家人合影於日月潭教師會館。右起：次女王式玖、王藍、次子王春雷（前）、妻子袁涓秋、長女王式喬、長子王春步。（王春步提供）

1970年代，王藍留影於張秀亞女兒美國家中。左起：葉聖桃（張秀亞女婿）、王藍、張秀亞、于德蘭（張秀亞女兒）。（文訊文藝資料中心提供）

1970年6月16日，中華民國筆會祕書長王藍於中泰賓館接待來臺參加第三屆亞洲作家會議的川端康成。右起：王藍、川端秀子（後）、川端康成、口譯人員、黃得時。（國立臺灣文學館）

1971年8月，王藍執教於夏威夷大學，獲贈「教授之教授」榮譽。（國家圖書館提供）

1972年5月，王藍參與於明尼蘇達州明尼阿波麗斯市舉辦的雙子城國際美展，與南美洲畫家（中）、韓國畫家（左）合影。（國家圖書館提供）

1978年，王藍與三子王春宇（左）於畫室一起為作品裝裱、釘框。（王春步提供）

1980年代，王藍與文友合影於林海音家中。右起：劉枋、王藍、張秀亞、袁涓秋、林海音、于德蘭（張秀亞女兒），前蹲者右起：葉瑞正（張秀亞外孫）、葉瑞聲（張秀亞外孫）。（文訊文藝資料中心提供）

1980年，王藍應聘為俄亥俄州州立大學藝術系、東亞文學系客座教授，於水彩畫課堂上指導學生。（國家圖書館提供）

1982年，適逢《藍與黑》電影在夏威夷上映，王藍手持小說原著，與電影海報、劇照合影。（國家圖書館提供）

1987年2月6日，王藍參觀文訊雜誌社於中影文化城舉辦的「資深作家結婚照」展覽，與貢敏（左）、吳若（右）合影於展場。（文訊文藝資料中心提供）

1982年，王藍與家人聚於夏威夷。右起：王藍、二姊王敬之、七妹王志賢、妻子袁涓秋、表妹屬素熙、大姊王怡之、大哥王毅之。（王春步提供）

1998年7月24日，王藍出席文化資產保存研究中心籌備處（今文化資產局）周年慶，與巫永福（左）參觀自己所捐贈之文學史料。（文訊文藝資料中心提供）

1998年10月12日，與家人餐敘，合影於臺北敘香園餐廳。右起：次媳卓筠珠、次子王春雷、長子王春步、王藍、妻子袁涓秋、次女王式玖、長女王式喬、次女婿之妹馬育華。（王春步提供）

看，又是初冬了，兩年前的今日我們喜悅地遇在一起。所以，我送給你這本小冊子——禮物，不，這該是一團虔誠之祝福：

『世界是快樂的。你呢，將把幸福的日子嵌留在這本冊子上，滿滿地，沒有一絲空隙；明年底初冬，掀開它時，儘是串串歡笑跳躍在裏面。

而那時，我們已相識了三年了。』

獻給——

涓：

果之 廿八年·十·廿九·

1939年10月29日，王藍於贈袁涓秋之日記本內頁題字。（王春步提供）

1941年2月18日，王藍署名「菓子」所寫之〈駐林日記〉封面及前序，內容述及近況，並說明將於此寫下自己抵達重慶的經過。（王春步提供）

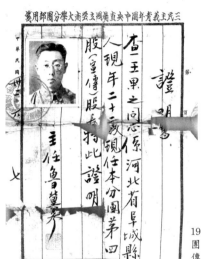

1943年6月7日，王藍任三民主義青年
團中央直屬雲南大學分團第四股（宣
傳）股長證明書。（王春步提供）

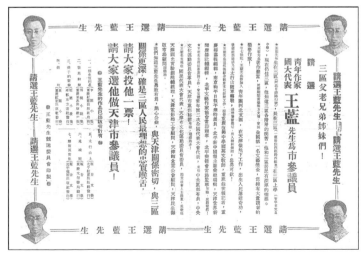

1948年，王藍競選天津市參議員之文宣品。（王春步提供）

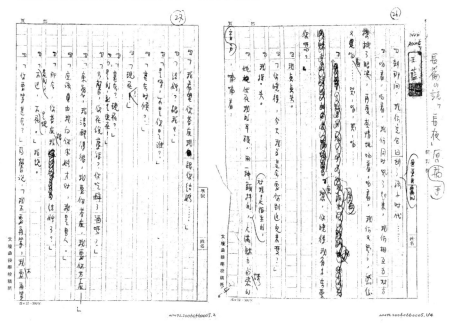

1948年3月25日，王藍以河北省國大代表的身分自北平赴南京洽公，於船上所寫之日記，述及三月初甫當選天津市參議員之事。（王春步提供）

1958年1月1日～6月16日，王藍連載於《自由青年》第19卷第1期～第19卷第12期之長篇小說〈長夜〉手稿。（國立臺灣文學館）

1980年，王藍所繪之京劇人物水彩畫《鐵公雞（向帥與張嘉祥）》。
（國立臺灣文學館）

1967年，席德進所繪之王
藍肖像。（王春步提供）

1987年11月2～13日，王藍連載於《中央日報‧副刊》之短篇小說〈父親〉手稿，為1941年
同名小說的增訂版。（王春步提供）

1989年5月19日，王藍致馬森、陳平芝函，函中告知將赴美、加數月，並提及願與中國作家吳祖光對談一事。（國立臺灣文學館）

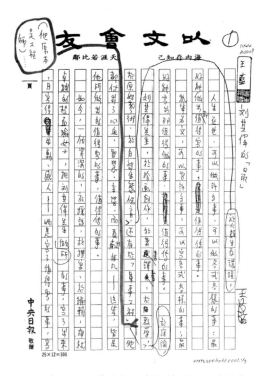

1996年5月，王藍發表於《精湛》第28期〈劉其偉的「最」〉手稿。（國立臺灣文學館）

輯二◎生平及作品
小傳◎作品◎年表

理的觀點來看，是一部愛的哲學。在文藝創作的觀點來看，是一部有分量的小說。」《藍與黑》不但暢銷海內、外多年，被譽為「四大抗戰小說」之一，更是 1950 年代反共小說的代表性著作。王藍中學時期即在天津、北京參與地下抗日行動，其後投筆從戎至太行山同日軍作戰，途中克服諸多險阻，始抵國民政府所在地重慶。這些經歷在他的小說與詩作中反覆出現，可謂帶有強烈自傳性色彩。其小說創作以情節取勝，如《太行山上》、《藍與黑》、《長夜》等；詩作則風格明快，如《聖女‧戰馬‧鎗》。大體而言，王藍作品多採直觀式筆法書寫，雖描寫戰爭苦難卻不流於沉鬱晦澀，因平易近人的特質，風靡了眾多讀者。

　　另外，其散文作品多與文藝政策、文學教育、文化外交有關，尤其能在戒嚴時期將海外見聞帶給臺灣讀者，而受到好評。王藍於立法、行政機構任要職，直接影響文藝政策，例如力倡文藝清潔運動、戰鬥文藝等，為戰後臺灣文壇塑型的關鍵角色。同時積極從事文化外交，擔任中華民國筆會祕書長期間，籌辦「第三屆亞洲作家會議」；多次代表國內文學界，與國外作家交流。除了文學，王藍對京劇與繪畫的熱愛亦為人稱道，尤擅水彩畫，且與藝壇交好，故其向國際推介的，尚包括繪畫、攝影、戲劇等藝術類型，例如協辦華盛頓與李將軍大學「中國藝術月」、率團赴中南美洲舉行「中華民國水彩畫及攝影展」等。彭歌形容王藍：「是傑出的作家、優秀的畫家，是『很會辦事』的組織能手，是能夠『無中生有』、開拓新境的事業家。」他手握兩枝如椽筆，透過文學與繪畫，抒發家國情懷；憑藉過人的組織力與執行力跑萬里路，屢屢在海外為國發聲。

　　集作家、畫家、出版人、媒體人、政治人於一身，王藍是時代的見證者與記錄者、文藝政策的決策者與執行者、文化外交的促進者與開拓者。秉持隨分報國的信念，在美蘇冷戰背景下，王藍用軟性的文學與藝術，為中華民國打開了一條通往世界的道路。

作品目錄及提要

【詩】

聖女‧戰馬‧鎗

重慶：紅藍出版社
1942 年 11 月，32 開，101 頁

臺北：紅藍出版社
1959 年 10 月，32 開，101 頁

本書收錄敘事長詩〈聖女‧戰馬‧鎗〉，以中日戰爭為主題、採第一人稱書寫，記述青年男女的報國理想與行動。
1942 年紅藍版：（今查無藏本）。
1959 年紅藍版：正文為敘事長詩〈聖女‧戰馬‧鎗〉。正文前有王藍〔新版序〕。

【散文】

寫甚麼？怎麼寫？

臺北：紅藍出版社
1955 年 8 月，32 開，91 頁

本書選輯作者為中華文藝函授學校所寫講義之摘錄、至各級學校演講之底稿，內容闡釋寫作的題材、技巧與目的。全書分三輯，收錄〈情感：寫作的原始動力〉、〈豐富的情感來自豐富的生活〉、〈須有足夠的知識〉等 14 篇。正文前有〈紅藍之歌〉、出版社啟事、王藍〈自序〉。

【小說】

東方書社 1943

紅藍出版社 1943

紅藍出版社 1946

美子的畫像

重慶：東方書社
1943 年 12 月，32 開，110 頁

重慶：紅藍出版社
1943 年 12 月，32 開，94 頁
紅藍文藝叢書之一

重慶：紅藍出版社
1944 年 5 月，32 開，94 頁

北平：紅藍出版社
1946 年 1 月，32 開，96 頁
紅藍文藝創作叢書之一

短篇小說集。全書收錄〈一顆永恆的星〉、〈戰馬和鎗〉、〈美子的畫像〉共三篇。正文前有謝冰瑩〈序〉、王藍〈我的自白〉。
1943 年紅藍版：更名為《一顆永恆的星》。正文與 1943 年東方版同。正文前刪去謝冰瑩〈序〉、王藍〈我的自白〉，新增王藍〈再版小記〉。
1944 年紅藍版：（今查無藏本）。
1946 年紅藍版：正文刪去〈一顆永恆的星〉，新增〈父親〉。正文後新增王藍〈四版後記〉。

鬼城記

重慶：紅藍出版社
1944 年 2 月，32 開，64 頁

短篇小說集。全書收錄〈哈的一聲笑出來〉、〈北寧客車上〉、〈特務科長的故事〉、〈三重奴隸〉、〈筷子的故事〉、〈白俄・卜萊萌斯基〉、〈軍用犬事件〉共七篇。正文後有王藍《鬼城記》跋〉。

相思債

重慶：紅藍出版社
1944 年 7 月，32 開，66 頁

中篇小說。（今查無藏本）

銀町

重慶：紅藍出版社
1944 年 10 月，32 開，171 頁
紅藍文藝創作叢書之三

中篇小說。全書共 19 章，描寫日本企業家井口原太郎隨日軍進駐中國青島，成立銀町百貨公司大賺其財，最終卻遭日本官員反噬、落得家破人亡。

太行山上

北平：紅藍出版社
1946 年 3 月，32 開，80 頁
紅藍文藝創作叢書之七

中篇小說。本書以第一人稱描繪部隊奉令長行軍的過程，路途中歷經諸多險阻，始順利穿越太行山，抵達黃河南岸的國府統治區。全書計有：1.奇特奧祕不可思議的一個戀；2.光怪陸離的故事有了序幕；3.我們顫抖地入夢了；4.我們丟失了隊長；5.又逃失了伕子；6.狠心地不自然地展開了我的棉被；7.給不幸人們在奏送葬曲；8.「同志，出了敵區嗎？」；9.五年相思債清償在今朝共九章。

紅藍出版社 1954

紅藍出版社 1959

定情錶

臺北：紅藍出版社
1954 年 12 月，32 開，137 頁
王藍短篇小說創作選集之一

臺北：紅藍出版社
1959 年 7 月，32 開，127 頁

短篇小說集。全書收錄〈師生之間〉、〈老將軍〉、〈卜萊蒙斯基〉、〈夜渡〉、〈定情錶〉、〈女人與女人〉共六篇。正文前有〈紅藍之歌〉、出版社啟事，正文後有王藍〈後記〉。
1959 年紅藍版：更名為《師生之間》。正文刪去〈定情錶〉，新增〈忠奸圖〉。正文前刪去〈紅藍之歌〉、出版社啟事，正文後刪去王藍〈後記〉。

咬緊牙根的人

臺北：文壇社
1955 年 10 月，42 開，116 頁
文壇戰鬥文藝叢書之二

中篇小說。全書共三章，敘述於中國廣州經營紡織廠的歐陽父子，堅定追隨國民政府，受共產黨迫害仍不改其志的經過。正文前有編者〈出版的話〉。

紅藍出版社 1957

中國文學出版社
1957

女友夏蓓

臺北：紅藍出版社
1957 年 1 月，32 開，256 頁

臺北：中國文學出版社
1957 年 1 月，32 開，161 頁

短篇小說集。全書收錄〈女友夏蓓〉、〈最末一個愛人〉、〈夠意思的人〉、〈傑作〉、〈賽馬場之夜〉、〈愛情垃圾〉共六篇。
1957 年中國文學版：正文新增〈娃娃兵〉。正文前有出版社啟事。

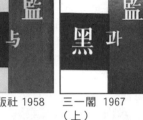

紅藍出版社 1958　　三一閣　1967
（上）

三一閣　1967　　純文學出版社 1977
（下）

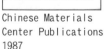

Chinese Materials　九歌出版社 1998
Center Publications
1987

藍與黑

臺北：紅藍出版社
1958 年 2 月，32 開，659 頁

漢城：三一閣
1967 年 4 月，32 開，862 頁
李聖愛、崔榮芳譯

臺北：純文學出版社
1977 年 8 月，32 開，623 頁
純文學叢書 111

臺北：Chinese Materials Center Publications
1987 年，25 開，536 頁
Asian Library Series No. 36
David L. Steelman 譯

臺北：九歌出版社
1998 年 1 月，25 開，604 頁
九歌文庫 972

臺北：九歌出版社
2005 年 5 月，25 開，622 頁
典藏小說 07

長篇小說。全書共八章，以中日戰爭、國共
內戰到國府撤退來臺的時代背景，鋪敘主角
張醒亞和孤女唐琪、千金小姐鄭美莊之間的
烽火戀情。正文後有王藍〈後記〉。
1967 年三一閣版：韓譯本《藍괘黑》。分
上、下兩冊。正文與 1958 年紅藍版同。正
文前新增〈著者略歷〉、〈譯者의解說〉，正
文後刪去王藍〈後記〉。
1977 年純文學版：章節變動為九章，正文與
1958 年紅藍版同。正文後刪去王藍〈後
記〉。
1987 年 Chinese Materials Center 版：英譯本
The Blue and the Black。章節變動為 34 章，
正文前新增 Wang Lan（王藍）
"Acknowledgments"、Cecilia H. Chang（張秀
亞）"Foreword"，正文後刪去王藍〈後記〉。

九歌出版社 2005
（上）

九歌出版社 2005
（下）

1998 年九歌版：章節變動為 12 章，正文
與 1958 年紅藍版同。正文後刪去王藍〈後
記〉，新增〈關於《藍與黑》〉。

2005 年九歌版：分上、下兩冊。正文與
1998 年九歌版同。正文前新增〈出版緣
起：享受發現與再發現之旅〉、陳雨航〈編
輯引言：二元對立，見證大時代〉、曉風
〈講故事的人走了──念朋友王藍〉。正文
後新增王鼎鈞〈有動乎中，又是一番歌
哭──三讀《藍與黑》〉、《藍與黑》相關評
論索引〉。

吉屋出售

臺北：紅藍出版社
1959 年 11 月，32 開，240 頁
王藍小說集之四

短篇小說集。全書收錄〈妻的祕密〉、〈三上主義的信徒〉、〈摩
托客〉、〈二○○○〉、〈朝與夕〉、〈謀職者〉、〈戒賭〉、〈生日〉、
〈吉屋出售〉共九篇。

紅藍出版社 1960

純文學出版社
1984

長夜

臺北：紅藍出版社
1960 年 11 月，32 開，323 頁

臺北：純文學出版社
1984 年 5 月，32 開，312 頁
純文學叢書 126

長篇小說。全書共 16 章，以康懇、畢乃馨、
畢乃馥為主要人物，鋪排 1937 年至 1945 年
生活在中國戰亂時局下的青年愛情及抗日故
事。

1984 年純文學版：章節變動為 17 章，正文
略有刪減。正文後新增夏祖麗〈《長夜》談
錄──訪王藍先生〉。

期待

臺北：紅藍出版社
1960 年 11 月，32 開，320 頁

長篇小說。全書共 23 章，作者強調基督教的救贖力量，描繪不學無術、經營聲色場所的白美星，最終幡然悔悟並認罪入獄的過程。正文後有王藍〈後記〉。

一顆永恆的星——王藍小說選

臺北：九歌出版社
1999 年 4 月，32 開，293 頁
九歌文庫 532

短篇小說集。本書選輯作者 1941 至 1962 年創作的短篇小說。全書分二輯，「輯一」收錄〈父親〉、〈一顆永恆的星〉、〈美子的畫像〉共三篇；「輯二」收錄〈摩托客〉、〈謀職者〉、〈戒賭〉、〈賽馬場之夜〉、〈重生〉共五篇。正文前有王鼎鈞〈一星如月看多時〉，正文後有王怡之〈六郎之歌（代跋）〉。

文學年表

1922 年	10 月	22 日，生於天津英國租界，籍貫河北阜城。本名王果之，父親王竹銘，母親李勛扶。家中排行第六，上有二兄三姊，下有一妹。
1928 年	本年	就讀旅津浙江小學（今天津市第二十中學）。
1930 年	本年	轉入旅津廣東學校小學部（今天津市第十九中學），就讀三年級。
1932 年	本年	向畫家王建良習畫。
1933 年	本年	於畫家李捷克主持的「星期畫會」習畫兩年，包括素描、水彩等。
1935 年	本年	就讀天津工商學院附屬中學（今天津市實驗中學）。
		與家人至北平旅行，為其首次到北平，結識畫家魏賡。回到天津後，結識畫家白知白。
1937 年	本年	搬家至天津的中國領地，轉入天津究真中學（今天津市第三十中學）。認識童子軍老師沈敬一，受其愛國思想之啟蒙。
		〈憶亡姐〉發表於上海《中學生》。
	7 月	7 日，盧溝橋事件發生。天津淪陷前夕王家被日軍炸毀，避至天津英國租界。
		與同學組織勞軍團向市民募捐，到天津市郊韓柳墅慰問第29 軍。
1938 年	本年	參加以繪畫為掩護的抗日組織「綠渠畫會」。
1939 年	本年	考取北京京華美術學院西畫系（國畫系、西畫系今併入北京

中央美術學院）。

為進行抗日工作，再考入京師私立匯文中學（今北京匯文中學），參加中國國民黨三民主義青年團河北支團，並任實為地下抗日組織「青少年抗日鋤奸團」的「匯文文學會」會長，從事收發密碼電報、自製炸彈、運輸槍枝等工作。

短篇小說〈消失的朝霞〉、〈萎謝的白丁香〉、〈一個不幸人的故事〉以筆名「菓子」發表於北京《覆瓿》。

短篇小說〈小藍的故事〉以筆名「菓子」發表於《中國文藝》。

地下抗日身分曝露而離開北京，轉至太行山參加張蔭梧將軍指揮的國軍游擊部隊「河北民軍」，並改名為王藍。

1940 年	本年	於晉城戰役與部隊失散，自太行山下山、渡過黃河找到正在洛陽整編的部隊。
		退伍以戰區流亡學生身分等待分發入學，並主編西安《四存青年》。
		就讀雲南大學政治系。
1941 年	7 月	〈「日支親善」——發生在北寧鐵路客車上的三個平凡小故事〉以筆名「菓子」發表於西安《黃河》第 2 卷第 5、6 期。
		完成短篇小說〈一顆永恆的星〉。
1942 年	5 月	4 日，短篇小說〈一顆永恆的星〉獲全國文藝獎第一名獎金，深受頒獎人中央宣傳部長兼中央文運會主委張道藩賞識。
	7 月	〈兩個小故事〉以筆名「菓子」發表於西安《黃河》第 3 卷第 1 期。
	11 月	於重慶陝西街創辦「紅藍出版社」。
		長詩《聖女‧戰馬‧槍》由重慶紅藍出版社出版。
1943 年	8 月	短篇小說〈戰馬和槍〉獲中央組織部三民主義文藝競賽第二

名。

11 月　短篇小說〈一顆永恆的星〉發表於重慶《文藝先鋒》第 3 卷第 5 期。

12 月　短篇小說集《美子的畫像》由重慶東方書社出版。

短篇小說集《一顆永恆的星》由重慶紅藍出版社出版。

本年　任江蘇復興中學英文、國文教師。

經張道藩推薦給于斌主教，任重慶《益世報》記者。後受重慶《掃蕩報》總社社長黃少谷賞識，任編輯、採訪主任。

1944 年　2 月　短篇小說集《鬼城記》由重慶紅藍出版社出版。

4 月　短篇小說〈父親〉發表於重慶《文藝先鋒》第 4 卷第 4 期。

5 月　短篇小說集《美子的畫像》由重慶紅藍出版社出版。

7 月　中篇小說《相思債》由重慶紅藍出版社出版。

9 月　吳祖光劇作《少年遊》由中央青年劇社於重慶青年館演出，內容與王藍〈一顆永恆的星〉雷同，遂引起抄襲爭議。

10 月　短篇小說〈孩子兵〉發表於重慶《文藝先鋒》第 5 卷第 4 期。

中篇小說《銀町》由重慶紅藍出版社出版。

冬　至黔貴前線，跟隨國軍新 29 軍採訪。

1945 年　春　王藍〈一顆永恆的星〉與吳祖光《少年遊》抄襲爭議，引起蘆蕻發表〈糖衣覆蓋著甚麼？——評坊間幾冊特務文學〉於《新華日報・副刊》，批判王藍、徐訏、荊有麟作品為「特務文學」。

3 月　19 日，於重慶勝利大廈與袁涓秋結婚。

秋　抗戰勝利回到北平。北平京華美術學院（國畫系、西畫系今併入北京中央美術學院）院長邱石溟為嘉勉王藍兩年在驚濤駭浪中度過的抗日生活，而頒予畢業證書。

擔任南京《和平日報》（原重慶《掃蕩報》）平津特派員；受

　　　　　　　　　張道藩任命為「中央文化運動委員會」平津分會總幹事,協
　　　　　　　　　助李辰冬主持華北地區的文化工作。

　　　　　　　　　紅藍出版社遷至北平八面槽,文藝界人士常在此聚會。

1946 年　　1 月　11 日,長女王式喬出生。

　　　　　　　　　短篇小說集《美子的畫像》由北平紅藍出版社出版。

　　　　　3 月　中篇小說《太行山上》由北平紅藍出版社出版。

　　　　　本年　任北平《新中國報》總編輯。

1947 年　12 月　8 日,次女王式玖出生。

　　　　　本年　受中國國民黨提名,當選河北省國民大會代表。

1948 年　　3 月　受中國國民黨提名,當選第一屆天津市參議員。

1949 年　　1 月　自天津來臺,落腳高雄,後遷至臺北。

　　　　　　　　　剛到臺灣,大病一場,禱告後病況竟緩解,遂成為基督徒。

　　　　　　　　　任臺灣《掃蕩報》(臺灣《和平日報》恢復《掃蕩報》原
　　　　　　　　　名,並與自南京撤退的總社合併)採訪主任兼主筆,至
　　　　　　　　　1950 年 7 月《掃蕩報》停刊止。

1950 年　　3 月　12 日,出席《臺灣新生報》於臺北市中山堂舉辦的「文藝
　　　　　　　　　作家座談會」,與會者有張道藩、陳紀瀅、葛賢寧、劉心皇
　　　　　　　　　等,會中決議應成立一全國性文藝團體。

　　　　　5 月　4 日,出席於臺北市中山堂舉辦的「中國文藝協會成立大會
　　　　　　　　　暨第一次會員大會」,獲選為理事。與會者有張道藩、陳紀
　　　　　　　　　瀅、謝冰瑩、王平陵、馮放民等。

　　　　　　　　　9~13、15~19 日,短篇小說〈老將軍〉連載於《臺灣新生
　　　　　　　　　報‧副刊》9 版。

　　　　　6 月　5 日,〈萬國橋〉發表於《中國一周》第 6 期。

　　　　　　　　　21 日,出席中國文藝協會於臺北市中山堂舉辦的文藝晚
　　　　　　　　　會,在話劇《活報》中飾演郭沫若一角。與會者有羅家倫、
　　　　　　　　　蔣經國、顧正秋、張正芬、戴綺霞等。

8 月　搬至臺北中和鄉竹林路。

1951 年　1 月　短篇小說〈新貴・魔術家・卜萊蒙斯基〉發表於《藝與文》第 1 卷第 4 期、《路工月刊》新 5 卷第 1 期。

2 月　〈畫與我〉發表於《自由中國》第 4 卷第 3 期。

3 月　〈臺灣的戲劇世家——呂訴上〉、〈巴爾扎克的風格〉（與李辰冬合著）發表於《寶島文藝》第 3 年第 2 期。

5 月　4 日，〈建立文藝的海陸空軍〉發表於《中央日報・副刊》6 版。

10 月　29 日，〈最大的喜悅〉發表於《中國一周》第 79 期。

1952 年　1 月　詩作〈你永遠不會失戀〉發表於《文藝創作》第 9 期。

〈寄異床同夢人〉發表於《自由談》第 3 卷第 1 期。

3 月　16 日，出席於高雄學苑舉辦的「中國文藝協會南部分會成立大會」，與會者有蘇雪林、童真、艾雯、張默、馬各等。

4 月　13 日，〈看姚夢谷的畫〉發表於《聯合報・副刊》6 版。

〈生活是寫作的源泉〉發表於《中國語文》第 1 卷第 1 期。

5 月　4 日，詩作〈你永遠不會失戀〉獲中華文藝獎金委員會「五四獎金」短詩類第二獎。

獲選為中國文藝協會第三屆常務理事，至第 27 屆（1995 年）止。

19 日，長子王春步出生。

中篇小說〈咬緊牙根的人〉連載於《中國語文》第 1 卷第 2 期～第 1 卷第 6 期，至 10 月止。

短篇小說〈賭〉發表於《當代青年》第 4 卷第 3 期。

〈鞭痕與槍傷〉發表於《自由談》第 3 卷第 5 期。

6 月　短篇小說〈娃娃兵〉發表於《文壇》第 1 期。

短篇小說〈老師〉發表於《臺灣教育輔導月刊》第 2 卷第 6 期。

與穆中南、劉枋等創辦《文壇》，任社長至 1953 年 5 月止。

8 月　6 日，參與中國文藝協會舉辦的「對大陸文藝界指名喊話」活動，於各廣播電臺對吳祖光「指名喊話」，號召其反抗中國共產黨統治。

15 日，〈的地底與我你他〉發表於《讀書》第 1 卷第 3 期。

〈正名記〉發表於《自由談》第 3 卷第 8 期。

9 月　16 日，短篇小說〈夜渡〉連載於《暢流》第 6 卷第 3 期～第 6 卷第 5 期，至 10 月 16 日止。

1953 年　1 月　1 日，〈自由中國沒有作家？〉發表於《讀書》第 1 卷第 12 期。

〈巴士幻想曲〉發表於《自由談》第 4 卷第 1 期。

2 月　〈拜個晚年〉發表於《文壇》第 4、5 期。

〈作家，作家！〉發表於《集粹月刊》第 6 期。

3 月　10 日，短篇小說〈定情錶〉發表於《自由青年》第 8 卷第 2、3 期。

16 日，〈我們需要劇場〉發表於《暢流》第 7 卷第 3 期。

19 日，〈劇運回天有術〉發表於《中央日報・副刊》6 版。

7 月　27 日，〈自由中國藝苑的奇葩〉發表於《中國一周》第 170 期。

9 月　〈談影響〉發表於《文壇》第 2 卷第 1 期。

〈談舞蹈〉發表於《晨光月刊》第 1 卷第 7 期。

10 月　〈黑暗可以暴露嗎？〉發表於《文壇》第 2 卷第 2 期。

11 月　1 日，〈憶四個文化沙龍〉發表於《暢流》第 8 卷第 6 期。

2 日，〈少校泥工〉發表於《中國一周》第 184 期。

19 日，〈觀山胞用國語演話劇〉發表於《中央日報・副刊》6 版。

〈意識、技巧〉發表於《晨光月刊》第 1 卷第 9 期。

12 月　1 日,〈生活圈與智慧圈〉發表於《自由青年》第 10 卷第 4
期。

16 日,短篇小說〈張蔭梧之死〉發表於《暢流》第 8 卷第 9
期。

〈人物重要?抑情節重要?〉發表於《文壇》第 2 卷第 3
期。

〈唯道?唯美?〉發表於《晨光月刊》第 1 卷第 10 期。

1954 年　3 月　15 日,〈關於修憲問題〉發表於《中國一周》第 203 期。

17 日,〈老向沒有來臺灣〉發表於《聯合報・藝文天地》6
版。

5 月　短篇小說〈忠與奸〉發表於《戰鬥月刊》第 2 卷第 6 期。

短篇小說〈女友夏蓓〉發表於《中華文藝》第 1 期。

7 月　〈《約翰・克里斯朵夫》的人物描寫〉連載於《文藝創作》
第 39～40 期,至 8 月止。

8 月　1 日,〈甚麼人說甚麼話──寫作技巧研究〉發表於《讀
書》第 5 卷第 1 期。

26 日,〈何為赤黃黑?〉發表於《中央日報・副刊》6 版。

〈榮幸、興奮、信心〉發表於《軍中文藝》第 8 期。

9 月　〈民主・真理・道德〉發表於《文壇》第 3 卷第 1 期。

〈三害不除,文人之羞!〉發表於《中華文藝》第 1 卷第
4、5 期。

長篇小說〈藍與黑〉連載於《中華婦女》第 5 卷第 1 期～第
7 卷第 12 期,至 1957 年 8 月止。

10 月　16 日,〈我與內幕新聞〉發表於《暢流》第 10 卷第 5 期。

11 月　29 日,〈從《新四郎探母》說起〉連載於《聯合報・藝文天
地》6 版,至 12 月 1 日刊畢。

12 月　紅藍出版社於臺北中和鄉竹林路復社。

短篇小說集《定情錶》由臺北紅藍出版社出版。

1955年　1月　1日，〈的、地、底怎樣用法？〉發表於《讀書》第5卷第8期。

5日，〈《定情錶》後記〉發表於《聯合報・副刊》6版。

2月　4日，短篇小說〈孩子與收音機〉發表於《聯合報・副刊》6版。

26日，〈送音樂家談修先生東渡〉發表於《聯合報・藝文天地》6版。

4月　3日，〈《定情錶》三版小記〉發表於《聯合報・藝文天地》6版。

22日，〈張性荃其人其畫〉發表於《聯合報・藝文天地》6版。

〈論小說的人物典型——兼評《百家姓》的成就〉發表於《新新文藝》第1卷第4期。

〈戰鬥文藝的時代性與永久性〉發表於《軍中文藝》第16期。

6月　30日～7月1日，參與「自由中國文藝界金門訪問團」，由蘇雪林任團長，與團者有王琰如、王集叢、朱白水、李辰冬、林海音等。

8月　16日，〈談文藝作品的人名與地名〉發表於《聯合報・副刊》6版。

〈也談胡風〉發表於《新新文藝》第2卷第3期。

〈一年比一年好〉發表於《軍中文藝》第20期。

《寫甚麼？怎麼寫？》由臺北紅藍出版社出版。

夏　開始於《臺灣新生報・副刊》「每週小說」為每位撰稿作家畫像。

9月　12日，〈美哉河山：天津與天津人〉發表於《中國一周》第

281 期。

16 日，〈寫什麼？怎麼寫？〉發表於《聯合報・副刊》6 版。

21 日，〈如此必讀「辭典」〉發表於《聯合報・副刊》6 版。

〈金門之行〉連載於《文藝創作》第 53～54 期，至 10 月止。

10 月　16 日，〈火車頭廠參觀記〉發表於《暢流》第 12 卷第 5 期。

20 日，〈再看姚夢谷的畫〉發表於《聯合報・藝文天地》6 版。

中篇小說《咬緊牙根的人》由臺北文壇社出版。

12 月　18 日，次子王春雷出生。

1956 年　4 月　9 日，〈《碧海同舟》與《臥薪嘗膽》〉發表於《聯合報・藝文天地》6 版。

短篇小說〈賽馬場之夜〉連載於《海風》第 1 卷第 4 期～第 1 卷第 7 期，至 7 月止。

5 月　4 日，獲選為中國文藝協會第七屆值年常務理事。

6 月　23 日，出席《聯合報》於臺北掬水軒餐廳舉辦的「戲院售票辦法專題座談會」，與會者有范鶴言、林英達、姚秉凡、孔志明、張徹等。

30 日，出席中國文藝協會於該會交誼室舉辦的「歡迎溥心畬、王元龍、易文、趙滋藩返國茶會」，與會者有陳紀瀅、溥心畬、王元龍、易文、趙滋藩等。

8 月　1 日，短篇小說〈愛情垃圾〉連載於《自由青年》第 16 卷第 3 期～第 16 卷第 4 期，至 8 月 16 日止。

25～26 日，〈三看《清宮殘夢》〉連載於《聯合報・藝文天地》6 版。

〈黃色作品的產生原因流行實況與根絕辦法〉發表於《革命文藝》第 5 期。

9 月　16 日,〈從現實生活中發掘影劇題材〉發表於《聯合報》2 版「五周年紀念特刊」。

10 月　〈創造時代的巨人——第七章　蒙難〉發表於《革命文藝》第 7 期。

11 月　12 日,長篇小說〈藍與黑〉獲中國文藝獎金委員會國父誕辰紀念獎金長篇小說類第三獎。

12 月　〈愛情小說與戰鬥文藝〉發表於《復興文藝》第 1 期。

〈戰鬥生活與戰鬥文藝〉發表於《革命文藝》第 9 期。

1957 年　1 月　短篇小說集《女友夏蓓》由臺北紅藍出版社、臺北中國文學出版社出版。

2 月　短篇小說〈朝與夕〉發表於《文壇》特大號。

3 月　任《筆匯》社長,至同年 8 月止。

5 月　1 日,〈由陸文龍的故事看五四與新文藝〉發表於《筆匯》第 4 期。

〈創造新的五四時代〉發表於《革命文藝》第 14 期。

6 月　16 日,〈屈原與詩人節〉發表於《暢流》第 15 卷第 9 期。

〈政府應速設專司文化工作的機構〉發表於《民聲日報》2 版、《中國日報》2 版。

〈再大聲疾呼一次〉發表於《筆匯》第 7 期。

7 月　10 日,〈無意・大意・善意〉發表於《暢流》第 15 卷第 11 期。

16 日,〈短簡三則〉發表於《筆匯》第 9 期。

8 月　1 日,〈歡迎學校老師撰寫教學經驗〉、〈歡迎中部文友源源賜稿〉發表於《筆匯》第 10 期。

16 日,〈代郵〉發表於《筆匯》第 11 期。

9 月	1 日，〈談談華僑中學校長被毆事件〉發表於《筆匯》第 12 期。
	16 日，〈取消「取消主義」〉發表於《筆匯》第 13 期。
	〈路〉發表於《海洋生活》第 3 卷第 9 期。
11 月	12～16、18～23、25 日，短篇小說〈妻的祕密〉連載於《聯合報・副刊》6 版。

1958 年	1 月	1 日，長篇小說〈長夜〉連載於《自由青年》第 19 卷第 1 期～第 19 卷第 12 期，至 6 月 16 日止。
		5～6 日，〈歲首說真話〉連載於《聯合報・藝文天地》6 版。
		短篇小說〈吉房出售〉發表於《婦友月刊》第 40 期。
	2 月	長篇小說《藍與黑》由臺北紅藍出版社出版。
	4 月	18 日，長篇小說《藍與黑》由中國廣播公司改編為同名廣播劇，崔小萍導演，於中廣頻道播出。
	5 月	6 日，〈五四應不應該做為文藝節？〉發表於《聯合報・藝文天地》6 版。
		〈十大惡乎？十大賢乎？〉發表於《人間世》第 2 卷第 5 期。
	6 月	短篇小說〈生日〉發表於《文壇季刊》第 2 期。
		〈談情敵〉發表於《人間世》第 2 卷第 6 期。
	7 月	14 日，〈《藍與黑》後記〉發表於《中國一周》第 429 期。
	10 月	〈幾個語文上的小問題〉發表於《中國語文》第 3 卷第 4 期。
	11 月	8 日，〈雲坡畫的新境界〉發表於《中央日報・影藝新聞》8 版。
	12 月	14～17 日，應國防部總政治部之邀參與「中國文藝協會前線訪問團」，赴金門、澎湖參訪，由陳紀瀅任團長，與團者

有李辰冬、朱介凡、紀弦、鍾雷、嚴友梅等。

24 日，獲教育部第一屆學術文藝獎金（文學類文藝獎金）兩萬元整。

| 1959 年 | 1 月 | 27～31 日，〈一切榮譽歸戰士〉連載於《正氣中華日報・副刊》3 版。 |

2 月　4 日，捐贈《藍與黑》一千冊予三軍官兵。

3 月　21～23 日，應公路局之邀赴東西橫貫公路參訪，與團者有林海音、魏子雲、王鼎鈞、朱介凡、糜文開等。

5 月　2 日，出席於《民聲日報》大禮堂舉辦的「中國文藝協會臺中市分會成立大會」，與會者有陳紀瀅、童世璋、張秀亞、郭嗣汾、宗由等。

22 日，於臺灣大學演講「文學與愛情」。

6 月　12～16 日，參與「中國文藝協會馬祖戰地訪問團」，任副團長，與團者有朱介凡、鍾梅音、墨人、王鼎鈞、師範等。

25 日，出席蔣經國於中國青年反共救國團舉辦的茶會，與會者有陳紀瀅、趙友培、鍾雷、穆中南、朱嘯秋等。

7 月　1 日，〈馬祖前線去來〉發表於《暢流》第 19 卷第 10 期。

19 日，受副總統陳誠接見，商討文藝政策相關事宜，與會者有趙友培、李辰冬、鍾雷、吳若、穆中南、朱介凡。

短篇小說集《師生之間》（原《定情錶》）由臺北紅藍出版社出版。

8 月　〈同中有異與異中有同〉發表於《中華文藝》第 8 卷第 2 期。

9 月　1 日，〈福隆浴場之行〉發表於《暢流》第 20 卷第 2 期。

12 日，出席《自由談》於臺北美而廉餐廳舉辦的「雙十談『節』」座談會，與會者有林適存、鳳兮、高陽、尹雪曼、孫鐵齋等。

21～23 日，應臺灣省新聞處之邀參與「文藝界中部訪問團」，與團者包括陳紀瀅、何凡、馮放民、王鼎鈞、龔聲濤等。

10 月　　長詩《聖女・戰馬・鎗》由臺北紅藍出版社出版。

11 月　　13 日，〈《五月花號》〉發表於《聯合報・副刊》6 版。

短篇小說集《吉屋出售》由臺北紅藍出版社出版。

1960 年　1 月　　〈拿出作品來！〉發表於《作品》第 1 期。

2 月　　16 日，〈暢流的風格〉發表於《暢流》第 21 卷第 1 期。

〈文藝到新聞中去〉發表於《作品》第 2 期。

〈賣血被劫〉發表於《自由談》第 11 卷第 2 期。

〈記一位沉默堅強的老詩人〉發表於《革命文藝》第 47 期。

致《亞洲文學》函，發表於《亞洲文學》第 5 期。

3 月　　5 日，與陳紀瀅、李辰冬、何容、趙友培、鍾雷、宋膺、張大夏等代表中國文藝協會，致贈「戰地文庫」予前線官兵。

16 日，致《自由青年》函，發表於《自由青年》第 23 卷第 6 期。

5 月　　4 日，獲選為中國文藝協會第 11 屆值年常務理事。

〈創造新的五四精神〉發表於《作品》第 5 期。

6 月　　〈文協獎章的意義及精神〉發表於《作品》第 6 期。

〈文藝與憲法〉發表於《亞洲文學》第 9 期。

7 月　　9 日，出席《作品》於蔣碧微住處舉辦的「藝文談」座談會，與會者有陳紀瀅、虞君質、蘇雪林、李曼瑰、黎東方等。

〈戲與我〉發表於《文壇季刊》第 7 期。

8 月　　〈作品到海外〉發表於《作品》第 8 期。

〈談文藝出國〉發表於《幼獅文藝》第 70 期。

10 月　24 日，出席中國文藝協會、詩人聯誼會舉辦的「詩歌朗誦
　　　　隊成立典禮」並任主持人，與會者有陳紀瀅、紀弦、鍾鼎
　　　　文、余光中、覃子豪等。
　　　　〈拿出作品去〉發表於《作品》第 10 期。

11 月　10 日，出席「中國文藝協會美術研習班開學典禮」並任主
　　　　持人，與會者有黃君璧、傅狷夫、金勤伯、邵幼軒、高逸
　　　　鴻等。
　　　　長篇小說《長夜》、《期待》由臺北紅藍出版社出版。

　　冬　受張道藩鼓勵，重拾從事抗日工作後便丟下的畫筆。

1961 年　1 月　〈文藝十課題〉發表於《作品》第 13 期。

　　　2 月　15～19 日，應聯合水彩畫會之邀，參與於臺北新聞大樓舉
　　　　　　辦的「第四屆聯合水彩畫展」，參展者有馬白水、席德進、
　　　　　　吳廷標、胡笳、馬電飛等。
　　　　　　19 日，〈看聯合水彩畫展〉發表於《中央日報・影藝新聞》
　　　　　　4 版。
　　　　　　〈語文・藝術與國民教育〉發表於《中國語文》第 8 卷第 2
　　　　　　期。

　　　3 月　〈大陸人民生活實況是寫作的好題材〉發表於《革命文藝》
　　　　　　第 60 期。

　　　4 月　15 日～5 月 28 日，應菲律賓華僑文藝工作者聯誼會、中華
　　　　　　民國駐菲大使館及僑務委員會之邀，與王生善、余光中赴馬
　　　　　　尼拉菲華文藝講習班講學。
　　　　　　〈悼葛賢寧先生〉發表於《文藝生活》第 2 期。

　　　5 月　〈寫與畫〉發表於《革命文藝》第 62 期。

　　　6 月　自臺北攜帶二十多位畫家作品赴馬尼拉，於駐菲大使館舉辦
　　　　　　「中華民國水彩畫家作品聯展」。

　　　8 月　1 日，〈菲律賓華僑青年的「文藝熱」〉發表於《自由青年》

第 26 卷第 3 期。

〈菲律賓去來〉發表於《作品》第 20 期。

〈菲律賓華僑文壇人物特寫〉發表於《文壇季刊》第 14 期。

9 月　5～7 日，參與「中國文藝協會作家訪問團」，赴左營海軍基地參訪並任副團長，與團者有趙友培、穆中南、成鐵吾、宋膺、王鼎鈞等。

〈菲律賓、香港、臺北〉發表於《作品》第 21 期。

〈文藝出海之一章〉發表於《文藝生活》第 4 期。

10 月　〈英譯《中國當代小說選》的出版〉發表於《幼獅文藝》第 84 期。

12 月　〈文藝・藝術・政治〉發表於《作品》第 24 期。

1962 年　1 月　〈藝術家的精神待遇〉發表於《自由青年》第 306 期。

3 月　28～29 日，〈有朋自遠方來〉連載於《聯合報・副刊》6 版。

30 日，出席中國文藝協會、中國青年寫作協會於臺北賓館舉辦的「歡迎菲律賓文藝訪問團茶會」，與會者有趙友培、黎弟斯瑪等。

4 月　1 日，〈馮馮〉發表於《自由青年》第 311 期。

24 日，應菲律賓華僑文藝工作者聯誼會、中華民國駐菲大使館及僑務委員會之邀，與崔小萍、王怡之、梁又銘、李雄、覃子豪赴馬尼拉菲華文藝講習班講學。

〈迎菲律賓文藝訪問團〉發表於《文壇季刊》第 22 期。

9 月　26 日，長篇小說《藍與黑》由國防部康樂總隊改編為同名話劇，吳若編劇、王生善導演，於臺北國立藝術館（今臺灣藝術教育館）演出。

12 月　27 日，出席國際筆會於馬尼拉舉辦的「第一屆亞洲作家會

議」，與會者有羅家倫、陳紀瀅、李曼瑰、余光中、馮放民等。

1963 年　1 月　〈小說的趣味性與教育性〉發表於《文壇季刊》第 31 期。

2 月　27 日，出席文藝作家訪問團於臺中市立一中舉辦的文藝座談會，與會者有張秀亞、童世璋、郭嗣汾、李藍、魏希文等；翌日再與鳳兮赴中興大學進行文藝座談。

4 月　2～11 日，〈二十年之癢〉連載於《徵信新聞報・人間副刊》8 版。

6 月　〈請速選譯我國文藝作品〉發表於《文壇季刊》第 36 期。

7 月　〈文壇上流行的「黃膽」病〉發表於《作品》第 43 期。

9 月　〈在「劉秀嫚時間」談小說〉發表於《作品》第 45 期。
短篇小說〈摩托客〉發表於《野風》第 178 期。

11 月　9～10 日，長篇小說《藍與黑》由韓國外國語文大學中文系學生改編為同名話劇，於該校戲劇中心演出。
14 日，〈鄧禹平的人像畫〉發表於《中央日報・副刊》6 版。

12 月　任中國水彩畫會（原聯合水彩畫會）會長。

1964 年　2 月　〈硬漢張蔭梧〉發表於《傳記文學》第 21 期。

4 月　16 日，長篇小說《藍與黑》由丁衣、趙琦彬、張永祥改編為同名連續劇，王慰誠導演，於臺視播出。
短篇小說〈重生〉發表於《劇與藝》第 1 期。
參與中國水彩畫會於臺北歷史博物館國家畫廊舉辦的「第一屆全國水彩畫展」，參展者有馬白水、劉其偉、趙澤修、文霽、徐樂芹等。

5 月　6 日，〈作家・作品・工作〉發表於《聯合報・副刊》7 版。

6 月　應美國國務院之邀訪問美國三十多州，為期四個月，後赴歐洲訪席德進、楊英風等友人，續轉往泰國、新加坡、菲律賓

　　　　　　　　　　等東南亞各國，繞地球一週才回到臺北。

　　　　　8 月　　〈寫作的原始動力〉發表於《文壇季刊》第 50 期。

　　　　10 月　　26～27 日，長篇小說《藍與黑》由菲華反共抗俄總會改編
　　　　　　　　　為同名話劇，陳明勛導演，於馬尼拉美菲保險公司大廈會堂
　　　　　　　　　演出。

　　　　11 月　　〈海外來鴻〉發表於《文壇季刊》第 53 期。

1965 年　　3 月　　9 日，與馬白水、劉其偉於臺北國際畫廊舉辦水彩畫聯展。
　　　　　　　　　〈繞地球一週〉連載於《文壇季刊》第 57～64、66～69、
　　　　　　　　　71～72、79～84 期，至 1967 年 6 月止。

　　　　　5 月　　18～29 日，於臺北美國新聞處林肯中心舉辦旅美水彩畫
　　　　　　　　　展。

　　　　　6 月　　17 日，赴松山機場歡迎香港邵氏兄弟電影公司《藍與黑》
　　　　　　　　　外景隊首批人員來臺。
　　　　　　　　　〈他山之石〉發表於《中國語文》第 16 卷第 6 期。

　　　　　7 月　　〈訪一一九軍艦〉發表於《幼獅文藝》第 139 期。

　　　　10 月　　15 日，〈龍思良的畫〉發表於《聯合報・新藝》8 版。

　　　　11 月　　6 日，〈水彩畫壇的喜訊〉發表於《徵信週刊・藝苑》5 版。

　　　　12 月　　10～19 日，參與李曼瑰策畫的「臺菲話劇聯合公演」，臺北
　　　　　　　　　華實劇藝社、菲律賓馬尼拉劇藝社於臺北國軍文藝活動中心
　　　　　　　　　公演話劇《天長地久》，王生善導演，王藍、孫越、蓉子、
　　　　　　　　　許希哲、鍾雷演出。

1966 年　　1 月　　30 日，獲中華民國畫學會第三屆水彩組金爵獎。

　　　　　3 月　　11 日，響應中國國民黨第九屆三中全會「加強戰鬥文藝之
　　　　　　　　　領導，以為三民主義思想作戰之前鋒」修正案，與魏希文、
　　　　　　　　　趙友培、孫如陵、熊公哲、鍾鼎文等聯合簽署「運用文化力
　　　　　　　　　量，以加強文化作戰，而利反攻復國」案。
　　　　　　　　　30 日，〈《世界兒童畫》序〉發表於《中央日報・副刊》6

版。

4 月　1 日，出席臺灣軍管區司令部於臺北新店大崎腳舉辦的「全國後備軍人第一屆文藝大會」，與會者有郭嗣汾、童世璋、司馬中原、段彩華、高陽等。

5 月　3 日，出席中國文藝協會、中央廣播電臺為紀念五四文藝節及「支援大陸作家抗暴」，於李曼瑰住處舉辦的座談會，與會者有李曼瑰、黎東方、申學庸、宋膺、陳紀瀅等。

〈《菸草路》作者柯德威〉發表於《文壇季刊》第 71 期。

與陳紀瀅、鍾雷、張明、吳若等 62 人合編《國父百年誕辰紀念文藝創作集》（共四冊），由中華民國各界紀念國父百年誕辰籌備委員會慶典活動籌劃委員會文藝組出版。

6 月　12～18 日，出席於紐約舉辦的國際筆會大會，與會者有曾虛白、謝然之、殷張蘭熙、鄭南渭等。

7 月　27～31 日，於華盛頓國際中心舉辦水彩畫展。

8 月　〈世界筆會憤怒的抗議（紐約航信）〉發表於《展望》第 1 期。

29～31 日，於紐約華美協進社舉辦水彩畫展。

10 月　進入國防研究院受訓，為第八期研究員。

本年　長篇小說《藍與黑》由邵氏兄弟電影公司改編為同名電影，陶秦編導，關山、林黛主演，於香港、臺灣上映。

1967 年　1 月　〈維爾雷〉發表於《文壇季刊》第 79 期。

2 月　〈董麟〉發表於《文壇季刊》第 80 期。

3 月　〈名震國際樂壇的董麟〉發表於《中外雜誌》第 1 卷第 1 期。

〈柯福沃夫人〉發表於《文壇季刊》第 81 期。

4 月　〈傑出的這「一對兒」〉發表於《中外雜誌》第 1 卷第 2 期。

長篇小說《藍與黑》韓文版（藍斗黑），由漢城三一閣出版。（李聖愛、崔榮芳譯）

	5 月	15 日，〈我看《華夏光輝》〉發表於《中國一周》第 890 期。
	8 月	國防研究院第八期畢業，畢業論文為〈文化外交研究〉。
	11 月	15 日，三子王春宇出生。
		教育部文化局成立，任專任顧問，至 1973 年 7 月止。
	12 月	4 日，應中國文化學院（今中國文化大學）戲劇學系之邀，於該校大仁館演講「文藝的欣賞與創作」。
		21 日，出席《幼獅文藝》、《新文藝》於臺北市國軍文藝活動中心舉辦的「談文藝獎金」座談會，與會者有言曦、鳳兮、林適存、尹雪曼、童尚經等。
		〈耿殿棟攝影集序〉發表於《文壇季刊》第 90 期。
1968 年	1 月	〈天津人過年〉發表於《自由談》第 19 卷第 1 期。
	2 月	11 日，出席中國文藝協會臺中市分會、《臺灣日報》於臺中市中山堂舉辦的文藝座談會，與會者有后希鎧、歸人、武陵溪、王洪鈞、尹雪曼等。
	4 月	〈會晤到馬思聰先生夫人〉發表於《中華文化復興月刊》第 2 期。
	8 月	〈文藝鬥士張道藩先生〉發表於《文壇季刊》第 98 期。
	11 月	23 日，〈《歐美現代美術》序〉發表於《中央日報・副刊》9 版。
1969 年	2 月	〈回憶在家鄉過年〉發表於《中央月刊》第 1 卷第 4 期。
	5 月	4 日，獲選為中國文藝協會第 18 屆值年常務理事。
	7 月	〈文藝——文化交流的王牌〉發表於《文藝月刊》第 1 期。
	8 月	任澄清湖文藝研習營之營主任。
	10 月	《王藍水彩畫第一集》由臺北中國水彩畫會出版。

	11 月	〈小說的主題〉發表於《作品》第 14 期。
1970 年	1 月	15 日,〈謙虛之門〉發表於《聯合報‧副刊》9 版。
	3 月	29 日,赴東京邀請川端康成、日本筆會參加將於臺北舉辦的第三屆亞洲作家會議。
		〈加強文藝與電視合作〉發表於《廣播與電視》第 14 期。
	4 月	2 日,自東京赴漢城,邀請韓國筆會參加將於臺北舉辦的第三屆亞洲作家會議。
		參與於臺北凌雲畫廊舉辦的「水彩畫名家聯展」,參展者有洪瑞麟、馬白水、席德進、張杰、劉其偉、蕭仁徵、高山嵐等。
	6 月	16～19 日,參與國際筆會、中華民國筆會於臺北中泰賓館舉辦的「第三屆亞洲作家會議」,並任大會祕書長,與會者有普萊索斯、川端康成、黃得時、張大千、陳香梅等。
		29 日,出席於漢城舉辦的國際筆會大會,與會者有陳紀瀅、謝冰瑩、李曼瑰、紀弦、殷張蘭熙等。
		〈著作等身〉發表於《建築與藝術》第 11 期。
		〈出席第 34 屆國際筆會散記〉發表於《作品》第 18 期。
	7 月	13 日,於中國國民黨中央總理紀念週專題報告「國際筆會與文化交流」。
	8 月	31 日,〈百合花的芬芳〉發表於《中央日報‧副刊》9 版。
	9 月	29 日,出席中國文藝協會、中國青年寫作協會、中國婦女寫作協會舉辦的「十月文藝書展——作家讀者交誼會」,與會者有張秀亞、瘂弦、黃仲琮、蔣碧微、吳東權等。
	10 月	〈國際筆會與文化交流〉連載於《東方雜誌》第 4 卷第 4 期～第 4 卷第 6 期,至 12 月止。
	11 月	4 日,獲中國國民黨中央委員會於三軍軍官俱樂部頒發之獎狀,獎勵年來策畫聯繫國際文藝界人士來臺集會、大力促進

文化交流，與會者有馬星野、王洪鈞、謝冰瑩、尹雪曼、陳叔同等。

〈世界作家對總統的讚美〉發表於《中央月刊》第 3 卷第 1 期。

本年　任中華民國筆會祕書長，至 1972 年止。

1971 年　2 月　8 日，出席教育部文化局於臺北中國大飯店舉辦的「保障文藝作家版權」座談會，與會者有何凡、孫如陵、瘂弦、劉枋、吳延環等。

3 月　任道藩文藝圖書館館長，至 1979 年 3 月止。

8 月　應夏威夷大學亞洲太平洋語文學系之邀，講授半年「中國文學藝術」課程，並購捐兩千冊中文書籍予系圖書館，獲贈「教授之教授」榮譽；另半年至美國各地旅遊、寫生，於夏威夷、加州斐士那、伊利諾州南灣、明尼蘇達州雙子城舉辦水彩畫展。

1972 年　5 月　27 日～6 月 4 日，參與於明尼蘇達州明尼阿波麗斯市舉辦的雙子城國際美展。

8 月　11 月，出席中國文藝協會、中國水彩畫會於中國文藝協會文藝廳舉辦的第 14 次美術欣賞，演講「從海外藝術談起」。

9 月　18 日，於中國國民黨中央總理紀念週專題報告「海外文化工作與國家前途」。

18 日，出席中國美術協會於臺北國軍文藝中心舉辦的「王藍、劉其偉、張道林、徐一飛歸國歡迎茶會」，與會者有梁中銘、馮國光、林玉山、梁又銘、呂基正等。

任《中華民國筆會季刊》編輯顧問，至 1992 年 6 月。

11 月　19 日，出席日本筆會於東京舉辦的「國際日本問題研究會議」，與會者有黃得時、林文月、蘇倩卿、紀秋郎等。

1973 年　1 月　26 日，〈看龐禕的畫有感〉發表於《中國時報》7 版。

〈孫念敏教授的畫〉發表於《雄獅美術》第 23 期。

3 月　28 日,〈迎畫家許漢超伉儷返國〉發表於《中央日報‧副刊》9 版。

〈我畫畫的故事〉連載於《雄獅美術》第 25～27 期,至 5 月止。

4 月　〈兒童文學與美術〉(王藍講、龔湘萍記)發表於《中國語文》第 32 卷第 4 期。

紀念中華民國建國 60 年,與陳紀瀅、王志健、瘂弦、宋膺、林適存、宣建人、孫如陵、鈕先銘、馮放民、楊群奮、劉心皇、謝冰瑩、鍾鼎文合編《六十年詩歌選》,由臺北正中書局出版。

6 月　〈日本作家的心聲〉發表於《幼獅文藝》第 234 期。

8 月　向廖修平學習版畫。

12 月　28 日,於中國文藝協會公開展示將捐贈維吉尼亞州華盛頓與李將軍大學中文系、藝術系之一千多冊書籍。

1974 年　1 月　12 日,出席中國文藝協會舉辦的「王平陵逝世十周年追思紀念會」,與會者有陳紀瀅、趙友培、李辰冬、鍾雷等。

參與於省立博物館(今臺灣博物館)舉辦的水彩聯展,參展者有何懷碩、舒曾祉、席德進、高山嵐、張杰、藍清輝、劉其偉、龍思良、蕭仁徵。

4 月　24 日,參與於臺北鴻霖畫廊舉辦的水彩畫聯展,參展者有李焜培、吳文瑤、席德進、張杰、劉其偉等。

5 月　〈加強國際美術交流〉發表於《中央月刊》第 6 卷第 7 期。

8 月　15 日,〈藝術是創作　也是心靈的享受〉發表於《中央日報‧副刊》10 版。

1975 年　2 月　《卡通電影》發表於《廣告時代》第 22 期。

3 月　1～31 日,參與維吉尼亞州華盛頓與李將軍大學於該校舉辦

的「中國藝術月」，並任活動協辦人。

5 月　與王平陵、成鐵吾、南郭、郭嗣汾、陳紀瀅、潘人木、潘琦君、盧克彰、謝冰瑩合著《蔣總統與中國》，由臺北黎明文化公司出版。

6 月　中國文藝協會成立 25 周年，受總統嚴家淦接見，與會者有陳紀瀅、趙友培、梁又銘、吳若、鍾雷、宋膺、朱嘯秋、瘂弦。

8 月　任第三屆兒童文學創作研究會之講師。

10 月　參與中國水彩畫會於臺北國父紀念館舉辦的「水彩畫家筆下的大臺北」畫展，參展者有席德進、馬白水、梁中銘、梁丹丰、林惺嶽等。

11 月　17 日，出席於維也納舉辦的國際筆會大會，與會者有朱立民、陳裕清、瘂弦、彭歌、殷張蘭熙等。

1976 年　3 月　〈掌聲〉發表於《明道文藝》第 1 期。

6 月　21 日，參與亞洲藝術中心於漢城舉辦的「亞洲藝術家會議」，並任中華民國代表團團長，與會者有顧獻樑、李奇茂、席德進、古月、劉藝等。

12 月　27～29 日，〈如何辦好現代美術館？——我們對「現代美術館」的期望！〉連載於《中國時報》7 版。

1977 年　6 月　2 日，於中視播出的「喜從天降」節目分享《藍與黑》小說的創作背景與內涵。

7 月　19 日，〈談書摘精華〉發表於《中央日報・副刊》10 版。

8 月　長篇小說《藍與黑》由臺北純文學出版社出版。

12 月　5 日，出席菲律賓筆會於馬尼拉舉辦的「太平洋區作家會議」，與會者有殷張蘭熙、彭歌、殷允芃等。

11～18 日，出席於雪梨舉辦的國際筆會大會，與會者有殷張蘭熙、彭歌、殷允芃等。

本年　任金馬獎評審委員會召集人。

1978 年　1 月　〈我對語堂先生的認識及如何紀念這一代大師〉發表於《傳記文學》第 188 期。

　　　　3 月　23 日，翻譯 Alice Slade〈陪嫁了八個女兒〉於《中央日報・副刊》10 版。

　　　　5 月　4 日，參與 38 個文藝社團於臺北實踐堂聯合舉辦的文藝節大會，並任大會主席，與會者有楚崧秋、夏祖麗、保真、何懷碩、閻振瀛、魏海敏等。

　　　　8 月　26 日～9 月 11 日，於臺北太平洋國際商業聯誼社舉辦水彩畫展。

　　　　　　　《王藍水彩畫第二集》、《王藍國劇人物水彩畫》由臺北中國水彩畫會出版。

　　　　9 月　率國內藝術家赴哥斯大黎加、薩爾瓦多、巴拿馬、哥倫比亞舉辦「中華民國水彩畫及攝影展」，與團者有席德進、劉其偉、李奇茂、張紹載、徐樂芹、王鼎鈞等。

1979 年　2 月　〈瓜地馬拉國立考古民族博物館〉發表於《藝術家》第 45 期。

　　　　3 月　12～21、23～24 日，〈中南美探奇〉連載於《民生報・旅遊》5 版。

　　　　7 月　14～27 日，於歷史博物館舉辦「王藍國劇人物水彩畫特展」。

　　　　8 月　主編《陳立夫先生孫祿卿夫人伉儷書畫集》，由作者自印出版。

　　　　12 月　〈「三分國內，七分海外」〉發表於《中央月刊》第 12 卷第 2 期。

1980 年　1 月　應俄亥俄州州立大學之邀，任藝術系、東亞文學系客座教授，講授「水彩畫」、「中國作家在臺灣和他們的作品」課

		程，至同年 4 月止。
		《王藍水彩畫第三集》、《王藍國劇人物水彩畫第二集》由臺北中國水彩畫會出版。
	10 月	1 日，於華視播出的「今天」節目分享於美國教畫的心得。
	12 月	25 日～隔年 1 月 4 日，於臺北龍門畫廊舉辦水彩畫展。
1981 年	3 月	〈靳氏兄妹和他們的水彩畫〉發表於《藝術家》第 70 期。
	9 月	5 日，〈董麟震盪及其他〉發表於《中國時報》8 版。
	12 月	12 日，〈從呼籲到實踐〉發表於《聯合報・副刊》8 版。
1982 年	12 月	22 日～隔年 1 月 2 日，於臺北春之藝廊舉辦水彩畫展。
1983 年	6 月	22～30 日，於高雄一品畫廊舉辦水彩畫展，為首次南部個展。
	8 月	《王藍國劇人物水彩畫第三集》、《王藍國劇人物水彩畫第四集》由臺北中國水彩畫會出版。
	9 月	13 日～10 月 23 日，與徐人眾於加州聖塔安娜博爾史博物館舉辦聯展。
		〈第一封家信〉發表於《現代文學》復刊第 21 期。
	10 月	5 日，應北美事務協調會之邀，於休士頓中華文化服務中心演講創作《藍與黑》的心路歷程。
1984 年	2 月	〈讀者來鴻〉發表於《文訊雜誌》第 7 期。
	3 月	13 日，〈「誘」人講禮講理〉發表於《民生報・體育新聞》2 版。
	5 月	出席於東京舉辦的國際筆會大會，與會者有殷張蘭熙、楊牧、林文月、朱炎、羅青、紀剛等。
		長篇小說《長夜》由臺北純文學出版社出版。
	9 月	參與於臺北福華沙龍舉辦的六人水彩展，其他參展者有劉其偉、吳承硯、李焜培、吳文瑤、廖修平。
	10 月	5～6 日，長篇小說《藍與黑》由伶倫劇坊改編為同名舞臺

劇，孫維新導演，孫維新、陳丕燊編劇，於加州大學洛杉磯
分校 Royce Hall 演出。

本年　長篇小說《長夜》由光鹽愛盲服務中心錄製為卡帶。

1985 年　1 月　27 日～2 月 10 日，於臺北縣立文化中心舉辦王藍國劇人物
水彩畫展。

5 月　14～21 日，長篇小說《藍與黑》由中華漢聲劇團改編為同
名舞臺劇，崔小萍導演，於臺北國軍文藝活動中心演出。

16 日，長篇小說《藍與黑》由薪薪劇團改編為同名舞臺
劇，黃玉珊導演，於臺北縣立文化中心演出。

6 月　〈點鐵成金〉發表於《純文學》第 14 期。

10 月　9 日，長篇小說《藍與黑》由丁亞民改編為同名連續劇，李
英導播，於華視播出。

12 月　9 日，應成功大學航太所所長趙聚昌之邀於成功大學演講。

13 日，參與行政院文化建設委員會於國父紀念館舉辦的
「抗戰勝利歌曲演唱會」，並與范宇文同任主持人。

28～31 日，於臺北龍門畫廊舉辦水彩畫展。

本年　任中華民國筆會副會長，至 1990 年止。

1986 年　5 月　2 日，〈作家小品〉發表於《中央日報・副刊》12 版。

3 日，〈也是趣譚〉發表於《中央日報・副刊》12 版。

28 日，應高雄市戲劇週之邀，於高雄市社教館演講「我的
寫作繪畫與戲劇生涯」。

6 月　8 日，〈千年寥落獨琴在　音樂家馮明投奔自由〉發表於
《中央日報・副刊》12 版。

1987 年　2 月　6 日，出席文訊雜誌社於中影文化城舉辦的「資深作家結婚
照」展覽，與會者有龍瑛宗、王昶雄、貢敏、吳若、任卓宣
等。

4 月　〈銀婚已過，金婚將至〉發表於《文訊雜誌》第 35 期。

11 月　2～13 日，短篇小說〈父親〉連載於《中央日報‧副刊》
　　　　10、11 版。

本年　長篇小說《藍與黑》英文版（*The Blue and the Black*），由臺
　　　北 Chinese Materials Center Publications 出版。（David L.
　　　Steelman 譯）

1988 年　3 月　9 日，出席行政院文化建設委員會舉辦的文藝作品研討會，
　　　　　　　發表《藍與黑》創作背景與歷程，由尼洛任講評人，與會者
　　　　　　　有林海音、彭歌、司馬中原、黃麗貞、劉萬航等。

　　　　8 月　出席於漢城舉辦的國際筆會大會，與會者有彭歌、蕭乾等。

　　　　9 月　5 日，〈懷念與期待——道藩先生逝世二十周年〉發表於
　　　　　　　《臺北市立圖書館館訊》第 6 卷第 1 期。

　　　11 月　30 日，應中國國民黨革命實踐研究院、行政院文化建設委
　　　　　　　員會、教育部社教司之邀，於臺北實踐堂演講「我寫‧我
　　　　　　　畫‧我跑萬里路」。

1989 年　3 月　〈我寫‧我畫‧我跑萬里路〉發表於《實踐》第 789 期。

　　　　4 月　4 日，出席文訊雜誌社舉辦的「吳祖光劇作與王藍小說的比
　　　　　　　較」會談，與會者有尼洛、貢敏、秦賢次、賈亦棣等。

　　　　7 月　8 日，應輔仁大學校友會之邀，於洛杉磯華埠僑教中心演
　　　　　　　講。

　　　　9 月　22 日～10 月 1 日，出席於多倫多與蒙特利爾舉辦的國際筆
　　　　　　　會大會，與會者有殷張蘭熙、余光中、張漢良等。

1990 年　3 月　13 日，〈文雅而勇敢的活辭典〉發表於《中央日報‧副刊》
　　　　　　　16 版。

　　　　6 月　2 日，應美中聯合學術年會之邀，於芝加哥進行演講。
　　　　　　　9 日～7 月 1 日，於芝加哥波特畫廊舉辦水彩畫展。

　　　11 月　27 日，出席文訊雜誌社、中國婦女寫作協會於臺北「文
　　　　　　　苑」舉辦的「謝冰瑩先生返國歡迎茶會」，與會者有陳立

夫、吳延環、鮑曉暉、林海音、朱介凡等。

12月　2日，與邱七七、丘秀芷等文友，陪同謝冰瑩至成功大學拜訪蘇雪林。

1991年　2月　21日，出席中國國民黨文工會於臺北「文苑」舉辦的「現代學人風範系列研討會：文藝鬥士——張道藩」，與會者有鄧綏寧、秦賢次、李瑞騰、鍾雷、段彩華等。

8月　30日，應瑞伯華人協會婦女會之邀，演講「文學與藝術的約會」。

9月　14日，應密西根「90年代在美華人講習會」之邀，於諾威市希爾頓飯店演講「美化人生」。

12月　18日，出席中國文藝協會、《中央日報》於中央日報社舉辦的「當前小說發展研討會」，與會者有郭嗣汾、鍾雷、何寄澎等。

1992年　7月　7～8日，〈我拜見了黃自夫人〉連載於《聯合報・副刊》31、25版。

1995年　7月　3～4日，〈老歌情深〉連載於《中央日報・副刊》22、18版。

23日，〈感動・感念・感恩〉發表於《中央日報・副刊》18版。

8月　2日，〈也是迴響〉發表於《中央日報・副刊》18版。

9月　〈老歌情深——抗戰曲調我的最愛〉發表於《中外雜誌》第343期。

11月　15～28日，〈講文壇故事　憶抗戰歲月〉連載於《中央日報・副刊》18版。

1996年　4月　23日，出席中國文藝協會於臺北來來飯店舉辦的「兩岸文藝交流會談」，與會者有饒曉明、朱西甯、陳曉光、鄧興器等。

5 月　〈劉其偉的「最」〉發表於《精湛》第 28 期。

1997 年　2 月　28 日,〈發現精神新島嶼──讀土耳其詩人畫家尤思‧索勒馬斯的詩與畫〉發表於《中央日報‧副刊》18 版。

4 月　18 日,於中天電視臺播出的「全球華人雜誌」節目中接受專訪。

1998 年　1 月　長篇小說《藍與黑》由臺北九歌出版社出版。

3 月　出席南加州華文寫作界於洛杉磯舉辦的《藍與黑》發行一百刷慶祝酒會。

6 月　16 日~7 月 5 日,於新竹天寶藝術中心舉辦「美的抒情世界」水彩畫展。

16 日,應風城雅集畫會、卡爾登飯店、安森家飾之邀,出席於新竹卡爾登飯店舉辦的「天寶藝術講座」,演講「我寫‧我畫‧我跑萬里路」。

7 月　24 日,出席文化資產保存研究中心籌備處(今文化資產局)周年慶,捐贈手稿、藏書,與會者有巫永福、林澄枝、簡文秀、彭小妍等。

9 月　3 日,〈作家生日感言〉發表於《聯合報‧副刊》37 版。

11 月　〈「浪」得實名──觀、讀、聽鄭百重的畫〉發表於《臺灣教育》第 575 期。

1999 年　4 月　短篇小說集《一顆永恆的星──王藍小說選》由臺北九歌出版社出版。

5 月　18~20 日,〈軟手鐵漢〉連載於《中央日報‧副刊》18 版。

2000 年　5 月　14 日,參與行政院新聞局於臺北車站舉辦的「向資深作家致敬──資深作家作品回顧展」,展出著作及手稿,其他參展者有林海音、周夢蝶、蓉子、巫永福、杜潘芳格等。

2003 年　10 月　9 日,因心臟衰竭病逝於洛杉磯,享年 81 歲。

2004 年　1 月　9 日,九歌文教基金會、中國文藝協會、道藩文藝中心、中

華民國筆會等於中國文藝協會藝文中心舉辦「王藍先生追思會」，並展出照片、著作、手稿與畫作，由綠蒂、朱炎任主持人，與會者有張曉風、司馬中原、李奇茂、貢敏等。

2005 年　5 月　長篇小說《藍與黑》由臺北九歌出版社重新編排出版。

2008 年　12 月　29～30 日，長篇小說《藍與黑》由演藝工會改編為同名舞臺劇，王中平編劇，於臺北中山堂演出。

參考資料：

・王怡之，《雪泥鴻爪九十春》，自印，2009 年 8 月。

・中國文藝協會編，《文協 60 年實錄（1950—2010）》，臺北：普音文化公司，2010 年 5 月。

・王藍，〈我畫畫的故事〉，《雄獅美術》第 25～27 期，1973 年 3～5 月。

・李廣淮，〈王藍的故事〉，《中國一周》第 792 期，1965 年 6 月 28 日。

・林德芳，〈王藍小說《藍與黑》研究〉，中國文化大學中國文學系碩士論文，2003 年。

・唐沅等編，《中國現代文學期刊目錄匯編》，天津：天津人民出版社，1988 年 9 月。

・唐紹華，《文壇往事見證》，臺北：傳記文學社，1996 年 8 月。

・袁涓秋，〈1939.10.24—1949.01.30 日記〉，未發表。

・黃秋芳，〈王藍：在黑裡常藍的忠愛情懷〉，《文訊》第 28 期，1987 年 2 月。

・蔡惠玉，〈「抗日」與「反共」——王藍小說中的戰爭書寫〉，臺灣師範大學歷史學系碩士論文，2016 年。

・鄭炯兒，〈從「掃蕩」到「和平」：《掃蕩報》研究（1931—1950）〉，臺灣師範大學歷史學系碩士論文，2000 年。

・蕭瓊瑞，《水彩畫研究報告專輯》，臺中：臺灣省立美術館，1999 年 6 月。

・龔聲濤，〈天天天藍——記《藍與黑》的作者王藍〉，《文訊》第 295 期，2010 年 5 月。

輯三◎
研究綜述

王藍文學及其相關研究

◎應鳳凰

前言

　　粗略統計「王藍作品評論資料」迄今總篇數，去除自述和重複條目，約在二百三十到二百四十篇之間。此一數字與同系列百餘作家相比，當排在「研究資料偏低」的行列。王藍（1922～2003）作為戰後文壇知名度不低的小說家，代表作《藍與黑》出版後數十年暢銷不衰，且多次改編成電影電視及舞臺劇。此一「讀者量」與「研究量」成反比的「王藍研究反差現象」，多少突顯了「王藍文學」於臺灣文壇及其「文學史位置」的特殊性。

　　特殊性之一：王藍寫作起步早，十七、八歲已在中國大陸成名。文學生涯因此橫跨「中國大陸、臺灣」兩個文壇。劃開「兩文壇」的界線是 1949年隨國民政府來臺。雖《藍與黑》完成並暢銷於臺灣，但小說大部分根據作者在中國大陸求學與戰爭經驗。其次，書出後佳評如潮，除了內容政治正確，亦與王藍占據重要文壇位置有關。初來臺的聲望與身上文化資本，無不承襲自中國大陸，本文因此對影響其作品至深的出身背景、抗戰經驗、文學活動等多有著墨，為的是「生平與作品脈絡」與另一股「研究評論脈絡」相互對照。

　　特殊性之二，王藍創作的長短篇小說不只一部，但歷來書介評論幾乎全聚焦《藍與黑》。此書兩個面向成為議論熱點：其一，長時間高掛小說暢銷榜，以至被貼上「大眾文藝」或「通俗言情小說」標籤。其次，以抗戰及國共內戰為情節背景，既排名「四大抗戰小說」之一，也是「反共文

學」名著。《藍與黑》1954 年發表，1958 年成書，兩岸臺灣文學史著自是寫入「1950 年代反共小說」章節。以上兩大因素固然讓王藍「名利雙收」，包含在臺灣文學史留名，卻很難吸引 1990 年代以後崛起的臺灣文學學界的研究興趣：王藍評論篇目中只見兩部碩士論文，學術性或學報論文的比例偏低都是證明。

綜觀王藍近三百條研究條目的各類分布，顯示他人脈廣、口才佳且身兼畫家高知名度而常受媒體訪問，故報導或訪問文章的比例偏高。至於個別作品的評論，由於《藍與黑》評介從質到量都遙遙領先其他，本書選文及綜述不得不追隨同樣的比例。而王藍的文學創作，前期時空在「1940 年代重慶」，後期在「1950 年代臺北」。1949 年之後，海峽兩岸楚河漢界，音訊不通，時代與社會已大大改變。然而富裕出身的藝術家習性、擁有的文化資本，在王藍身上照樣保存。雖時空不同的「兩個文壇」，他同樣兼具「寫作人、媒體人、政治人」三重身分。例如重慶創辦的「紅藍出版社」，來臺北後恢復經營；在天津時當選國民黨「國大代表」，來臺後維持終身國代的身分。值得注意的是，兩段時空裡，文學創作都不是他的專業，寫作的時間同樣不長——翻開王藍出版書目，兩段時間都很集中地只維持在五、六年左右。1960 年王藍放下寫小說的筆，改拿畫筆，專心當水彩畫家，極少寫作，晚年居臺灣、美國兩地。換句話說，「臺北時期」的文學活動只集中於 1950 年代，與「重慶時期」可說靠近或「相連」。由於兩段「文學時期」等長，談其生平經歷因而不可偏廢。須強調的是，具有工具書功能的本系列叢書，既取名《臺灣現當代作家研究資料彙編》，即是把「作家王藍」放在「臺灣現當代文學史」範圍內加以考察。其研究評論，包括訪談、報導，主要都發表或出版於戰後臺灣。若明白：他在臺灣致力小說創作的時間不長，且集中於 1950 年代，那麼「王藍文學研究」總數量因而偏低也是正常的現象。

一、來臺以前文學創作及活動

　　王藍本名王果之，天津出生，北平長大。出身於富裕家庭，父親是紡織業鉅子，從小隨家人看戲、習畫；錦衣玉食，優渥的家世背景，為他日後的藝術成就打下良好基礎。綜觀王藍文學生涯特點：其一，他是位「早熟作家」，不到二十歲已在中國大陸文壇嶄露頭角。第一篇創作小說：〈一顆永恆的星〉，1941 年寫成於抗戰時期的重慶，這年他 18 歲。此文隔年得到「文運會」主辦的全國文藝獎第一名。故事敘述一位與作者並肩作戰的年輕敵後抗日英雄，在一連串英勇事蹟之後，壯烈成仁。情節緊湊高潮迭起，年輕人讀之無不熱血沸騰。

　　1942 年舉行的頒獎典禮上，由「中央宣傳部長兼中央文運會主任委員」張道藩主持。本身留歐也熱愛文藝的主委，對這位文筆優異的愛國青年自是讚賞有加。少年王藍在重慶文壇脫穎而出的實況，散文家張秀亞是這樣描寫的：

> 〈一顆永恆的星〉在無數讀者的心中閃爍出光芒，而其年輕的作者，也如一顆亮亮星子，在文學的天空漸漸閃露……。（見本書選文〈迴旋曲──《藍與黑》的外在與內在世界〉）

　　不僅二十歲不到即成名於大後方重慶文壇，更在同一年，即 1942 年出版生平第一本書，一部千行敘事長詩：《聖女・戰馬・鎗》。來臺以前，王藍在重慶、北平分別出版了六本書，多在他自己創辦的出版社印行。依出書時間排序如下：

1.　聖女・戰馬・鎗（長詩）　　　　　紅藍出版社　1942 年 11 月
2.　美子的畫像（短篇小說集）　　　　東方書社　　1943 年 12 月
　　（書中收入〈一顆永恆的星〉，也曾以此為書名再版）

3.	鬼城記（短篇小說集）	紅藍出版社 1944 年 2 月
4.	相思債（中篇小說）	紅藍出版社 1944 年 7 月
5.	銀町（中篇小說）	紅藍出版社 1944 年 10 月
6.	太行山上（中篇小說）	紅藍出版社 1946 年 3 月

　　後來在臺灣重印早期長詩，他加了一篇新版序。自述那年才 19 歲，實在還是個孩子：「從未讀過文學系，不知如何寫小說，更不知如何寫詩。唯有在『心中充滿不宣洩便不能忍受的情感』時，才藉筆傾吐」。雖然他自己 17 年後重讀，不禁臉紅，但王藍寫道：

　　　　我知道這不是一篇好詩，但卻是忠實地記錄了那個時代中的青年人的思
　　　　想、情感與行動。

　　這是他決心在臺灣「再版長詩」的原因：為了給那個時代和生活留下記錄和紀念。1999 年由臺北「九歌出版社」重印早期小說《一顆永恆的星》相信也是同樣心情。此書亦收入他最早發表，以後作為書名的短篇〈美子的畫像〉。此作與得獎小說可說是姊妹作：相同的時代背景，同樣「天津富家少年」男主角。最大不同在於：這是道地一部戀愛小說，開啟王藍往後一系列「愛情主題」小說，如在臺灣出版的《女友夏蓓》、《藍與黑》、《長夜》等。

　　《美子的畫像》是王藍在中國大陸出版的第一本小說集。「美子」一望而知是日本女孩的名字。她同時是名醫的女兒，男主角自小認識的鄰家女孩，又是通家之好。兩人讀中學時都喜愛畫畫，時常出雙入對一起出外寫生；兩家門當戶對且志趣相投。不難想像，當背後「抗日戰爭」轟然爆發之際，異國情侶在大我與小我，恩仇難分之下，兩人衝突與內在掙扎只會隨戰事擴大而愈加激烈，一對戀人的悲劇結局於是無法避免。分手前男主角依諾忍下悲傷，聚精會神為美子畫像，此一設計，如王鼎鈞所言，讓小

說更增纏綿之情與視覺之美。

以這兩篇小說為代表，看到王藍文學另一特點：他能寫能畫，大量倚賴藝術及生活經驗，而非想像力的創作風格。出身富裕家庭，王藍從小立志當畫家，家裡也全力支持。12 歲即拜在名師門下習畫，直到中學畢業。若非戰爭突然降臨，他可能不會走上寫作的道路。根據王藍自述：

> 我從小在一個戲迷與愛國的家庭裡長大，父親對我的身教、言教，多過於教科書給我的啟示，另外對我愛國意識啟發最多的就是國劇。國劇真是教忠教孝，像岳飛、楊六郎都是我最崇拜的人。

「盧溝橋事變」在 1937 年發生。正是這年，天津淪日前夕，王藍古色古香的大宅家園被日軍全部炸毀，自小累積的數百張畫稿付之一炬。這時還是中學生的王藍，國仇家恨，不僅主動招集同學向市民募款，組勞軍團到天津市郊慰勞與日軍作戰的 29 軍，隔年更瞞著家人加入地下抗日組織。以後又跑到北京基督教匯文中學，同樣加入危險的敵後工作：收發電報密碼、運槍枝、製炸彈，直到 1939 年地下抗日身分曝露，投身太行山國軍游擊部隊。當了一年兵之後，負傷而前往大後方的重慶，並繼續讀書。他在重慶時，每憶及敵後以及太行山的生活，思潮起伏難以平靜，不吐不快而寫出〈一顆永恆的星〉。

王藍出版書目顯示，1941 年到 1944 年秋，亦即抗戰中期到勝利回北平的四、五年間，是他早年創作力最旺盛的階段，也是小說出版最密集時期。換言之，來臺以前所有作品都是這時出版的，「重慶時期」的簡稱由此而來。原本在天津是無憂無慮的中學生，卻因日本侵華戰火，使他毅然走向國族至上的軍隊生活，而有了出生入死的冒險經歷。若說上山打游擊，投筆從戎出於偶然，卻讓他的生命旅途有了全新的轉折。接受記者採訪時他談到：

> 我是大戶人家出身，從小在城市長大，學畫、票戲、吟詩，可以說在七
> 七抗戰以前，我沒有到過所謂的鄉下，我不識五穀為何物；戰爭爆發
> 後，我看到河上浮屍遍野，所以我毅然從軍。

從游擊區退伍來到大後方，王藍先在中學教書，也曾任報社記者、編輯、採訪主任。由此推知，王藍離開軍隊之後，一直沒有離開拿筆的職業。即使在游擊區，也曾被分派戰地記者的工作。而首篇小說得獎後，文筆受肯定進而入報社正式成為媒體人。前面說他早熟、多才多藝能寫能畫；此處再加入「王藍文學第三個特點」：他不只是寫作人，也是媒體人。不只作家，還是出版家。小說得「文運會」大獎時，受張部長賞識介紹他到重慶《益世報》任記者。1943 年黃少谷任社長的《掃蕩報》更挖角請他去當編輯。1945 年抗戰勝利，復員還鄉又擔任《掃蕩報》平津特派員，同時兼任張道藩領導的「文運會」平津分會總幹事。

重慶時期與妻子共同創辦「紅藍出版社」；復員回到北平，「紅藍」在王府井大街重新開張，且成為平津地區作家相聚的文藝沙龍。1947 年王藍由中國國民黨提名，當選河北省國民大會代表，隔年當選為第一屆天津市參議員。此外，根據報社同事龔聲濤的描述，他由重慶北回之後：

> 王藍買機件，買廠房宿舍，辦立了《掃蕩報》天津分社，奉派為社長。[1]
> 隨即奉令改名「和平日報」，以配合國共和談。

然而局勢變化出人意料，以後國共和談破裂，北京易幟，王藍再度匆匆離開天津，先落腳高雄，後遷至臺北。此番離開家園，比上一次還匆促——這年他 27 歲，結束了生命經驗多姿、文筆生涯多采的「重慶時期」。回顧此一階段文學生產：20 歲前獲文學大獎，成名甚早，此其一。

---

[1] 惟目前未見別處記載王藍「辦立了《掃蕩報》天津分社，奉派為社長」之事，尚待更多資料以做更進一步確認。

其二，短短四年間出版「長詩一冊，小說五種」，產能甚高。其三，文學書寫以自身經驗及人物為主，「男女戀情」與「熱血愛國」是常見題材。

從戲劇到繪畫，王藍自小培養多種才藝，皆成他後來寫作的源頭活水。以後進報社任編輯、採訪，同樣得力於手上一枝生花妙筆。又自己成立「紅藍出版社」，從文學生產到文學傳播，幫自己也幫文友印行作品流通書市。值得注意的是，文學創作其實並非王藍主業：他既非文學科班，亦非專業寫作。若將他 17 到 27 歲，十年間的角色身分加以綜合，應該是：「寫作人，媒體人，政治人」，意味著王藍同時具備這三種身分。「政治人」身分可從飛臺前夕，已由國民黨提名當選「天津市參議員、河北省國大代表」看得清楚。

二、「臺北時期」的文學活動及創作

無論局勢已如何天翻地覆地改變，無論從北京退到海島臺灣的距離多麼遙遠；對於追隨國民黨政府，從中國大陸遷臺的百萬軍公教而言，仍處於同一個蔣介石領導的「中華民國政府」之下。以王藍為例，一年前剛當選「河北省國大代表」，來到臺灣繼續「國大代表」身分。更幸運地，因政府遷移臺灣，從此再也不用改選，一朝選上國代，終身擁有國代的薪資與頭銜。

同樣，中國大陸的資產，有形的不動產固然無法攜帶，但青少年起在平津建立起來的聲譽與人脈、藝術才華，或說：身上累積豐富的「文化資本」，可一分不減地全帶到臺灣。換句話說，在臺灣文學場域，王藍依然是：「寫作人，媒體人，政治人」。1949 年剛到臺灣，《和平日報》臺灣分社恢復《掃蕩報》原名，並與自南京撤退的總社合併。王藍兼任採訪主任及主筆，直到 1950 年 8 月《掃蕩報》停刊為止。1952 年 6 月穆中南創辦《文壇》雜誌，邀請王藍合作擔任社長，劉枋任主編。《文壇》是 1950 年代夠分量的文藝刊物，黨政軍關係良好，雖民營卻能全力配合政府文藝政策。

來臺以前，張道藩是國民黨「文運會」主委，來臺後一樣是「國民黨文藝總領導」。1950 年即受蔣介石之命，先成立「中華文藝獎金委員會」，

而後動員作家，成立「中國文藝協會」（以下簡稱文協）。前者是「支付高額獎金鼓勵反共文藝創作」的中央機構，後者為全國性文藝作家組織。1950 年 5 月 4 日「文協」在臺北中山堂盛大成立，王藍自籌畫階段即參與其中，直到成立後當選「常務理事」，成為推動文協會務的核心成員之一。隨著文協組織日益龐大，文藝運動日趨繁忙，不免影響文學創作。本書收王藍自述〈十年甘苦〉一文，即透露他來臺十年間擔任「文協理事」的心情：雖有苦有樂，卻有因會務耽誤創作的心理壓力：既要致力文藝運動，又不能荒廢寫作，「沒有人願意被人指為『沒有作品的文藝運動家』」。於是有愛國熱誠的他，便「一直陷入一個苦惱中——專心埋首創作？還是專心致力運動？」

　　足見來臺最初十年，他身兼兩種「文壇角色」：小說寫作者與文藝運動者。關於後者：他口才好人緣佳，活動力強，成效卓著。具體的例子，曾為「文協」策畫執行兩大運動，影響深遠：一是 1954 年開始的「文化清潔運動」，沸沸揚揚剷除文化毒害；不僅百餘社團齊聲響應，最終亦有十餘「黃黑等色不潔雜誌」被停刊處分。另一是 1958 年的「保護著作權運動」，兩大運動皆劍及履及，發揮戒嚴時期「以文藝導正社會風氣」的功能。

　　此外，王藍個別口才及藝術造詣，亦充分發揮影響力：首先，他在「政工幹校」開「新文藝」的課，學生畢業紛紛在軍中擔任文化工作，「使新文藝種子在軍中開花結果」。其二，環島至全省各大、中學校演講，得到青年學生熱烈回響。其三，數次到金門、馬祖，「在砲戰中的火線上遇到讀者，被他們團團圍住……歸來後一連接到上萬封熱情洋溢的官兵的信」。期間陸續捐贈給金馬軍中《藍與黑》等書三千餘冊，統交國防部總政治部轉發。

　　在軍校教「新文藝」加上為軍中函授學校編的寫作教材，1955 年出版成薄薄一冊：《寫甚麼？怎麼寫？》。這是王藍來臺出版的第二本書：也是唯一一本「非小說創作」。雖然忙於「文協」會務及演講，小說的筆並沒有荒廢。1950 年 5 月短篇小說〈老將軍〉連載於《臺灣新生報‧副刊》。1952 年發表中篇小說〈咬緊牙根的人〉：以一家紡織大廠面臨共產黨強占

迫害為主軸，廠主父親面對各種難關，無懼威脅利誘，最終成功讓兒子潛往香港。主題明顯反共；而小說人物、紡織廠等本是王藍熟悉的題材背景，只是把城市從天津換到廣州，把早先的抗日意識改為反共主題。小說於 1955 年交「文壇社」出版，列為「文壇戰鬥文藝叢書」。從發表到出版，時間點正是 1950 年代政府宣導反共文學高峰期。作為國民黨文藝政策推廣者，早在中國大陸時期小說已成名的他，此時此刻以身作則或以小說示範，可算扮演盡責的角色。

　　兩岸文學史書寫興盛於 1990 年代，臺灣本土以及中國大陸文學史家，面對「反共文學」一節，觀點一致地，幾乎都是負面評價。就本土史家而言，反共題材聚焦中國大陸而無視本土；就中國大陸史家而言，你反我的共，豈有好話可說，認定是歪曲事實的政策宣傳作品。此「文學史書寫現象」，不妨作為「王藍評論與研究」總數偏低的參考。以下是王藍在臺灣創作與出版的七種小說：

1.	定情錶（短篇小說集）	紅藍出版社	1954 年 12 月
2.	咬緊牙根的人（中篇小說）	文壇社	1955 年 10 月
3.	女友夏蓓（短篇小說集）	紅藍出版社	1957 年 1 月
		中國文學出版社	1957 年 1 月
4.	藍與黑（長篇小說）	紅藍出版社	1958 年 2 月
5.	吉屋出售（短篇小說集）	紅藍出版社	1959 年 11 月
6.	長夜（長篇小說）	紅藍出版社	1960 年 11 月
7.	期待（長篇小說）	紅藍出版社	1960 年 11 月

　　「臺北時期」王藍小說，七本中有六本在自己經營的「紅藍」出版，比例與中國大陸時相當。合計三本短篇、三部長篇、一部中篇，其中以長篇《藍與黑》最為成功：名氣最大，銷路最好，讀者反應熱烈的程度，王藍其他小說皆無法相比。有一種「接受理論」認為：一部作品，必須讀者

接受了，才叫真正完成。從這一論點來看，即使不說王藍在臺只出版一部小說《藍與黑》，至少可以確定，這是他最受讀者歡迎，也是作為小說家最重要一部作品。

三、《藍與黑》成書歷程及其接受史

　　檢視王藍各部小說的書介或評論，各條目分布比例如下：《定情錶》五篇，《女友夏蓓》一篇，《期待》一篇，作者本人最喜愛的《長夜》十篇，只有《藍與黑》一枝獨秀地，評論條目長達七十餘篇，顯示此書在「王藍文學研究史」占據何等重要地位。有意思的是，《藍與黑》影視改編使它在書市熱銷，進而時常被歸入「暢銷文藝小說」或大眾文學之列。若說是「大眾文藝」，但同時期公認是大眾文藝：如金杏枝、禹其民的暢銷小說，卻未能出現類此持續而密集的評論文章。我們從「接受史」的角度，不妨說它兼具通俗與嚴肅小說的質地，因而能跨越一時一地的流行風潮。此外，除了文字技巧，《藍與黑》情節場景百分之九十來自作者在中國大陸的親身經歷，此亦本文耗費大量筆墨敘述王藍早年身世的緣由。

1.《藍與黑》從醞釀到出版

　　《藍與黑》是一部以抗戰、國共內戰為背景，主軸是男主角一段三角戀愛故事。小說開篇「第一章」只短短兩行：

　　一個人，一生只戀愛一次，是幸福的。

　　不幸，我剛剛比一次多了一次。

　　有如「扉頁題詩」，故事展開前先闡明主題，顯然是作者的書寫策略，令讀者大眾印象深刻，也在臺灣文藝小說界留下一句膾炙人口的名言。小說從抗戰寫起，主角張醒亞以學生身分到太行山參加游擊隊，再輾轉到大後方重慶，到四川、沙坪壩念大學政治系；畢業後進報社當記者，因局勢

不穩又前往上海、南京、廣州等地，直到登陸臺灣，身心終於安定下來。男主角經歷艱險，呈現一代中國青年如何於艱苦戰爭中浴火求生，如何不懼惡勢力，不惜放棄最愛的人，從而突顯堅韌的中國民族性。故事情節自1937 年寫到作者完稿前的 1954 年；這時段正是國共戰亂不休，最是流離紛擾的年月。

而從天津、北平、重慶、最後來到臺北，無不是作者親身走過的地方。王藍曾說：「真實的生活體驗，不宣洩便不能忍受的情感，構成我創作的動力」。此語同時說明王藍「來臺之前與之後，從青少年到中年」，維持著不變的文學觀，包括「取材自身經驗」的寫作風格。承襲此一信念，《藍與黑》寫出早年國仇家恨的「抗日精神」，也呈現追隨右翼國民黨政府撤退島嶼，同樣國仇家恨的「反共意識」──「抗日」與「反共」，正是小說《藍與黑》兩大主題。

根據作者自述，《藍與黑》從醞釀到出版，整整耗費十年光陰。1948 年開始打腹稿，三年後 1951 年正式動筆。剛到臺灣生活一切克難，家中沒有書桌，將就在太太的破舊縫紉機上寫稿，歷時三年完成。1954 年寫成交給《中華婦女》月刊發表，連載三年。全書四十二萬字，刊畢又經一年時間修改、籌印，單行本於 1958 年「紅藍」印行上市，全書厚達六百五十多頁。

十年懷胎，《藍與黑》誕生後大受讀者歡迎。雜誌連載時讀者即反應熱烈，臺北「中國廣播公司」由崔小萍導播錄製成「廣播小說」向全省放送，聽眾遍及全臺，轟動情況大出作者預料。由於書太厚，印製成本高，曾向幾位女作家文友告貸，幸而書暢銷很快把欠債還清。小說連載間，1956 年同時將稿件送「中華文藝獎金委員會」亦得到官方一筆不錯的文藝獎金。

2. 出版迄今一甲子

男主角張醒亞的職業，從投筆從戎、太行山、記者、特派員到報社社長，與王藍本人的記者身分幾乎雷同。透過主人翁的視角，分別敘述與兩位女主角的戀情：孤女唐琪是「光明」的代表；崇尚物質的千金小姐鄭美

莊，則是「黑暗」的象徵。兩位女性：寬容大度的唐琪象徵「純潔的藍」，承受男主角的誤解與種種磨難；自私驕縱的富家女對愛情不忠，墮落沉淪，是「黑」的象徵，卻能擄獲男主角的心與她訂婚。一溫柔一驕縱，男主角來回周旋於兩女之間，苦惱可知：《藍與黑》書名亦由此而來。而從整個大時代背景與「家國主題」來看，亦可詮釋為：「藍的光明」代表國家或國民黨，而「黑暗」則代表侵略的日本軍或陰謀的共產黨，此亦《藍與黑》被文學史列入「反共小說」、「抗戰小說」的原故。

　　《藍與黑》初版於 1958 年，迄本文發表的 2018 年已整整一甲子。從接受史角度，六十年來銷售不衰：既暢銷也長銷。若說它是「暢銷文藝小說」，卻一直由嚴肅、主流的文學性出版社印行。先是自己經營的「紅藍版」，停業之後，1977 年改由林海音主持的「純文學」再版；紅藍在不到十年之間已出二十六版，近七萬本。「純文學」再印了將近三十版。

　　純文學結束營業之後，第三家由蔡文甫主持的「九歌出版社」接手。1998 年起的九歌版，一度列在「典藏小說」系列（陳雨航主編）。除了近年市面隨時可見「上下兩冊」的九歌普及版，2015 年甚至推出一款「終戰70 周年」紀念新版，足見六十年來不僅未曾斷版，且有不同的紀念版本可典藏。巧合的是，皆由「小說家主持」的三家「文人出版社」，非常平均地，各印行此書長達二十年，分別占有《藍與黑》生命史的三分之一時間版權。據稱此書銷量早已超過百萬冊，九歌接手不久即印行此書「第一百版」。換句話說，包括作者在內的三位小說家，在經營出版社期間，都受益於這部小說的暢銷而有很好的出版營收。

　　不若戰後許多長篇小說，只在剛上市時出現過幾篇書介，從此無聲無息。《藍與黑》作為一部暢銷或長銷小說，六十年來得到的書評書介，除了多達七十餘篇，更難得是它的「持續性」──各年代發表數量相當平均。統計起來，除了 1958 這一年，書的「出版年」有 11 篇，以後每 10 年，即各「年代」也幾乎維持著 10 篇左右的數量：1960 年代有 9 篇發表，1970年代 8 篇，1980 年代 16 篇，1990 年代 14 篇；新世紀迄今 20 篇。固然書

籍不斷版，不同世代都有讀者群；而各年代論述內容，隨著時間推移也各
有其特色與變化。

　　從 1958 年書上市，往下看其論述重點每十年的變化。

　　如觀察 1960 年代發表的各篇評論，由於 1962 年吳若改編的「五幕八
場話劇」劇本出版，接著「《藍與黑》舞臺劇」在各地公演，這十年間的評
論，便指向《藍與黑》劇本改編或是觀劇心得。1970 年代臺灣文壇有鄉土
文學論戰，可以看到《藍與黑》評文大半發表於黨營報紙副刊。1980 年
代，受電視改編連續劇影響，固然有名家如張秀亞、王鼎鈞、尼洛的推
崇，卻也出現直接批評的文章。解嚴這年，出現杭之論文：他從「大眾文
化觀點」定位此暢銷書「感傷與濫情的愛情基調」，如匕首般犀利。為了讓
《藍與黑》評論史的脈絡更加清楚，以下依「接受史」不同的評論觀點面
向加以分類。

3. 名家論評及文友推崇

　　書上市的 1958 年初，正逢紙張配給、物資匱乏的戒嚴時期。但王藍有
優勢的文壇位置：既是文協理事、國大代表，又是出版社發行人。文藝圈
知名作家好多是熟識文友。檢視這年十餘篇書介作者，大多是知名評家，
文刊主流媒體：包括三大報副刊及銷路好、傳播力高的文藝雜誌。這批文
章影響力，比之解嚴後的傳播效果要好上百倍。書稿早已連載發表，故二
月新書剛上市，孫旗評論三月便刊《徵信新聞報》（《中國時報》前身）。他
稱讚此書：

> 自抗戰寫至撤退來臺，……反映近代中國的空前變亂真相……情節曲
> 折，結構緊密，讀後令人在感情上迴盪不已。

　　同年還有評論家季薇一篇長文，除了列舉作者在「人物的性格刻畫和
心理分析上」十分成功，文末這兩行總結更時常被引用：

《藍與黑》在歷史的觀點來看，可以說是半部近代史的縮印本。在倫理的觀點來看，是一部愛的哲學。在文藝創作的觀點來看，是一部有分量的小說。

臺灣文壇戰後二十年文學思潮，本由中國大陸來臺文人主導，「反共戰鬥文藝」更是政府力推的政策。主流文壇一致推崇此書的現象不難想像。只是評文雖多，觀點大半重複。除了評論家，王藍不少作家朋友，他們本身創作經驗豐富，鑑賞作品尤其在行，本書選了張秀亞、尼洛、王鼎鈞的精闢書評作為代表。

1985 年 10 月，張秀亞評論分兩日刊於中央日報副刊，題目：〈迴旋曲──《藍與黑》的外在與內在世界〉。文章從作者為電視劇寫歌詞說起，到與王藍早在重慶便認識的深厚情誼，再到小說的內容主題，可說一部小說的裡裡外外含作者生平，都鉅細靡遺地呈現出來。除了強調小說是記錄大時代的作品，她更點出小說的核心精神：

這小說的核心在於分析：精神力量如何與物質力量搏鬥，而曲終收撥，……精神最後終於獲勝。這是我們抗戰八年勝利的原因，也是戡亂必勝的保證，更是作者王藍對屬於性靈真愛價值的肯定。

張秀亞是知名散文家，以文字婉約優美著稱；實際上寫評論一樣細膩敏銳，何況與王藍並非泛泛之交。文壇另一位知名軍中小說家尼洛（本名李明），只比王藍小四歲，以崇拜偶像的心情閱讀這部小說。他稱《藍與黑》是「文學拓荒中里程碑」，因王藍是「臺灣文學拓荒者之一」，此書正是這一拓荒里程的重要收穫。尼洛文章最值得注意的，是關於戰爭主題的讀後心得。

《藍與黑》是以抗日戰爭作為背景，以愛情作為表現的小說。愛情受

挫、受阻於戰爭，因此屬於戰爭的背景事物，就因而突出；戰爭迫使書中人對愛情的割捨，以及愛情轉化書中人對戰爭的認識與投入，形容了戰爭的目標、意義、與價值。

此文 1988 年發表於《中華日報‧副刊》。西潮東漸以來，常見各種人道主義文學觀，以及此一信念下的反戰文學作品。相對而言，臺灣在戰鬥文藝風潮底下，卻是肯定戰爭的意義與價值，此論點於《藍與黑》評論史中特別突出，值得一提。

同樣是文友兼知名作家，王鼎鈞對《藍與黑》一書可說用情最深，於其評論史也貢獻最多——他分別在 1978、1988、1998 年，重讀、三讀這部小說，幾乎每隔數年便發表一次評論。本書不能各篇都選，只從中選出1988 年發表的〈三生石上坐三人〉。以此文可讀性高，又有行家暗藏褒貶的精采賞析。例如提到王藍「對中共的批評誠然是嚴厲的」，然而：

陳述雖然沉痛，畢竟失之概括。試想在那段時間中共是何等重要的角色，竟沒有一個代表人物。

王鼎鈞雖說舉出一點「瑕疵」，似也指出小說藝術技巧的不足或「不是寫實主義」風格。另外，談起男主角張醒亞，認為他是個「費爭議的人物」。所謂費爭議來自他的中庸性格。「中庸有時就是完美或近乎完美，居唐琪、鄭美莊之間，他才近乎福慧雙修。」王鼎鈞接著提問：「這樣的人哪裡找？你自己是這樣的人嗎？不是。你的子女是嗎？不是。」有意思的是，評家隨之自己回答：

有一個地方藏著這樣的人，那就是百年前的章回說部。這樣的人是男子的菁華，女子的偶像，後來多半中了狀元，把書中愛慕他的女孩子全都娶來為妻。

　　王鼎鈞顯然把「男主角張醒亞」的造型模式歸入鴛鴦蝴蝶小說傳統。難怪他又說：「新文學中的寫實主義獨霸文壇的時候，這樣的人物被取銷了小說人物的資格。」評文再次強調這部小說不具備「寫實主義風格」。

4. 左翼史觀、大眾文化批評與臺灣本土觀點

　　臺灣解嚴前後，兩岸文學史相繼出版，簡體版中，如頁數最多的劉登翰《臺灣文學史》（福州：海峽文藝出版社，1991 年）、時間更早的古繼堂《臺灣小說發展史》（瀋陽：春風文藝出版社，1989 年）等等，書寫至1950 年代「反共文學」章節，各版文學史對於「反我的共」的作品，自是強烈批判，認為它們本質上是一種「歪曲現實、顛倒歷史是非」，因而「失去藝術價值」的文學。

　　對於左翼文學史書與史觀的紛紛出現，很快把反共戰鬥文學推向「右翼」的刻板類型。2006 年陸卓寧教授所著《20 世紀臺灣文學史略》（北京：民族出版社），即是各版史著中，以較長篇幅具體析論小說《藍與黑》，而非以空泛教條批判的例子。作者在一番人物情節解析之後，強調：這部小說的愛情故事只是外殼，是形式；其內核，其本質是不折不扣的反共宣傳。關於主題意涵，她說：

> 小說以兩個女性的生活道路和歸宿表現出作者鮮明的褒貶傾向和反共意識。而且更通過對張醒亞這個「英雄」形象的塑造和他的生活史，表現了作者鮮明的反共立場。

　　陸教授談男主角之「英雄」觀點，不妨與王鼎鈞的「男子菁華」互相對照。值得一提的是，中國大陸與臺灣兩邊出版的「臺灣文學史」著作，合起來算恐不止二、三十部，作者皆為男性。而陸卓寧教授「萬綠叢中一點紅」，乃是此中唯一一位女性學者。

　　1987 臺灣解嚴這年，第一部系統性談論臺灣文壇「三十年來暢銷書」的著作，書名《從《藍與黑》到《暗夜》》，由臺北「久大文化」出版。此

書曾費數月時間，諮詢三十位文化、學術菁英，做出四百多份讀者問卷及市場調查，最終選出三十年間臺灣三十本暢銷書。此書上市，備受學界矚目的是杭之先生（本名陳忠信）的「導論」。從文學社會學角度，他以每個年代或十年作分期，依暢銷書內容性質，順序追蹤各時期暢銷書反映出的社會實況。杭之的文化批評觀點，是解嚴前，尤其 1950、1960 年代臺灣文壇不可能出現的──他的犀利觀點，非常代表性的，看到臺灣文學思潮在解嚴前後的劇烈轉變。

　　問卷統計結果，《藍與黑》是戰後最早暢銷小說。杭之指出：作為早期流行言情小說的《藍與黑》，人物描寫過於樣板，人物個性呈現如套公式般，無法令人感動與驚奇。結論是：

> ……小說的暢銷，反映著那一個時代的小市民趣味。在一個思想、文化意識脫離了社會之現實時空，而且社會上有著太多禁忌與教條的情形下，這種缺乏深度的、略帶浪漫氣息、夢幻成分並兼有膚淺人生體驗的感傷濫情文藝作品就得到滋長的苗床，並多多少少填補了小市民（特別是年輕學生）的空虛。

　　於全部約七十餘篇評論《藍與黑》的單篇文章中，以王育德（1924～1985）所撰〈在臺外省人的流浪哀史──王藍《藍與黑》〉一文，所呈現立場觀點，包括語言文字、發表時間空間都十分特殊。首先，此文以日文撰寫，刊於 1960 年 8 月出版於東京的《臺灣青年》第 3 期。本書入選的中譯文本，取自 2002 年由臺北「前衛出版社」印行的《王育德全集》。換句話說，文章寫於《藍與黑》剛出版兩年的 1960 年，因在東京以日文發表，中文讀者「接受」或讀到的時間，須等到新世紀以後的 2002 年。

　　王育德出身臺南世家，兄長王育霖二二八事件遇害，他於 1949 年經香港轉往日本，以後成為國際臺灣語研究權威，也是日本臺灣獨立運動重要領導人之一。《臺灣青年》雙月刊是他與一群留日青年 1960 年 2 月在東京

創辦的；文章發表這年他 36 歲，身分是日本明治大學講師。

　　這篇四千多字書評，由於是介紹給讀不到中文原著的日本讀眾，作者於是用了四分之三篇幅，詳細介紹故事梗概及小說人物造型。之後才提到此書「外緣」：兩年間銷售三萬冊，以當時臺灣「能閱讀北京話小說的人口有限」，於是推測此書暢銷程度，「遙遙領先在日本賣了三十萬冊的《挽歌》」。作者提到王藍在〈後記〉解釋書名「藍與黑」代表著「光明與黑暗」等主題，認為：小說家其實「沒有辯解或解釋這些思想的必要。」因為：

　　　　這個社會、這個時代，不能如同小說那般被簡單地分割。一方善良、另
　　　　一方邪惡，任誰都希望善良一定戰勝邪惡。但在現實世界裡，被當作是
　　　　邪惡那一方的中共、美莊或牆頭草主義的高大爺等等反而是勝利者，而
　　　　國府、主人翁張醒亞、唐琪、賀大哥等等善良的象徵，卻被逼退到臺
　　　　島、緬甸內地。

　　王育德年輕時任教於臺南一中，熱心推行臺語話劇，撰寫臺語劇本並演出。求學時代即對詩文、戲劇、語言學感興趣。此書評於「《藍與黑》評論史」的重要性，在於提供了「接受史」初期，與臺灣島內全然不同的論點：

　　　　不管作者在腦海裡如何使力，寫出來的東西卻不能罔顧現實。不容粉飾
　　　　的現實方才是小說的生命力所在——作者是否了解這一層道理？

　　以《藍與黑》小說為例，王育德接著批評王藍等早期中國大陸來臺作家：

　　　　他們的眼睛時常凝睇大陸，像戀慕愛人一樣地懷念失據的山河、失去的
　　　　青春，臺灣或者臺灣人可能根本不在他們的眼裡。他們心裡想的，只有
　　　　如何早日回到大陸，……這部小說正是如此的典型。故事的舞臺轉移到

臺灣之後，在短短五十頁的描寫裡，一句話也沒提到臺灣人。在臺灣的外省作家群中，還沒有一部作品是以臺灣或臺灣人為主題的，都是自家人的獨角戲而已。

王文批評小說「罔顧現實」的論點，似可與中國大陸左翼史觀的「歪曲歷史現實」互相參照。並且更進一步，此書評也為「《藍與黑》評論史」呈現有別於共產左翼與國民黨右翼，全然立足於本土的「臺灣人觀點」。

結論

不僅僅創作小說，王藍其實是一位多才多藝、能寫能畫、能說能唱的知識菁英。由於特殊的家世背景與閱歷，他在戰前中國大陸，以及戰後臺灣都扮演了活躍的文壇角色。一般讀者認識的「小說家王藍」，是著名長篇《藍與黑》的作者。其實他不只是小說家，也是水彩畫家。他更是 1950 年代臺灣文壇活躍人物：本身是「國大代表」，又是「中國文藝協會」核心成員。他也是媒體人，當過記者、編輯，且獨立經營一家文學性的紅藍出版社——「王藍」、紅藍」、「藍與黑」，回顧他的文壇角色，不僅「寫編雙棲」，執行著官方文藝政策；從筆名書名、到出版社名，色彩鮮明展示著一以貫之的「忠黨愛國」風格。可惜來臺之後，因專注於創作小說的時間太短，以致小說產量不多。雖然完成一部暢銷不衰的言情小說《藍與黑》，但學院內外，相關學術論文終究不多，此其一。王藍文學歷程原有兩個段落：「來臺之前」與「來臺之後」；而此處只將王藍置於「臺灣當代文學家」的範疇背景加以研究論述時，王藍的文學活動、文學生產等，無形中被削減了一半。相信也是研究資料會偏低的另一個原因。

輯四◎
重要評論文章選刊

《寫甚麼？怎麼寫？》自序

◎王藍

　　這本小書，不是文藝理論，更不是「寫作祕訣」。

　　理論，我懂得太少。祕訣，對於寫作，則是根本不存在的。

　　收集在這裡的幾篇東西，一部分是為中華文藝函授學校寫的講義的摘錄，另外一大部分則是近數年來在臺北師院附中、女師、建國中學、成功中學、商職、市立女中，政工幹部學校等校講演的底稿，事後雖零散於報章發表，但在修辭、結構上均未能加以仔細推敲，重新整理。幾位鼓勵我印行這本書的文友卻偏愛它們的原貌，希望我最好不要再加雕琢，他們說：「這樣原封不動地拿出去，讀來顯得自然、活潑，別具風格；不似一般大塊理論文章，那麼令人望而生畏，越讀越吃力，內容深奧得難以使人真正消化。」對於這幾位文友的鼓勵、謬愛，我是深深感謝的。事實上，我這幾篇東西，讀來未必如他們所說的，自然、活潑；但是，淺顯、一看就懂，倒不成問題。果能容易被人接受，也正是我所期望的了。

　　坊間不少「寫作大全」、「寫作三月通」、「寫作祕訣」、「寫作指南」、「寫作必讀」一類書籍出售，據稱銷路尚佳。我實在懷疑這類書籍對於志在學習寫作的青年朋友們，究竟有何裨益？我個人從未自這類書上有所獲得；同時，我幾乎問過我所有認識的從事寫作的朋友們，他們或她們，也從無一人因為讀了那些「大全」、「三月通」、「祕訣」、「必讀」等書，而始變成大家敬仰的作家。文藝創作當真三月可通，當真有祕訣可得，恐怕普天之下人盡作家了。

　　因此，我要求我的讀者，千萬別把這本小書列在上面那一類具有「奇

異力量」，一下子就能製造出作家來的「奇書」裡面。

　　這本書，僅是我在寫作的道路上摸索了近二十年來的些微經驗與心得。我願意毫不保留地，赤裸裸地提供出來。我知道我提供得太少；可是，我提供得忠實、誠懇。

　　大的理論家如一座燈塔，他射出的光芒，可使學習寫作的人，心明眼亮，勇往邁進；我僅願這本小書，能夠作為一部腳踏車後面的一盞小燈，我自己騎著腳踏車摸索前進，走了不少坎坷不平的路，也看到若干同行者走了許多繞遠的叉路、冤枉路，偶而摔一跤，摔在陰溝裡還免不了弄一身泥濘，如果我這盞小燈的微光，能使走在這樣道路上的青年朋友們減少一些這種遭遇，則是我的最大安慰了。但請注意：我用「減少」而不用「免除」字眼，乃是因為寫作的道路崎嶇而漫無止境，奢望全部免除困難，是絕不可能的，任何天才也必須一步一步不畏艱辛地前進，在這條道路上，是從無特別快車，更無直升飛機的。

　　在本書的第一輯中，我提出了：情感、生活、知識、技巧、主題。我特別強調情感是寫作的原始動力，希望初習寫作的朋友，在一種不宣洩即不能忍受的強烈情感的驅使下，才著手寫作，必會產生動人的作品。我特別強調豐富的情感來自豐富的生活，希望初習寫作的朋友充實自己的生活，為實踐自己崇高的理想而創造生活，才能永遠保持豐富的情感，才能得到取之不盡用之不竭的寫作材料。我強調知識的重要，尤其是文學領域以外的知識，因為文藝作家既然幹了這一種「描寫人生、啟示人生、創造人生」的行業，在今天這個自然科學、社會科學日新月異的世界上，知識貧乏者必無法承擔上述的艱鉅使命。我強調技巧要美！要新！要創造！因為寫作絕對不是靠抄襲、靠模仿、靠傳授、靠固定的「寫作指南」或「描寫大全」可以成功的；誰的技巧美，誰的技巧新，誰才能走在前面。同時，誰在感情上獲有別人沒有過的感受，在生活上獲有別人沒有過的體驗，誰的技巧就一定美，一定新，一定是創造。我強調萬勿忽視主題，因為主題模糊的文章，對於讀者是一種浪費，主題謬誤的文章，則技巧越高

害人越深。

　　在第一輯中，我答覆了「寫什麼」？——自你最熟悉，最親切，最血肉不可分的生活中覓取題材。也答覆了「怎麼寫」？——在一種不吐不快的真實情感驅使下動筆，技巧要美，還要新。我的答覆僅僅就是這麼短短的兩句話；但是，我想，初習寫作的朋友們果能把握住這一點，將比讀多少「大全」、「三月通」、「祕訣」更為有用。

　　第二輯，多為比較具體的寫作技巧研究，也可以屬於「怎麼寫？」的範疇。不過，裡面並沒有「如何寫小說？」、「如何寫詩？」、「如何寫散文？」、「如何寫人寫景寫事？」的方法；這些方法大家可以從另外許多名家的有關著作中去閱讀；我所要提出的幾個問題，則是別人講得不多，或是尚未一講的，例如：不少作者把「的、地、底」三字錯用；不少作者把「第一身」與「第三身」混淆不清；不少作者專門費盡心機編造離奇古怪曲折纏綿的情節，而忽視人物的典型創造；不少作者製定有固定不變的描寫詞句，加諸於他們筆下的人物——好人就好得像聖人、像神，壞人就壞得從生到死也沒有過一絲人性；不少作者對於戀愛的描寫，不管男女主人翁的典型如何，都用同一公式——同一種表情，同一種情話，同一種心理反應，甚而故事情節等也千篇一律……針對這些毛病，我提供出來一點拙見，請大家指教。

　　在第三輯中，我說明一個作家的使命是光榮地不流血革命，他應有充分權力揭發一切黑暗，俾能消滅一切黑暗。我並不反對歌功頌德，但那必須是真功真德，偽功偽德是不能又歌又頌的。去年我和文藝界朋友們一同發起文化清潔運動，呼籲全國人士集中全力除掉赤、黃、黑三色毒害，曾有友人問我：「你要除掉『黑色』，是否反對揭發黑暗？」我當時即拿出遠在前年（民國 42 年 10 月 25 日）發表於《文壇》二卷二期的〈黑暗可以暴露嗎？〉一文，請他看，他恍然大悟：「原來你是贊成揭發黑暗，反對造謠誹謗。」我說：「正是，揭發黑暗的目的是消滅黑暗；造謠誹謗的結果是製造黑暗。因此我贊成前者革命家的行動，反對後者共產黨式的毀滅人類的

傳家法寶。」我特別把〈黑暗可以暴露嗎？〉一文選在這裡，一方面說明我一貫對於黑暗可否暴露的看法，一方面也是要求寫作的朋友：好人好事我們應該多多描寫，多多讚美，壞人壞事我們也應該勇敢地在我們的文藝作品中予以揭發。

　　第三輯中的〈認識戰鬥文藝・創作戰鬥文藝〉，是全書最後一篇，也可以說：是又一次肯定地回答了「寫什麼？怎麼寫？」寫什麼？當然是寫戰鬥文藝，因為唯有戰鬥文藝，能夠鼓舞起真與偽的戰鬥、善與惡的戰鬥、美與醜的戰鬥、人性與獸性的戰鬥、公理與強權的戰鬥、愛與恨的戰鬥、仁慈與殘忍的戰鬥、文明與野蠻的戰鬥、自由與奴役的戰鬥……這種文藝不但我們今日需要，更為全人類永遠所需要。怎麼寫？只要我們有真實的戰鬥情感，有豐富的戰鬥生活，有堅強的戰鬥意志，有積極的戰鬥理想，技巧自然是美！是新的！作品的影響和力量自然是善的！大的！

　　本書承王怡之女士代為校對，至謝。又，督促我為中華文藝函授學校寫講義的李辰冬博士，和那許多位熱誠地邀我到他們的學校去講演的校長、老師們，乃是這本小書的有力催生者，我有無限的敬意與祝福獻給他們。

民國 44 年仲夏於中和鄉曦園

——選自王藍《寫甚麼？怎麼寫？》
臺北：紅藍出版社，1955 年 8 月

愛情小說與戰鬥文藝

◎王藍

一

不久以前，我寫了一篇小說——〈愛情垃圾〉。

那篇小說在《自由青年》半月刊上發表，事後，中國廣播公司曾以廣播劇形式，加上效果，配上音樂，連續播出。我所以要寫〈愛情垃圾〉有兩個原因：

第一，目前在臺灣，毀容的風氣頗盛，動不動就把求愛不遂或是曾經相愛過的對象，潑上一臉硝鏹水，在這種獸性發洩以後，一個個還都又裝出人樣兒來說：「我是因為太愛她了，所以才毀了她的容！」呸！這也配談「愛情」嗎？這簡直是愛情垃圾！毀容之外，又有：大學生刀割女同學鼻子，堂堂軍官體罰太太「半分彎」然後再來個「槍擊要害」，以及誣告情敵為匪諜……等等怪現象發生；其他，用各種卑劣手段在情場上施展，損辱愛情的事件更層出不窮地在報紙的社會新聞版上出現。面對如此社會風氣，我實在有不忍坐視的感覺。於是，我決定利用這種題材，寫成一篇小說，希望多多少少能在挽救這種可怕可憎的風氣上，有一點裨益。

第二，目前在臺灣，文藝界人士們大都在全力倡導，響應，並積極從事於戰鬥文藝的創作；也有少數人迄未了解認清戰鬥文藝，而予以曲解、誤解，甚至惡毒地予以誹謗、攻擊。他們的論調中，包括有：「戰鬥文藝是廟堂文學，只准歌功頌德，不准暴露黑暗」；「戰鬥文藝是反共八股或反共標語口號，枯燥乏味」；「戰鬥文藝的題材受限制，只能描寫刀、槍、飛

機、大砲、坦克、艦艇、砍、殺、打倒、消滅⋯⋯」;「戰鬥文藝違背寫作
自由,有法西斯味道」;「戰鬥文藝不能描寫愛情,因為談情說愛是反戰鬥
的」;「戰鬥文藝的生命短暫,無永恆的藝術價值。」聽了這種論調,我感覺
得他們實實在在,真真正正地大錯特錯了。我不想用理論多加駁斥,我決心
嘗試著寫一篇小說——一篇愛情小說,先來對抗上述論調中的一條——「戰
鬥文藝不能描寫愛情,因為談情說愛是反戰鬥」,於是,我寫出了〈愛情垃
圾〉。

二

　　在〈愛情垃圾〉中,我揭示一個主題:「戰場與情場有一個極大的分
野,乃是戰爭在於制人,愛情必須律己。」許多人慣說:「情場即戰場」,
於是,他們便自以為勇敢地,在情場上衝鋒陷陣,斫殺不已,為達目的,
不擇手段,想盡卑劣方法征服對方,打倒情敵,然後以一位「情場英雄」
姿態出現:呸!分明是最大的一個懦夫!豈不知:在戰場上,要打倒要征
服的,確是對方;在情場上,要打倒,要征服的,倒是自己!要打倒,要
征服自己的什麼呢?是自己的自私、狹隘、衝動、貪婪、猜忌、殘暴。這
些原本都是人類共有的弱點,而在談戀愛時,卻最容易迸發。這些正是我
們自己內心中的敵人,我們如不先把它們打倒,征服,我們就很難完成一
個純真,美好聖潔的愛情。所以,我說:談愛情的人,須先懂得律己。能
律己的人,才有資格獲得進入情場的通行證。

　　律己就是戰鬥,是和自己戰鬥。因此,發揮律己精神的愛情小說是戰
鬥文藝。

三

　　在給一位寫小說的朋友的信中,我曾與他研討愛情小說,我試把愛情
小說分為上、中、下三類:

　　先說「下」,最差的一類——這類小說以愛情做號召、實際上不是愛情

小說，而是色情小說。愛情不同於色情，我們當然都該知道。這類小說也有故事，也有人物，然而全力描寫的都是性愛、邪淫，集黃色、猥褻、下流字眼、筆調之大成，帶給讀者的，是感官的刺激，邪慾的亢進，最低也是使人消沉，頹廢，甚至變態。

　　這類小說，不但盜愛情之名，且有時還加披上「反共」外衣。然而，無論如何，它仍是道道地地的「黃色」產物。這類作品大多是描寫我方的男性地下工作者，由臺灣或港九冒險深入大陸匪區，靠著漂亮瀟灑的儀表，與滿嘴西洋文法的談吐，再加上特殊獵豔的本事，和女匪幹們廝混在一起，混來混去，女匪幹被我們的男特工迷惑了，征服了，結果，匪方的機密被我們的男特工獲到了，接著，若干大匪幹被刺了，若干匪的重要軍事基地被炸了，甚至秧歌王朝就此搖搖欲墜，立將毀滅了……表面看，這是多麼愛國、英勇、驚險、曲折的反共故事，可是，作者描寫女匪幹的性感，妖冶，與男女「性」的動作上的場面是太「偉大」了，所以說下半天來，它不過是一部「反共性史」而已。這類小說，雖有反共外衣，但絕非戰鬥文藝。不但不是戰鬥文藝，且是反戰鬥文藝。因為它帶給讀者的惡劣影響比普通淫書更壞。普通淫書不混充文藝創作，不自稱戰鬥文學、雖害人，但還有一副誠實的面孔；這類「反共」作品的影響可就不可同日而語了，它除了具有與「性史」同樣刺激戕害讀者的效果外，更給讀者一個可怕的錯覺與心理——以為我們派出幾個「小白臉」特工到匪區去，靠一套玩弄女人的技術就可以把匪偽政權打垮。果能如此，我們還要堅苦卓絕的陸海空三軍做什麼？我們還要全體國民臥薪嘗膽奮鬥犧牲做什麼？我們應該知道，反共戰爭是我們有史以來最艱苦的一次戰爭，我們雖然派了許多英勇的同志深入匪區工作，但他們的艱苦簡直是我們難以想像的。抗日戰爭初期，或許我們的在津、滬等地的敵後工作者，藉著英、法租界的掩飾，尚可在舞廳、酒樓、聲色場中和日本女間諜周旋，但專靠這一手找情報的，也究竟是少數的少數；如今匪共防範的森嚴，手段的殘酷，我們欲以「性技術專家」妄想輕輕易易地打倒他們，真是難上加難了。這類小說

的作者也許尚有幾分崇敬我們這些地下工作者的意念；可是，卻把他們出生入死，大無畏的精神全都抹煞光了，他們哪裡還是地下英雄呢？簡直成了「小白臉」、「拆白黨」！為此，這類小說儘管「反共」，我也把它列在愛情小說的分類「下」裡面。我還要重複一句：它是「反戰鬥文藝」。

再看，什麼是「中」的愛情小說？這類小說通常見於消閒，消遣性的報章書刊上，描寫男女的戀情，在作者本身也許花了不少功夫，力求文筆流利，氣氛柔美，意境詩意，對話如夢似幻，人物飄飄欲仙……黃色絕對不是，但也不能給讀者任何積極的好影響，它的功用止於消閒，好玩，趣味。這類小說，在目前頗為流行，即俗謂的「愛情傳奇」，是大家司空見慣的了。它對讀者無害，但也談不到有益。它的益處只是幫助讀者打發無聊的時間，給讀者解解悶，它談不上是「反戰鬥文藝」，但可以說是「不戰鬥文藝」。

第三類「上」的愛情小說是怎樣的呢？這類小說描寫純真的景情，儘管熱烈，但不邪淫，不僅告訴讀者一個愛情故事，更向讀者啟示出愛情的真意義，真價值，使讀者藉此認識愛情，了解愛情。這類小說在世界名著中頗多，作者單單是描寫男女愛情，並未包含愛國、革命等等偉大思想、信仰；然而，它照舊能以不朽，能以流傳，原因就是它寫出了愛情的真諦。換言之，這類作品寫出了純真的人性。對於人性的影響，是善的。如果，我們稍一留心，這類作品所揭示的主題，則大多是指出：愛情不是征服、打倒對方，而是犧牲、奉獻、寬容、仁慈、律己，是和自己的內在敵人戰鬥。這類作品，已有資格被稱為「戰鬥文藝」。

四

上月，臺北曾上映過一個芭蕾舞影片《心聲幻影》，是三個短片合成，第一個短片《走繩索的人》，描寫一個馬戲團的小丑，暗戀團中一位芭蕾舞星甚久，但不敢直告，該女郎已有一戀人——該團高空走繩索的演員，後來，小丑忍不住地向女郎吐露了心底的祕密，並勇敢地跳上高空繩索，表

示他也能在上面走，這時馬戲團的人都驚訝地來看，女郎也很受感動；可是，小丑終於摔跌下來，他原本是不會走繩索的，他不但摔跌下來，他並且摔死。死前，彌留之際，他把那女郎招呼到跟前，又把那會走繩索的男演員也招呼到跟前，拉住他倆的手，然後把他倆的手放在一起，眼睛放出最後的一瞥──「祝福你們相愛……」這才瞑目死去。這一幕真是感人極了。坐在我身後的一位觀眾向他的鄰座友人說：「外國人真了不起，偉大，我以為那個小丑臨死以前要向他的情敵的臉上唾一口痰呢！」他這句話引起我們這個小小角落一陣嘻笑。可是，他這句話也並非全是盲目媚外，「妄自菲薄」：對於愛情的處理，我也覺得我們這個泱泱大國的人士們的風度，確有若干地方尚嫌不夠意思。

年幼時又曾聽人講一個外國故事，說一位勇士走到高山中，在緊靠懸崖的山路上發見一個人醉得爛泥似地，摔倒在那裡，不省人事，仔細一看，原來正是他的情敵，如果他一伸腳，那醉漢便立刻會滾下山去粉身碎骨，可是，他考慮了半天，他把那醉漢搬拖到距離懸崖很遠的地方，那醉漢無論怎麼翻滾也不致於翻跌下山了，他這才心安地走開……

這兩個小故事，如果寫成愛情小說，都是很好的戰鬥文藝。因為小說中的主人翁展開了一場劇烈的戰鬥，不是和別人戰鬥，而是和自己的內心戰鬥。

在愛情上，和自己戰鬥的是戰鬥文藝；戰鬥別人的是反戰鬥文藝。

五

前面我說了愛情小說可以分為上、中、下：現在，我要提出一種比「上」還更好的「上上」類的愛情小說。

「上上」的愛情小說是怎樣的呢？它必須先具有「上」的條件──描寫了純真的愛情，啟示了愛情的真諦，除此以外，它更同時提出了一些重要的社會問題，一些與大多數人有關的問題，反映出時代的動向與時代的要求。《茶花女》所以不朽，因為一、它寫出了阿茫與茶花女的真摯愛情，

二、它寫出了茶花女的自我犧牲和對阿茫的寬容，三、它提出了社會問題——為身分是妓女，靈魂卻高貴的女人鳴不平，為婚姻的不合理鳴不平。（茶花女的嫁阿茫，阿茫不但本身受人譏笑，連他的妹妹也因為有一個做過妓女的嫂子而嫁不出去）這是和社會壓力相戰鬥，它又反映出當時法國各階層的社會相，和時代的風暴相戰鬥。《朱麗葉與羅米歐》所以能成為世界名著，不僅由於它描寫出男女雙方主人公的愛情堅貞，更表現了因為他倆的殉情，結束了兩家冤深似海的世仇，從此再也沒有了世世代代相互殘殺的悲劇。

再有許多小說，描寫正在戀愛的男女，為了國家民族的生死存亡，暫時拋下一己的幸福，投身於抗敵衛國的戰爭，為了爭取國家民族多數人民的自由甚至犧牲了生命與愛情在所不惜，十足表現了「生命誠可貴，愛情價更高，若為自由計，兩者皆可拋」的偉大信念，這類小說，無疑，更是戰鬥文藝了。這類小說是我們過去抗戰，今天反共兩個大時代中最需要的作品，不少作家也已努力地完成過這種作品。

最近，匈牙利人紛起反共抗俄，不少人攜妻帶子逃出鐵幕到達奧地利邊境，將妻子留在安全地帶，自己仍然回轉身去，奔向匈牙利繼續參加反俄的游擊部隊，更有一些少年要求跟隨他們的父親一同回去殺俄國人⋯⋯這真是好的愛情小說題材，可以描寫男女主人公婚前婚後的愛，可以描寫他們如何為了爭取他們祖國的自由，寧願分別，踏上征途，如果是這樣題材的一篇愛情小說，技巧也很優美的話，誰能說它不是最好的戰鬥文藝呢？而上面我引用的那首「生命誠可貴⋯⋯」的小詩，就正是一位匈牙利詩人的作品啊！

六

末後，我還想囉嗦幾句，關於戰鬥文藝的話。

究竟何為戰鬥文藝？描寫戰場與一切反共題材的作品當然可以列入戰鬥文藝的範疇；但是，其他人生各方面的景象，無不一一可以在優秀作家

筆下變為戰鬥文藝。反之，沒有藝術價值，僅有火藥氣息的作品，儘管其內容為反共，為斫殺，也並不能冠以戰鬥文藝，因為它僅「戰鬥」，而不「文藝」。

凡是好的文藝作品，不但描寫人生，更給讀者一種有力的啟示，與創造新人生的力量——使人向真，向善，向美，向上追求的力量，換言之，也就是一股偉大的戰鬥力量。誰跟誰戰鬥呢？答曰：真與偽戰鬥，善與惡戰鬥，美與醜戰鬥，人性與獸性戰鬥，愛與恨戰鬥，仁慈與殘忍戰鬥，自由與束縛戰鬥，民主與獨裁戰鬥，文明與野蠻戰鬥，公理與強權戰鬥⋯⋯如用一句話，則是，光明與黑暗戰鬥⋯⋯。人生本就該是這麼一場戰鬥，所以文藝所表現的也就該是這一場戰鬥。

由於，我們可以得知：戰鬥文藝正是自由文藝。任何一位有藝術良心的作家，都有絕對權力，極端自由地用他強有力的筆向一切黑暗戰鬥，橫掃一切黑暗。法西斯思想正代表黑暗，正是戰鬥文藝全力撲滅的戰鬥對象。因而，誣戰鬥文藝含法西斯味道者，本身才真是含有法西斯味道。

又有一部分人，以「自由」為「專利」，認為除他們之外，無人懂自由，無人配談自由，終日戴著一副「不自由」的有色眼鏡，看著別人都是「不自由分子」，所以對於戰鬥文藝也加上「不自由」的罪名。豈不知：真、善、美，是人類永遠所追求，也是文藝永遠所追求的。今天我們反共，就是反它的偽、惡、醜，偽、惡、醜不但我反，你反，他反，人人都要反，不但拿筆桿的要反，拿槍桿的也要反，拿算盤的要反，拿鐮斧的也要反，不但今天人類要反它，將來人類還是要反它。今天我們的作家們寫反共作品，對匪俄口誅筆伐，並非受政府的命令，更非做政府尾巴或宣傳工具，而是一向積極追求真善美的作家們，自發自覺，認為不反掉集偽惡醜於一身的匪俄，不足以救自己，救國家，救人類。

但是，話還得說回來，單單主題反共，技巧太差的作品，並不能變為戰鬥文藝；標榜反共，而實係販賣色情的，是「反戰鬥文藝」。除了反共以外，以愛情、家庭、學校、工廠、農村⋯⋯為題材的作品都能變為戰鬥文

藝，只要那些作品的影響，能使我們的愛情、家庭、學校、工廠、農村……更完美，更健全。

　　所以，我願下一結論：一篇文藝作品配否冠上戰鬥二字；並不僅在於它的題材，實更在於它的影響。

　　我還願再下一結論：不論古今中外，凡是好的文藝作品，俱為戰鬥文藝，它不但具有時代性，也更必具永久性。

　　好的愛情小說是戰鬥文藝，因而在世界名著中，許多愛情小說的生命是永久的。

11 月　曦園

──選自《復興文藝》第 1 期，1956 年 12 月

十年甘苦

◎王藍

我曾把曹雪芹的話：「滿紙荒唐言，一把辛酸淚，都云作者癡，誰解其中味？」改動了幾個字，成為：「十年『文協理』，一把辛酸淚，都云吾人癡，誰解其中味？」

聽了我這四句話的文協朋友們，都大點其頭，並且都在臉上湧出「帶有眼淚的笑」。那笑裡有辛酸，有委屈，有傷感，有悲憤，但也有安慰。

「文協理」是中國文藝協會理事的簡稱。文協不是一個光掛招牌不做事的民間團體，十年來文協所做所為，海內外人士都有一個認識（文協出版有《文協十年》，不用我多在這兒報告工作），因此，「文協理」的擔子實在不輕，雖然是純義務職，但由於受了全體會員的囑託與社會人士的鼓勵，幹起活兒來更得兢兢業業賣死力氣。文協要致力文藝運動，然而「文協理」本身又不能一個勁兒地運動而荒廢掉寫作或其他本行的藝術工作，因為沒有人願意被人指為「沒有作品的文藝運動家」，卻寧願被指為「不參加運動而有作品的作家」。於是，有藝術良心又有愛國熱誠的「文協理」們，一直陷入一個苦惱中——專心埋首創作？還是專心致力運動？

這十年來，我也是被這個問題困惑著。結果呢，文章也要寫，運動也要做。許多好朋友也是如此。這實在苦透了。但是，並沒有誰強迫我們吃這苦頭；完全是情甘樂意。因為我們深深覺得創作重要，而在此時此地，從事反共愛國的文藝運動也同樣重要。

文協成立在民國 39 年，彼時，我們國家正處在風雨飄搖最惡劣的情勢中，美國發表了「白皮書」，人心惶惶不可終日，稍有辦法的人都準備往日

本、美國逃，或是準備漁船必要時能逃往琉球也好，一些報章雜誌上的文章俱是低調、灰色、沮喪、頹唐或是風花雪月、無病呻吟，偶有反共文學，作者竟不署真名……文藝界的朋友們不忍坐視，乃集合一起在民國 39 年 5 月 4 日成立了中國文藝協會，鮮明地打出反共愛國的旗幟，一時文學、美術、音樂、影劇各種作品相繼問世，對於民心士氣的鼓舞，確實發生了很大的效果。

後來，大家逐漸感到，集創作與運動於一身，對於任何一位藝術家都不是一件容易長期承當的事，於是一再紛紛要求國家能夠成立專司機構，依據憲法基本國策一章中的明確規定，由政府切實負起協助文藝工作，推行文藝運動的責任，好使作家藝術家們退役下來，能夠專心一意回到自己崗位埋首創作。但是，一直到今天，政府似乎沒有這種決策與魄力。過去十年中，我個人常有感到精疲力竭難以為繼的時候，梁又銘、梁中銘兩先生便以下面這幾句話勸慰我：

「今日做一個作家，固然可以獨善其身地閉門進修、埋首創作，但也應該對社會對民族負責任、盡義務，致力於轉移氣風影響民心的愛國文藝運動。所以，今日的一位作家應該是『退則獨善其身，進則兼善天下』，『靜則獨善其身，動則兼善天下』！」

兩位梁先生的話給了我極大的力量，使我不致半途開小差或是跌倒不起，仍能追隨其他「文協理」與所有文協的朋友與藝術界的朋友，竭盡駑鈍。

十年來，我沒有正式統計自己究竟寫了多少萬字。我不是「多產者」。十年內已經結集的只有《師生之間》、《咬緊牙根的人》、《女友夏蓓》、《寫甚麼？怎麼寫？》、《吉屋出售》、《藍與黑》六本書。前幾本是在一架與我太太倆人合用的縫紉機上寫的，那時剛剛逃難來臺，我家沒有一張寫字檯，白天太太踏機器，晚上我就在上面寫稿子，那一段艱苦的歲月頗值得紀念。有一年我買了十幾令白報紙準備印一本書，集名「春天的腳步」，因為太太生產，必須把紙賣掉進醫院，結果生了個兒子，我們給那個孩子取

名「春步」就算「春天的腳步」「出版」了。近三、二年來，一般正當文藝書都比以前好銷，這是因為軍中與學校讀書風氣與興趣越來越濃厚的緣故；我寫的《藍與黑》、《吉屋出售》幾本書也相當銷暢，所以不但買了寫字檯，家庭生活比前些年也稍有改善，我想我述談這一段，也許是關心寫作者的讀者友好們喜歡聽到的一個好消息。

十年來，我最感到安慰的幾件事，是：（一）有機會在政工幹校教「新文藝」的課，同學們畢業後紛紛在軍中擔任文化工作，使新文藝的種子在軍中開花結果，尤其我在金馬遇到這些可愛的大弟子（恕不客氣了）時，特別感到親切快慰。（二）有機會應邀做過環島大、中學校的講演，那些純潔的青年學生們對於文藝的狂熱愛好，真使我感動，永生難忘。（三）有機會兩次去金門，一次去馬祖——在砲戰中的火線上遇到讀者，被他們團團圍住，緊拉住手，緊摟住肩，索書，或是簽名留念，歸來後一連接到上萬封熱情洋溢且附有照片的官兵的信，對於一個從事寫作的人，最大的欣慰，最大的榮譽，恐怕莫過於此，也可以再無他求了。在深深的感動下，近二年來，我陸續捐贈給金馬軍中《藍與黑》等書三千餘冊，統交請總政治部轉發官兵以資徵信。我知道還有許多文友也都大量捐獻過他（她）們的心血結晶。那些官兵給我的信，已經珍重收起，由那些三軍健兒的照片，可以看出他們是那麼活潑、健壯、漂亮，而他們的文字是那麼美好、感人，今天軍中文化水準之高，官兵素質之佳，那些書信實在是最有力的證明。我絕不是揀好聽的說，我真實地感覺到我能獲得這麼多戰士的信與照片，確比我得到一百次一千次文藝獎金更為榮譽，更有價值與意義。我計畫把這些信中的一部分印成集子，書名「金馬書簡」。

十年來，文協聯合其他文藝社團發起的兩大工作——民國 43 年的文化清潔運動與最近的保護著作權運動，可以說做得轟轟烈烈，但也艱苦萬分。記得當年文協首先發出文化清潔的呼籲，各種惡毒誹謗紛至沓來，有人說黃色應由警察司法機關懲辦，文化界不能多加評論，要評論就是不民主，就是危害言論自由與創作自由，又有人擺出一副「忠貞面孔」說我們

這是故意破壞政府威信，理由是政府可以依法處理黃色書刊、影片、音樂，我們多管閒事等於干涉政府沒有盡責，黃黑書刊老闆則乾脆說文化清潔運動等於大陸上的「文藝整風」與「洗腦」又等於「焚書坑儒」，恨不得把我們送到馬場町當匪諜槍斃。然而真理只有一個，在艱苦奮鬥之後，文清運動——一個良心運動、愛國運動、民主運動、人類道德重整的文化運動，終於發揮了威力收到了效果。如今，另一場戰鬥正在進行——若干不肖書販與流氓勾結成以盜印為專業的集團，資力雄厚，組織嚴密，年來集中全力，盜印文藝作家著作並向作家勒索敲詐，其無法無天的罪行正如胡適先生所說與扼殺作家生命無異；十年來，百物漲價，獨稿費版稅不漲，作為中國作家本已夠苦，偶有書暢銷必被盜印，作家還有無活路可走？文協會員作品被盜印的已達三十餘種，海外忠貞反共作家被侵害的更多，因此文協已聯合友軍，誓與這批全國著作人的公敵作戰到底。

在上述兩個運動中，我都親自參加，在文友支援、鞭策、鼓舞下，我貢獻了最大的「傻勁」與「衝勁」，顯然，為此影響寫作時間甚大；但是，還是那句老話，創作重要，運動也重要。愛我知我的讀者與文友，我期待您們繼續給我加油、打氣！

中華民國 49 年初夏於曦園

——選自陳紀瀅主編《十年》

臺北：文壇社，1960 年 5 月

我寫‧我畫‧我跑萬里路

◎王藍

除了寫作、畫畫，事實上，我最喜歡的是唱戲。

談到寫作與畫畫，均與我唱戲有關，要不是我喜歡唱國劇，可能還不會有今天我的寫作與繪畫的成績。

沒有想到會當作家

從小我立過許多志願，卻從沒有想當作家。初中作文常吃「大丙」。當然與那時老師的觀念和心態也有關係——老師都是道貌岸然，所出的作文題目非常艱深。譬如「國際聯盟與世界和平」啦，「社會風氣與倫理道德」啦，使十多歲的小孩不知如何下筆。

我一位畢業於北平女子師範大學國文系的大姊，她曾對我說，我前額寬大，似不應太笨，大概是作文不得訣竅。她說，作文講求竅門，正如人有七竅，我已通了六竅。那時，我聽了很高興，事後想起來才領悟到，我大姊原來是罵我「一竅不通」。

在寫作上，我是曾經吃過大「丙」、且得過「丁」的人，真可說一竅不通；為什麼到後來曾出過13部小說，並靠寫作為生呢？

剛才我提過，從小我立志願，沒有志願當作家，卻曾立志當畫家。當畫家主因是由於我喜歡看國劇，我出生於一個戲迷的家庭，雙親及兄姊都喜歡國劇。我畫畫最原始的題材就是國劇人物。我常與父兄去看國劇，當時，我並不懂得劇裡唱詞與情節，但是，我常被舞臺上的人物動作、唱腔、行頭、服裝色彩所吸引。我常拿蠟筆將我所喜歡的舞臺人物畫下來，

大人們看到我的畫也頻頻誇獎。後來,我畫畫的題材並不限於國劇,也走向大自然,畫畫風景靜物等等。

立志要當畫家

我的家庭很安適,父親主持紡織工業,家用不虞匱乏。我從小可說在溫室中成長,對於畫畫的興趣,父親不但不反對,而且有意栽培。父親曾鼓勵我:要做畫家,就要能出類拔萃,否則會餓肚子。又說要做出類拔萃的畫家,要下大苦功,並永遠保持赤子之心,才可能獲致成功。

我父親是個極端愛國主義者,他又常告誡我:做一個藝術家,也應該「隨分報國」。這句話對我的影響很大。我從小在一個戲迷與愛國的家庭裡長大,父親對我的身教、言教,多過於教科書給我的啟示,另外對我愛國意識啟發最多的就是國劇。國劇真是教忠教孝,像岳飛、楊六郎都是我最崇拜的人。

我立志要做畫家。可是,一個大的打擊來了,日本人入侵中國,造成七七事變,神聖的抗戰於是開始了。日本飛機轟炸天津,將我家炸成一片瓦礫。我有七百多張油畫、素描、水彩畫習作皆化為灰燼。我們全家逃到英租界,在逃難的過程,我看到慘不忍睹的情狀,看到中國婦女遭日本鬼子汙辱,每一個中國人表情均是恐懼、害怕、憤怒,又無可奈何。在當時,我熱血沸騰,決定丟下畫筆,拿起槍桿,走上前線。

大丈夫流血不流淚

一心到後方當兵,然而並不容易成行,通過敵封鎖線南下,更是艱險萬狀。於是,我就背著父母、家人,偷偷地參加敵後愛國的抗戰工作。很多的同學與我出生入死,患難與共。

有兩位女同學遭日本人捉去,受到酷刑,死狀很慘。其中一個女同學是基督徒,她在受刑時說:「能殺我的身體,而不能殺我的靈魂的,我不怕。」此語一出,日本人與漢奸為之震驚,這件事流傳了出來。我們聽到了

更增加了我們報國殺敵的決心。17 歲時，我終於逃離淪陷區，到達到太行山國軍游擊部隊當兵。我有很多好友戰死疆場，我流淚難過。我們的長官對我說：「大丈夫流血不流淚，化悲憤為力量」。我聽到這句訓勉，繼續奔馳戰場，奮勇與敵人作戰，一年後，倖能活著下太行山，輾轉到後方讀書。

在後方讀大學，日子過得非常艱苦，父親不能寄錢來，國家給我們貸金念書。四年的貸金，畢業後，我們誰也沒有還過。貸金制，是那時候教育部長陳立夫先生的德政。諾貝爾獎得主楊振寧、李政道，就是靠當年的大學貸金讀出來的。

抗戰時期開始寫作

國破家散、骨肉分離、好友戰死、思念親人……這些，促使我開始動筆寫作，流著淚寫，心裡淌著血寫。對於一個作家而言，重要的並不在於他是否念過文學系；而是在於他的真摯情感、生活體驗。

19 歲那年，我寫了一篇小說〈一顆永恆的星〉。那時沒有像臺灣那樣多的文藝基金會。唯一文藝獎是中宣部每年頒發的。當時中宣部長是張道藩先生，我對這名字印象太深刻了。因為，在抗戰前，我還是少年時候，在天津看了一部電影叫做《密電碼》，編劇人是張道藩先生。這是描寫北伐時代，革命志士如何冒險犯難對抗軍閥的故事。其中一名志士被貴州軍閥吊起來打，後來，我才知道這被打的人就是張道藩先生本人。

張道藩先生曾留學英倫、巴黎習畫，自從手被軍閥打壞，就少再作畫了。不過他仍寫了不少劇本，對於喜愛文藝的青年非常厚愛。

我寫的〈一顆永恆的星〉，內容是描述抗日志士殺身成仁、捨身取義的故事。沒想到，我這篇小說獲得民國 31 年全國第一名獎金之後，頒獎的人就是我平素敬仰的張道藩先生。對於 20 歲那年的我，得到這份獎金，又獲結識張道藩先生，心中的喜悅，可說溢於言表。獲張先生賞識，我這流亡學生總算有安身之地，遇到假日也常住進全國作家匯集的文化招待所。張先生常勉勵我，將來不論做什麼工作，畫畫的筆與寫作的筆不能丟掉。我

也牢記著這句話，不停的寫，一連也出了好幾本書，每本書都與抗戰題材有關。

我在後方頭一篇稿子是寄給《女兵日記》作者謝冰瑩先生在西安所主編的《黃河》月刊。我出版第一本小說《美子的畫像》就是謝冰瑩先生給我寫的序。謝冰瑩現在客居美國。這本書由東方書社出版。當時東方書社專門出老作家徐訏、姚雪垠與我的書。中共新華書店則排斥我們三人的著作，拒絕經售，又在《新華日報‧副刊》整版出專號，罵徐訏先生、荊有麟先生與我的書。引起論戰，我們三人之書銷路反而大增，也可以說是共產黨把我剷出名的。很不幸，姚雪垠後來變成毛澤東崇拜者，所寫《李自成傳》單單自序中，「毛主席」就出現了幾百回。若論歷史小說，臺灣高陽先生、章君穀先生的作品的造詣、藝術境界，比姚著高出太多了。

《藍與黑》是在縫紉機上寫出來的

抗戰勝利，我回到天津北平，因醉心民主政治，前後當選河北省國民大會代表、天津市參議員。無暇從事寫作、繪畫。到臺灣後，才重操舊業，靠寫作糊口。那時，我住在永和的克難房子，沒有寫字檯，我就在太太破舊的縫紉機上開始寫作，上百萬字的小說就是在那張縫紉機寫出來的。其中包括《藍與黑》。

《藍與黑》寫了三年才完成。連打腹稿事實上還不止三年。那三年是國家最艱苦的時期，同胞生活也很艱苦。我一直認為，我們每一個人的命運與國家的命運應是緊緊結合在一起。如果在國家遭遇困難的時候，個人也必會遭受苦難。除非是漢奸、奸商，及不法歹徒，才會在國難中發財。國家好轉，個人也才會好轉。

當年，我們遭國破家散之痛，我從大陸遷移臺灣，慢慢生活才好轉。寫了《藍與黑》這本小說之後，很幸運銷路很好，被改編成電視劇三次，電影、電視、廣播劇等多次。電影是由林黛主演，後來林黛又自殺了，造成很轟動的社會新聞。因此，這本書流傳更廣，也被翻譯成英文、韓文發行。

永遠心存感激

臺灣今天的蓬勃發展，都是大家努力的結果。身為一個作家和畫家，感覺到一個社會要是不富足，作家與畫家生存就不易。作家王鼎鈞先生曾說，一個人要是經濟相當拮据，他第一筆刪掉的就是買書和買畫的錢。只有富足的社會，人們才有多餘的錢買書買畫，所以我心存感激。

《藍與黑》與《長夜》這兩本書銷路一直很好，收了許多的版稅。我時刻不敢忘，這是全國軍民共同締造了這安定富足的環境所致。我心存感念。

要不是古寧頭一戰，國軍擊退了共軍，我們還有今天的臺灣嗎？我常跟留學生說，今天有幸能夠出國留學，有沒有想到，當初若是古寧頭那一仗，我們打敗了，你們還能在臺灣順利升學、出國留學嗎？要是臺灣當年淪陷中共手裡，今天我們還會有外匯存底七百多億美元，成為亞洲如此富有的國家嗎？假若，當年臺灣丟了，我們還會出現李遠哲、丁肇中、王贛駿這些傑出的科學家嗎？面對此，我們應當冷靜想想，應當飲水思源，感謝全體軍民所做的貢獻。所以，我常說，國家對我有愛，讀者對我有情，上帝對我有恩。對此，我是永遠心存感激。

感謝前輩的照顧

《藍與黑》一出版之後，受到很多前輩的鼓勵。譬如蔣夢麟先生，他曾在《傳記文學》寫一篇〈談中國新文藝運動〉文章，他說，近年臺灣新文藝發展比以往進步很多。舉例而言，現在的《藍與黑》比 1932 年茅盾所寫的小說《子夜》相比較的話，其行文的技巧，組織之周密，均勝過多矣。當時，我看了很感激，後來我送他一本我的著作，扉頁簽名，敬請「夢麟先生夫人教正」。他看了哈哈大笑，對我說夫人去世已久。前此，我不認識蔣先生，卻承蔣先生厚愛，很受感動。

記得，有一次我到雅典，見到溫源寧大使，我送他一本《藍與黑》，他不肯收，我那時嚇一跳，為何他不肯收？他對我說，他已有了一本，是胡

適之先生送給他的。我聽到了很訝異！胡適先生默默替晚輩宣揚這本書，長輩照顧年輕人的風範，值得我們年輕一代去學習。

《藍與黑》與《長夜》都是抗日小說，我有一位好友紀剛（《滾滾遼河》的作者），是我的知音，他說王藍的小說都是描寫「兒女情長」。他說現在社會風氣與流行的小說，卻是「兒女情短」。他認為，一個民族如果英雄氣已短，兒女情不長，那是危險的信號。王鼎鈞先生在一本書中曾說，一個人談戀愛無德，一生都無德。這句話一點都不錯。

重拾畫筆

接下來，我想談談我繪畫的歷程。我自抗戰、到臺灣有二十年沒有畫畫，有一次，我在日月潭見到張道藩先生，他老人家還拿蠟筆畫風景。他鼓勵我重新拾起畫筆。40 歲那年，我決心開始作畫，苦練三年，每天晚上畫到三更半夜。到了第五年，我方始參加畫展。

一個畫家的成功不是一蹴可就的。我畫了不少的壞畫，我沒有燒掉。留著的原因，就是要給那些藝術學校的學生看看，過去我畫過許多的壞畫，希望他們加倍努力，不要氣餒。我每失敗一次，都會獲得一次的經驗。

美國之旅

我在戰亂中長大，無法讀萬卷書，上帝恩待我，使我有跑萬里路的機會。最先我到菲律賓教書，之後，美國國務院請我到美國訪問考察。第一站，我到夏威夷。有美國 Volunteer Committee 婦女義務工作者接待我，所謂 Volunteer Committee 是美國各地婦女同胞的一種義務團體，他們每天抽出餘暇，幫忙美國國務院招待美國所請的外賓。在夏威夷，接待我的是一位老太太，是中國藝術的愛好者，她很熱情款待我，成為我的好友，也替美國做了很好的國民外交工作。我覺得我們國內也可以模效美國 Volunteer Committee 的組織，使我們的婦女多參加類似有意義的活動，對增廣見聞也有助益。

　　我訪問了美國 30 個州，深深發現美國所以富強，不單是靠他們的原子彈、科技，而是他們的宗教信仰，成為他們精神支柱；重視體育，使他們國民身體健康；重視文學藝術，使他們更具文明，所以他們強盛起來。日本、德國這些強國又何嘗不是如此。

行行出狀元

　　在華盛頓市，我看到不少的銅像，就連歐洲、菲律賓也是如此。反倒是我們的銅像非常少，有也僅限開國元勳的銅像而已，不像美國各行各業傑出的人士都被立銅像紀念。這對青年人來講，非常有意義。它告訴人們：只要你在各行各業有出類拔萃的表現，人人都會稱讚，不必個個爭政權，爭軍權，他們的做法很值得我們借鏡。並且，國外銅像做得非常活潑。像賓州大學富蘭克林銅像，所塑的是富蘭克林流浪費城的形象。它告訴青年，富蘭克林以前也是落魄潦倒的，後來經過努力，使他成為傑出的人物。我們的銅像似乎應該可做得活潑一點，不必太刻板。

　　我在美國所看到的蠟像館，也是不見得只有政治人物才能進得去。在美國蠟像館呈列的人物有甘迺迪，也有馬克吐溫，甚至瑪麗蓮夢露都在其中。就美國人來說，在政治上，甘迺迪了不起；在文學上，馬克吐溫是天才；可是在表演藝術上，瑪麗蓮夢露登峰造極，他們都非常的尊敬。我到西點軍校訪問，曾看到愛倫坡（Edgar Allan Poe, 1809-1849）的紀念碑，我覺得奇怪，愛倫坡是美國詩人、小說家，怎麼會在西點軍校立碑？後來經過解釋，我才知道愛倫坡曾經是西點軍校的學生，他二年級因化學不及格被開除。其後，愛倫坡成為美國、世界偉大作家。西點軍校也以這名被開除的學生為榮，所以為他立紀念碑。

　　英國首相包爾溫曾逼英皇退位，位高權重，但比不上英國一個話劇演員受人歡迎。過去，我們也有人崇拜凌波，掀起「凌波熱」，我覺得這是正常現象，因為只有自由民主的社會，才准許人們自由表達自己喜歡的人物。

　　我對日本，印象最深刻的是有一次國際筆會在臺北舉行，我邀請日本諾

貝爾文學獎得主川端康成來臺參加。川端先生到臺北故宮博物院參觀，看到故宮裡陳設古代器物，感動的對我說：你們祖先在千百年前，在藝術上就有登峰造極的成就，參觀了故宮，我深切了解中華民族是了不起的民族，這個民族是打不倒的。川端康成沒有說我們國防武力了不起，所以打不倒。他又對我說，當初日本軍閥想要消滅中國，可以說是非常愚昧的行為。

看透共產黨的那套伎倆

　　我行萬里路，卻迄未曾去過大陸探親。因為我的父母親已經過世，生前曾受中共迫害，我的哥嫂受過許多苦難，我的姪子被紅衛兵打死。共產黨不管話說得再好聽，我對它非常了解，所以我不願回中國大陸。我更了解共產黨當初就是運用文藝，打垮了我們精神戰線。假如我們今天再不覺悟，會重蹈覆轍。

　　共產黨替我們臺灣名詩人覃子豪先生在四川建立了紀念館。有人問，我們中華民國又替哪個作家或詩人建立了紀念館？有的作家到中國大陸，受到阿諛奉承和款待，有的臺胞到大陸享受了特權，回來竟替他們吹噓、宣傳。對這些人，我要說一句實話：要是沒有中華民國堅強存在，共產黨會優待你們？休想！

　　大陸同胞是我們的骨肉，我們絕不能輕視和敵視他們，說他們貪婪好鬥，這一切都是共產黨造成的。

　　今天，大陸青年人沒有朝氣，幾乎人人都討厭共產黨。我有一個朋友到大陸探親，回來告訴我，此次隨行有一個老太太要求她女兒同到「毛主席紀念堂」參觀，他女兒不肯，老太太堅持。女兒沒辦法，只好帶他母親去，到了紀念堂裡面，大家排著隊，兩邊有衛兵，毛屍就擺在中間。老太太見到毛屍，破口大罵「就是你這禍國殃民的老賊，害得我們家破人亡。」他女兒才恍然大悟，原來媽媽要出這口怨氣。最奇怪的是，參觀的人沒有人講話阻止，兩旁衛兵也愕傻了，沒有阻止。我猜想這有兩個原因：一是在這個地方有人敢罵老毛，他們可能頭一次碰到；另一是，他們

也痛恨老毛，不便於罵，有人罵，他們高興，不去阻止。

自己要有信心不妄自菲薄

不要說廣州，就是遠在西安、蘭州，臺幣都是受歡迎的，可以流通的。大陸同胞喜歡臺幣、喜歡臺胞，那是因為我們富裕，我們生活好。所以我們要有信心，要懂得珍惜今天這樣的成果，不要把他搗毀掉。同時，我們文藝界也呈現了一個危機，那就是「大陸熱」已經過頭了。前不久，一項書展在國父紀念館舉行，竟然牆上高懸俄共作家及魯迅、茅盾、巴金等人巨照。書攤上也滿是馬列著述……許多畫廊都在展出大陸畫。假如大陸有好畫家來，我們贊成。但是像鄧小平的女兒，也在此地一畫廊展出，且報紙、新聞報導她的三幅畫以新臺幣五百萬元被人購藏了……鄧女在香港開畫展，左派商人爭相捧場，購買她的畫，是想討好鄧小平，咱們此地購她畫者的心態為何呢？

我們不可以沒信心而妄自菲薄，總覺得我們的畫家、音樂家、作家都不如大陸。事實上，臺灣出去的馬友友、林昭亮、董麟、胡乃元，這些名音樂家都不是大陸比得上的。講文學、講藝術，我們都應比他們好。因為我們是在自由的社會，隨時能接觸世界各國文藝思潮，見識也比他們廣。要是我們沒有他們好，那麼我們也就太沒出息了。即使論國劇，我們有像顧正秋和徐露那樣的好演員。我們更有國家劇院的一流設備，這不是大陸可以比得上的。外國友人告訴我，他們在北平看戲，要帶口罩——因廁所味道傳過來，受不了。

在文學藝術上的成就，我深信中華民國作家、畫家的作品，有許多超過大陸。假如，今天我們對大陸文化滲透還是照單全收的話，這是很大的危機。大眾傳播界也要負很大的責任。

共產黨可以為詩人覃子豪修建紀念館，我們可不可以為我們功在國家社會的老作家，盡一點心力，提供他們好的晚年呢？在此，我不能不提到年近九十歲的蘇雪林教授。蘇教授一人孤苦伶仃住在臺南，乏人照顧，她

從沒有抱怨國家與社會。蘇教授抗戰時傾所有儲蓄捐助國家,她桃李滿天下,著作等身,到現在卻落得一個淒涼的晚年。我覺得我們國家、社會、民間財團,都應盡點心力,照顧晚年孤苦、對國家社會有貢獻的老作家,使他們有所安。畢竟這些作家,是我們的「國寶」,我們應當珍惜他們。

——選自《實踐》第 789 期,1989 年 3 月　-

王藍・卜萊蒙斯基和我

◎潘壘*

　　遠在我認識王藍——我們的卜萊蒙斯基的創造者——之前，我已經很熟稔這個名字；是八年前，我由海外回國，那時，和其他許多年輕人一樣，我也不假思索地放棄了我的土木工程，穿上一套又破又舊的棉軍服到了印度，從此，我變成一個老粗，在軍區（Ramgarh）雖然也有幾種八開的油印報，但，在訓練中的一個上等兵是很難得抽出時間來「欣賞」的，書籍雜誌簡直是絕無僅有，我記得第三連一個狡猾的伙伕頭不知在哪兒弄來一本缺頁的《啼笑姻緣》，我們都是在吹過熄燈號後蒙在軍毯裡面藉著手電筒暗弱的亮光偷看的，而且在借閱之前「註冊」了一個多月，還要繳納一盾盧比的租金，總之，我和報刊雜誌絕了緣。之後部隊開拔了，生活在火線上的人底思想是很單純的，除了生和死便一無所有，所以，被砲彈和槍聲所麻痺的意識中竟沒有感到任何一種本能的需求——除了好運氣。民國32年過去了，33年上半年也過去了，我們向緬北挺進，然而，在不幸的七月中旬，密支那攻城戰的第 67 日，我負傷了，破片擦傷我的左額，醒來時，已經躺在野戰醫院的矮床上，就那樣靜靜地躺了半個月，一個鬱熱的下午，我右面床架上多了一個被炸斷了右足的中尉連附，他很少呻吟，呼吸也極其微弱，醫生和護士忙著替他注射和輸血，在晚上，他離去了，到一個人生終極而每個人都不樂於去的地方去了，那個壯健的美國女護士將他的遺物塞進一個布包裡，在清理他的乾糧袋時，他在裡面拿出一本日

*潘壘（1927～2017），廣東合浦人。小說家、電影編劇、導演。發表文章時為《寶島文藝》主編。

記，一支金星牌鋼筆和一冊包裝得很謹慎的小說集，她翻弄了幾頁便順手遞給我，在這本書裡，我認識了「千秋美子」；我認識了那個迷迷糊糊，搖搖盪盪地「混」日子，為了不受辱用那支七星子結束了日本特務而又結束自己的「蘊秀」；我認識了這位騎著戰馬，佩著那把暗殺過潘逆毓桂的六輪槍的作者，那就是我們現在的「卜萊蒙斯基」的創造者王藍先生。不過，那時我只是認識他的名字，現在，我卻是他許多朋友中的一個不算太壞的友人了。

　　他是一個柔和，有些老年人的拘謹而很自負的年輕人，這是我在去年夏天經 G 君介紹我認識這位我早已認識的他時底第一個印象。其實不然，後來我才體會到他的風趣，和那種過分謙虛的習慣，那是使人望立不安的，他彷彿整天在徵求別人的意見，他要算是我所知道的第一個沒有成見的人。和他交往，距離現在不過只有幾個月，是在去年十月下旬，我寄住在一家我早該離去的雇主底家裡，那時我正埋頭改寫《靜靜的紅河》，而且十分窮困，我只倚靠一些微薄的稿費維持著簡單得不能再簡單的生活，除了寫作，很少到外面走動，因此有些友人以為我已離開了臺北。有一天，他和顧冬到我的寓所來看我，適巧我因事外出，他留下一張名片，說是，他很想和我談談，因為他很喜歡讀我的小說，於是，那個晚上我們一直談至深夜，以後，我幾乎每日都去拜望他，我便經常是他那兒的客人了。那時他的健康顯然很壞，但：他的「護士長」顧冬卻說比以前好多了。在他整個外貌看來，高高的額角和近視眼鏡替他添上不少威嚴，目光奕奕有神，端正的鼻子下面有一張幽默，微撅，彷彿駐留於一個典雅的微笑中的嘴，下巴似乎短了一點，但，每當他抑止不住而笑起來的時候，假使你注意，那麼你一定能夠發現一種他所特有的氣質，如同一股不可抗衡的力量使你去接近他，和他在一起時，我永遠陷於這種情緒中，他住在報社裡，而且還擁有一個僅有二份贈閱報紙和幾份舊雜誌的文藝沙龍，然而，在那兒卻常常看見許多寫文章的朋友，有幾位雖然是《寶島》的老作者，而我卻是在他那兒初次會見的，在這段期間，我寫作的時間無形中縮短了，因

為我已經將許多時間留在他那兒。

「嘿——卜萊蒙斯基」我常常這樣稱呼他，而他，也常常這樣稱呼我和顧冬，以及「宋膺斯基」。這個名字已經變為公有了。這名字的起源是在他一篇叫做〈新貴・魔術家・卜萊蒙斯基〉的小說中，是屬於他那位神通廣大的白俄朋友的，在他這篇小說寫完而且經過我們讀過認為滿意之後——他有這種習慣，他常常因為一句甚至一個字也不惜推敲半天的，而且還要徵求大家同意——我們開了一次圓桌會議替這篇小說命名，一個半小時之後才決定用〈新貴・魔術家・卜萊蒙斯基〉，次日，我們便互相用這個名字呼喚了，不過有一次我和他及顧冬在西門町閒踱，看見一位油頭粉面的洋裝客肩上搭著一件大衣，他突然笑起來，嘟嘟嘴說：「你瞧，你瞧卜萊蒙斯基的神氣」。

他的談吐舉止都是令人感到愉快的，他常常用一種羞澀似的笑意去斥責別人，假如你替自己辯護，那麼他立刻用更多的同情安慰你，使你不得不改正或放棄你堅持的意見，有一次他認真地對我說，有人說你的生活太浪漫，同時你不應寫「黃色小說」。如果按照我以往的態度，那麼一定向他申辯，但，那次我卻淡然一笑，因為他繼續說：「最好的解釋就是不解釋」。這事情過去了好幾天，他再和我提起這件事，原來他已經讀過我在××週刊上發表的那篇中篇小說，只怪那位編者替它換上了一個使人聯想到「黃色」的名字，因為其中有「北投女人」這幾個字。總之，他凡事都很熱心的，去年年底我想將停刊已久的《寶島》復刊，他在病中趕寫一篇中篇送給我，後來因為籌不出印刷費，無形中停頓下來，當我將他的稿子送回去讓他去換幾個稿費養病時，他很難過地苦笑了一下，然後意味深長地吁了口氣，這究竟是誰的悲哀？是他？是我？或者是這個荒蕪不堪的文壇？

假如我一定要將他的缺點，指出來的話，那麼只有一點，就是感情脆弱，缺乏主見，這也許是太謙遜所致，他常常緬懷過去，沉耽於一種美化的幻想中：他因為懷戀一段愛情生活而特意買了一盞馬燈掛在床頭上（若干年前，是在一盞馬燈的閃爍的光輝下，他和一個少女曾有過甜美的日

子，當然他倆現在是遙遙分離），他內心中似乎充溢著一種懸懸不安的情緒，憤懣和悒鬱，也許他這種情緒影響他的作品。但，我卻無從為他解釋；在他的作品裡，他是一個為了「愛」而犧牲了「愛」的男兒漢——不幸的世界似乎有太多的東西值得他去愛了——他，正是這樣一個人，為了愛生活著，同時也為了生活而犧牲了愛，宇宙就有在於矛盾中。

有一次我們提及小說的筆調和風格方面，那是在我將《靜靜的紅河》第一部給他看了之後，他很喜歡我的小說中加插的短句，他認為很富詩意，於是，我們將詩意這問題談論到小說上，他說：假如說好的散文和詩一樣，那麼好的小說是不是可以和散文一樣？這個問題，我們反覆地研究了很久，始終不能作一個結論，因為散文的形式和小說的形式互相被制定於某一種結構之中，但，我們一致承認，小說中能沾潤些散文的筆調可以增加小說美化——小說散文美——他的小說正是這樣，詞藻輕鬆脫俗，讀之如朗誦詩章，含有一份難以言喻的散文美。如〈一顆永恆的星〉裡：

在黯黯一角天空，我發現了一顆瑩亮的星。
立刻，那星光閃亮了我整個心靈，那正是蘊秀啊，一個偉大的沉默者，然而他射出了光輝，他永遠地沉默了，他的光輝卻也射到永遠永遠……
一顆永恆的星啊，隨著勝利的來臨，你將更燦爛，更輝煌地，泛射著強烈的永恆的光芒。

〈戰馬和鎗〉裡：

我要飛回去了，飛回到太行山的層巒疊嶂間，我渴想著那高峰，那深谷，那冰雪，那黃砂，那翻騰著火藥煙霧的渾黑天幕；我渴想那鷹啤，那狼嗥，那馬嘶，那虎吼，那抗日隊伍晝夜不停的衝殺高嘯，我要在戰鬥的血腥日子裡，永遠地忘掉在平津度過的歲月永遠忘掉相識的一切故人……

我將重跨上我的戰馬，我將重拾起我的鎗。親愛的戰馬（你將再馳騁在
整個的晉東南啊）親愛的鎗（你將再響澈在整個的北戰場啊），我們絕不
再分別了，我們會一齊凱旋地回到故鄉，或是叫戰鬥的大風暴，把我們
一齊埋葬……

〈美子的畫像〉裡：

我曾有著幸福的童年，而妳，更給那些年華染成虹彩般絢爛，該記得
吧，十四年前我們的相遇……
妳走了。我在天津寂寞地過了春天，夏天，秋天……

　　像以上所列舉的例子在他的作品裡實在不勝枚舉，最近，我在《中華
日報》讀到一篇〈最末的一個愛人〉，讀後我大為驚異，那是說我再仔細地
讀了一次之後，因為太抽象，太含蓄之故──他含有哲學的教訓意味告訴
我們什麼是「愛」，要怎樣去「愛」──假如以散文的尺度去衡量這篇作
品，那麼這篇作品是一篇詩的散文，作為小說，那麼恕我冒昧，這是一篇
略為遜色的小說，設若小說是由內容的特質和目的所決定，那麼這篇小說
的內容太空泛，太缺乏實際人生所表現的性格和意識了。
　　拉拉雜雜實在寫了不少，不敢說是批評，只是以「老讀者」兼「老朋
友」的身分向讀者們介紹我們這位「卜萊蒙斯基」的創造者；如果說還有
其他的用意，那麼就是「拉稿文章」，我和許多深愛他的作品的讀者們期待
著，期待著在第 2 期《寶島》中能夠拜讀他比《太行山上》、《相思債》，以
及《銀町》更出色的文章，因為我們迷戀於他那清婉曼美的筆調；迷戀於
他的作品中所持有的那份難以言喻的「散文美」，以及那因柔和的微笑而起
的那股不可抗衡的力量。
　　寫完這篇短文之後，我給他畫了一幅速寫像，一併附在這裡。

1951・2・18　於臺北

——選自《寶島文藝》第 3 年第 1 期，1951 年 3 月

生活多方面情趣的開發者
王藍的創作世界

◎羅門[*]

　　曾以長篇小說《藍與黑》聞名海內外文壇的王藍先生，如今轉向以彩色與線條代替文字，把事物投射在內心中的美麗投影，從直覺中，去喚醒人們對生存的美感、熱愛與重憶。

　　由於他過人的聰慧與廣大的體歷面，使他能把握住人生多方面的境界與情趣予以表現；無論是古代或現代、自然或都市、風景或人物、富貴或貧窮、體能的或智能的，都同樣可透過他含有感染性的「美」的視境與富於文思的心靈、而迫現於他多彩多姿的畫面上──從他的《劍在古代》所表現古遠的歷史感；《美國之夜》所表現近代都市文明的燦爛面；《古城風沙》所表現強烈的地域性──風沙、古堡、馬車以古老歲月熟悉的步伐，在畫面上踏醒北國土地特有的漠遠感與人們無限的懷想；《雨》所表現那淋在雨中的燈柱與街市，在我們眼前浮動著那麼迷人的迷濛景象；《尼加拉大瀑布》藍色所展布的幻景與《林》隱約於迷霧中的林景，所表現大自然的奇觀與神祕；《星期日的早晨》與《晌午‧在新墨西哥》所表現城市建築物的靜態與人物的動態；《微醉者之杯》所表現杯中物的透澈可見的醉意；《游》所表現屬於自然的另一種優哉游哉的醉意；《球賽之後》所表現的體能活動；《祂曾捨命為你》所表現的聖者與智者的風儀；《農忙》所表現的辛勞，《白宮新娘》所表現的富麗榮華……都可見出他的畫，除了主題突

[*]羅門（1928～2017），本名韓仁存，海南文昌人。詩人、散文家、文學評論家。發表文章時為民航局高級技術員。

出，題材廣、具有實感，以及畫面多帶有文思、詩意與日漸傾向於夢幻般的朦朧美外，便是他那值得注意的精神意向——從不同的方向與層面，向我們傾訴著一切事物存在的美好形象，而這些美好的形象，看上去都像是由上帝博愛的眼瞳中誕生出來的。

王藍先生雖不像現代抽象派畫家將自然的外形全部敲碎，而使精神成為無際的抽象世界裡的飄流者；但他也不是一直站在自然不變的外形上，使創作精神全然受制於客觀性，而使「視境」成為一部與心感活動失去聯繫的攝影機；他對世界的注視是站在帶有某些神祕感的「悟知」觀點上，引一切順著「美」的導力，而逐漸進入迷人的近乎夢幻的朦朧境地。他目前的繪畫世界可說是建立在具象與抽象、現實與夢幻相交接的邊際地帶。他的色彩與線條，既避開外形世界的直接複寫，也與全然的抽象世界保持著距離。他是謹慎地使一切順著他的情思而印象化，使物形溶解在他頗帶有美的滲透性的水彩中，給畫面罩上朦朧與神祕的氣氛，產生某些不可分析的交感作用，現出頗活躍的文思與詩意。一般看來，他的畫是偏於寫意的，有意境，有意義的範圍性；在視覺中也有湮沒不了的形體的憑據去表示出一切相互活動的美妙方向，令人迷醉而不致於迷失；在精神狀況方面，他無論是表現自然界的神祕與幽美或人類的進步與文明，他總是創造事物不被破壞的美好的一面，使之活動在和諧與安定的秩序中，各自存在於美的呼應裡。因而他一幅一幅的水彩畫，便都像是他心境對外界感應所產生的一首一首讚美詩。在他作為一個藝術家與具有歸主精神的一己存在的世界裡，他的精神活動大多是有預期性的，彩色流過他心靈的調色盤，必定是很自然地順著畫筆，流入他充滿了信、望、愛與歡樂的思境，然後方在畫面上把理想中的美好形象完成。由此可見他的彩色與線條在美感中活動，多少受制於理想方面的力量。本來在彩色和人類精神意識的有關表現上，同一種色往往被心情與個性不同的畫家塗在畫面上，就有不同甚至極端相反的作用，譬如深藍色表示睿智與玄妙，也表示沮喪；淡紅色表示甜蜜與幻想，也表示誇大，鮮紅色表示進取與熱烈，也表示緊張與狂烈；

灰色表示隱密，也表示冷酷與失望；紫色表示沉靜，也表示憂鬱與任性……而王藍先生的畫筆總是自然地避開色彩令人心靈感到不快與偏激的那一面，而把眼睛探向光明、快樂、輕鬆、歡望、夢想與幽美的彩色之城，使緊張、衝突、破碎、痛苦、不安、冷酷、憤怒、空虛、絕望、恐怖與迷失的世界，退隱在鏡子的背面。從實際生活多方面的情趣中，他以肯定明快的筆法，淡雅濃豔的色韻，亦真亦幻的形象，把握住一切事物存在的建設性價值與無限光輝的遠景及其栩栩如生與富於抒情美的情調，使一個充滿了愛與希望的世界欣然地在他「美」的理想國中降生。

　　一個畫家能切實地將一己的情思溶於彩色與線條所完成的形象之中，他的藝術品至少是有了生命的表現，而王先生的創作層次已不止於此。他能在藝術給予物象與形體生命化的過程中，運用象徵的、夢幻的乃至詩與玄想的朦朧意味，使他彩色交錯的畫面，更開放出精神上的頗神祕性的奧境。在這方面，王藍先生確實有了他相當豐富的收成。他有不少佳作，被國內外博物館藝術館與愛好藝術的人士收藏，並為國內外著名雜誌採用，作封面與介紹，這一期《幼獅文藝》刊出他的《舞》、《尼加拉瀑布》與《雲》等，都可說是他具有代表性的佳作，色彩與線條的運用，均能進入情思活動的自然傾向。《尼加拉瀑布》光滑明潔的藍與《雲》迷離如幻的白所表現的那種潺潺如流的渾然的美，引精神向形而上的世界超越，都非只止於色彩迷住官能的效果，而更是作者情思擁抱自然，產生出一種襲向心靈的內在的吸引力，尤其是從《舞》中，更可看出他是一個不斷以情思進駐形體的畫家。《舞》雖不是他最傑出的作品，但用作透視他精神存在的重心世界，是值得重視的，在畫中所表現的那種傾向「美」的「心勢」，生命在音樂與旋律中，迴旋得那麼幽美，那麼多彩多姿，世界輕鬆得幾乎被舞步，提升了起來，且逐漸被溶化在那玄妙的藍、輕快的黃與溫雅的綠色中，而那些迅速旋轉的舞步更像是一直旋進了歡樂的核心裡去，真是全然把握住了舞的具體精神，而表現出美妙與歡樂的人生，看來像是一支輕快的圓舞曲，一首綺麗的詩，一個對世界熱戀著的夢境。

　　記得我在寫藝術評論時，曾說過：「如果將藝術從人類的生命裡放逐出去，那便等於將花朵殺害，來尋找春天的含義；藝術家可說是人類內在花園的園主，站在不同的方向與層面上，替美工作⋯⋯」。王藍先生自然也站在他一己獨有的世界裡，為此付出不少的時間、心血與努力，同時也因此獲得了他一己美好的成就。為了使這已完成的世界進入更完美的趨向，我想在此進一步，希望王藍先生繼續步上藝術更高的層次──那就是如何使一己從煩瑣世界做更多的超越（這是一個大藝術家必須面對的），讓自我精神一再回到寧靜的沉想之境，尋獲對事物作深入性觀察的焦點；這樣藝術心靈才能成為一面更為光潔與透明的鏡子，去容納與反映出更多更精確與更純粹的「美」的形象，給創作世界帶來更輝煌的遠景與豐收。

　　　　　　　　　　　　──選自《幼獅文藝》第 169 期，1968 年 1 月

王藍和他的畫

◎何政廣[*]

　　英國著名的評論家赫巴特里德曾說：藝術是人類文化領域裡的燦爛明星，人生旅途上馥郁的奇葩。我們說到藝術便會聯想到許多美的東西，心情也隨之興起微妙的激動。

　　這裡我們談王藍的畫，也可以他從事繪畫的經歷來闡釋這句話。大家都知道王藍是位知名的小說家，《藍與黑》是他的代表作。但是近十年來，他已經很少寫小說了，不過他並未放下筆，他換了另一枝筆——可以蘸滿瑰麗色彩的畫筆，走向繪畫的世界。民國 54 年當他的首次水彩畫個展在臺北美國新聞處揭幕時，許多人都驚奇於他的轉變，驚奇於他從文壇走向畫壇，而在短短時間內卻有不凡的造詣與成就。

　　事實上，王藍並非在近年來突然對繪畫發生興趣。他曾坦誠地說他在繪畫上的興趣，遠超過於寫作，藝術才是他真正的「本行」。因為早在童年時代他就對繪畫有濃厚興趣，至今還留下一張 12 歲時在天津北寧花園寫生的照片。後來有二十年的時間沒有作畫，但每當看畫之後就有動筆畫畫的衝動，他說這是「二十年之癢」。民國 49 年他在張道藩的鼓勵之下，決心重拾畫筆，有一年幾乎沒有一天不畫，達到近乎狂熱的程度。

　　民國 54 年他環遊歐美歸來，畫了一系列寫生作品，如《美國之夜》（以綠紅的對比配上栗色的渲染，勾繪出美國公路的一瞥，極富動態感，色感亦豐富而優美）、《黃石公園》（以青綠色為主調，充滿大氣的感覺，地

---

[*]發表文章時為《中央日報》特約撰述，現為《藝術家》雜誌發行人。

面留白及樹枝勾勒的技巧,揉入了東方藝術的手法)、《晌午‧在新墨西哥》(運用大塊面的著色法,描繪出建築物的重厚感,也表現出陽光的感覺)、《尼加拉大瀑布》(以俐落的渲染手法,寫瀑布下瀉的景象、畫面中間的單純與下方的繁複,形成美妙的對比,趣味濃厚)、《芝加哥之晨》(輕巧的淡藍,柔和的筆觸,勾繪出靜悄的市街晨景,韻味極美),其他如《秋》、《畫室》等等,都是他的精心傑作。他以彩筆變化自然,而披之以藝術家心中所思想的燦爛光華。更進一步的,他接著又完成了《我夢見一個王》、《劍在古代》、《夢北平》等作品,這是他從實感中解脫出來,追求更純粹美感的創作,物狀朦朧,變化無窮,耐人尋味。當然,由於他具有文學的素養,一種文學氣質,很自然地也在他的水彩畫中流露出來。更明確地說來,他的畫是充滿了情感與詩意。

王藍是中國水彩畫會的會長,他曾獲中國畫學會頒授最佳水彩畫金爵獎。除了繪畫之外,他對推動國內美術活動的一片熱誠,特別值得我們讚佩。中國水彩畫會的年展,在他的推動與主持之下,每屆展覽均極為成功。許多藝術界的朋友,在他熱誠的鼓舞下,也都獲致許多慰藉而更加奮發創作。

──選自《文壇》第 116 期,1970 年 2 月

王藍的筆‧從畫到寫‧從寫到畫

◎季季*

《藍與黑》的作者王藍，時常自我解嘲的向人引述一句話：「要斷送一個作家的前途，最好讓他出一本暢銷書。」

王藍不記得這話是誰說的，但卻常以它來「嘲弄」自己；因為《藍與黑》在民國 47 年出版成為暢銷書後，他在次年和繪畫再續前緣，沉迷不能自已，竟真的漸漸離棄了寫作。

重拾畫筆之後的二十年間，王藍又曾多次慨嘆：「一個人能迷醉於寫作和繪畫，是何其幸福的事；但是何其不幸，我的時間總是不夠揮霍！」

就因時間不夠揮霍，二十年來只完成二百多幅作品，平均每月不到一幅，有許多一完成就被愛好者買去收藏，因此，除了參加國內外各種聯展，他未曾舉行一次個展。這在近年個展之風熾熱的臺灣畫壇而知名度又高如王藍者，委實是讓許多不明內情的人感到抱憾的事。

但是最近，王藍碰到朋友總悄悄的說：我在偷偷的開一個小小的個展；說完就爽快的哈哈大笑。在藝文圈內，王藍是「名筆」：能寫、能畫；同時也是「名嘴」：能說、能吃（美食家），任何熟識他的朋友，都了解他所說「偷偷的開一個小小的個展」是一句玩笑話；也了解這句話的背後，隱藏著一股真誠、豁達而無憾的感情。

王藍這個「小小的個展」，8 月 26 日到 9 月 11 日在臺北市敦化北路「太平洋國際商業聯誼社」舉行，只展出三十幅作品，是他歷年來自認較

---

*本名李瑞月。發表文章時為《聯合報》副刊組編輯，現專事寫作。

滿意或具紀念性的，展出沒幾天就已快被訂光。不過，具紀念性的幾幅都標明「非賣品」，如《合歡山賞雪》、《臺北郊外》；最引人注目的是《北平太廟》：樸拙的線條，淡淡的粉紅色，王藍總是充滿懷舊、依戀之情的向人介紹：「這是我十三歲的作品。」

《北平太廟》並非王藍處女作，卻是唯一自大陸帶到臺灣的作品。平時，王藍把它和父母遺像、二兒子王春雷素描的耶穌畫像一起懸掛在他的畫室，可知它在王藍心目中的珍貴。

民國 50 年左右，熟知王藍是一個小說家的人，一直以為王藍是「中年改行」；說畫就畫，把寫作遠遠拋在一邊。殊不知，他跟繪畫的緣分，遠比寫作為早，且是從五、六歲跟隨家人觀看平劇就開始的。

王藍的父親王竹銘，是當年我國紡織界有名的實業家，曾任中華民國紡織學會理事長，酷愛平劇，常率領全家大小去戲院觀賞。舞臺上多彩的臉譜，華麗的劇服，奇妙的動作，在王藍敏銳的小心靈留下一串串美麗的影像。為了捕捉這些影像，他用蠟筆在畫紙上不斷的描摹舞臺上的生、旦、淨、末、丑。同時，由於常時耳濡目染，七歲就能粉墨登場，迄今仍珍藏著那時和妹妹合演〈坐宮〉的劇照。成年之後，閒暇與親朋相聚，他也常拿出胡琴自拉自唱，眾樂樂也自樂樂。

民國 49 年重拾畫筆後，早期作品大多徜徉於自然美景，色彩淡雅飄逸，意境閑適幽渺。民國 60 年畫風一轉，華麗繽紛的平劇舞臺，頻頻回到他的筆下。歷史上的千古佳人，英雄豪傑，透過他特殊的「潑彩」技法，「臉譜」略顯朦朧，神態則更形生動，立時成為水彩畫界的「驚嘆號」。這段因平劇而結的畫緣，一晃五十年，王藍自承是一段「初戀」；而且是「永恆的初戀」，因為它萌芽於童年，茁長於青年，中年之後則漸次枝榮葉茂，嬌美的孫玉姣（《拾玉鐲》）、沉鬱的「四郎別妻」、威武的「黑旋風李逵」、美豔的杜麗娘（《遊園驚夢》）、俏麗的鐵鏡公主（《四郎探母》）……，一幅幅平劇人物，不知風靡了多少愛好者。為了滿足眾多愛好者蒐購，他只好利用精美的現代彩色印刷，印了許多「複製品」裝裱。由於蒐購者接踵而

至，他竟又自嘲：「買的人這麼多，我要靠複製品為生了。」

　　小說與繪畫都受歡迎，王藍說他一直「心存感激」。他寫《藍與黑》時，家中沒有書桌，是在太太的縫衣機上費時三年而成。《藍與黑》出版二十年，發行已至第 30 版；還不包括歷年來海內外的盜印本。重拾畫筆後，他的畫廣為中外人士收藏，靠著版稅和賣畫，他的經濟也大為好轉。他認為，這是「社會之賜」，所以也該盡一己之力努力回報；回報方式之一是默默從事國民外交，在國家處境日艱時，爭取了許多國際友誼。他花費在這方面的時間多，相對的，作畫的時間就少了。特別是最近幾年，每年都自費出國一次，攜帶大批中國畫家的作品到世界各地參加「中國周」或「中國月」展覽，也邀請不少國外畫家來臺展覽。例如聞名國際的絹印版畫家許漢超，僑居夏威夷數十年未曾回國，王藍在民國 62 年協助許漢超和他太太黃玉蓮在歷史博物館舉辦伉儷聯展；民國 66 年在臺出版伉儷畫集；今年許漢超第四次回國，出版白蛇傳絹印版畫集，更是版畫界的一大盛事。又例如美國維吉尼亞洲華李大學（Washington and Lee University），每年三月到七月都有一批選讀「藝術在臺灣」的學生，自費到臺灣來研究藝術。王藍替他們安排免費而受益良多的課程，包括「坐下來聽課」和「走出去參觀」；並為他們安排食宿和交通。學生有急病，只要一通電話，他就開車去護送他們就醫。他是他們的友人、保母兼司機；幾年來樂此不疲，贏得華李大學師生讚譽他是「志願軍」。

　　今年九月底，王藍又要率領十個中國藝術家到哥斯達黎加首都聖約瑟，舉辦「中華民國現代水彩及攝影展覽」。雖然已經很久沒寫作，他強調心中從不覺得已和寫作說了再見。「我還是要寫的，」他如此自許：「等我年紀再大一點兒的時候吧。」

——選自《聯合報‧萬象》，1978 年 9 月 11 日，9 版

——於 2018 年 7 月 3 日修訂、補註

季季補註

1.　我的本名李瑞月，「李瑞」是我另一筆名。

2.　1964 年開始職業寫作後，我用「季季」筆名發表小說與散文。1977 年秋進入《聯合報》副刊組後，我的工作包括採訪。為了與創作的筆名區隔，採訪報導另用「李瑞」筆名發表。

3.　本文經過修訂。當時採訪王藍畫展有時效性，寫得較匆忙。時隔五十年，意外被納入《臺灣現當代作家研究資料彙編》，決定重新修訂，並以「季季」筆名發表。

4.　《藍與黑》是我買的第一本小說。

　　1958 年 3 月，我讀虎尾女中初一，看了這本書後，天真的給王藍寫了一封信，請教他一個如今看來極為幼稚的問題：「情感」與「感情」，有什麼分別？出乎意料的，王藍的回覆是寄贈一本《藍與黑》，並把回信寫在扉頁裡，起首四字是「瑞月小友」。他的字很細緻，扉頁三分之二密密的寫了他對「情感」與「感情」的看法⋯⋯。

　　1963 年高三畢業後，我到臺北參加青年寫作協會辦的「文藝寫作研究隊」，第一次見到王藍；他是授課老師之一。1964 年我到臺北職業寫作後，住在永和竹林路 17 巷，王藍住在 25 巷，曾帶女兒來看我。1978 年訪問他，已不知是第幾次相見了。

　　至於他題贈的《藍與黑》，不停的被同學輪流借閱，從初一到高三，不知多少人看過，扉頁上的藍色鋼筆字日漸模糊；「瑞月小友」四字則還依稀可見。

5.　買第一本小說就與作者有此「書・信」往還，確是少見的文學因緣。

王藍的「初戀」

◎官麗嘉*

快樂童年

王藍是天津人，生長在北平，父親王竹銘先生是當時有名的實業家。家中環境富裕安逸，使得王藍有著無憂無慮的快樂童年。

自 17 歲開始，苦難、危險開始纏繞著他，使得王藍的生活完全改觀，但是他卻衷心感謝這段磨鍊的過程。他說：「中日戰爭使我離家、吃苦，幾度瀕於死亡邊緣。但若沒有那段日子，我極可能只是個花花公子，甚至成為紈袴子弟。砲火給了我一個新生活。」

王藍在幼時立了不少志——想繼承父業做工業家，或者做神氣的飛行員，或者做唱戲的也好——那些孩提時代的夢，倒並沒有把「寫作」和「畫畫」包括在內。

唱戲的夢卻做了很長的一段時間。這也難怪，因為他生長在一個戲迷家庭。父親唱標準余派，哥哥們學譚富英，姊妹們則唱青衣花旦或是崑曲。他是家裡的么兒，在父母和兄姊的寵愛之下，擁有全套行頭，包括：刀、槍、馬鞭與訂做的小盔、小靠、小髯口、小靴子……。他幾乎每天都到巷口「彩排」，鄰人的掌聲，使他很有將來成為一個出色伶人的信心。

打碎了唱戲的夢

當他小學畢業，正式請求父母准他去北平戲曲學校學戲時，卻遭到了

*發表文章時為《光華雜誌》總編輯，現為大官文化工坊負責人。

嚴辭拒絕。他哭著跪下來懇求（自以為是極其優美的平劇身段），卻挨了一記大耳光。從此，學戲的美夢就被完全打碎了。不過，父親曾經這樣安慰他：「為什麼要以演戲為職業呢？你可以永遠做一個平劇的愛好、欣賞者，也可以做一個業餘的演唱者啊！」

　　漸漸地，他開始愛上了繪畫。每回去看戲，他都帶著紙筆，速寫舞臺上的生、旦、淨、丑。那些大花臉、小花臉、大鬍子，插了四面旗子的大將，耍短刀、翻筋斗的武生，他特別想捕捉他們的形象。畫多了人物，又開始畫風景；畫滿了速寫本，就信筆亂畫，牆上、門上、地板上也照畫不誤。

　　父親並沒有扼殺王藍畫畫的興趣，給他買來大批的紙、筆、顏料，讓他盡情的畫，並且還鼓勵他：「想當畫家，就得當個拔尖的，否則準得挨餓。……學畫要肯下苦功，要誠懇，要虛心，更得有一份執著不易的感情，……藝術同樣可以謀生，更可以報國，就看你肯下多少心血了。」

小小藝術家

　　就這樣，王藍開始步上他的繪畫之路。他在 11 歲的時候，加入了天津名畫家李捷克的畫會，直到初中畢業，未曾中斷他的繪畫課程。那時真是一段逍遙自在的少年畫家生活：他帶著裝備齊全的畫具，畫遍了天津每個角落。放假的時候，父母便帶他去遊北平，巍峨的城樓、瑰麗的牌坊、碧瓦紅牆的故宮、清澈如鏡的太液池、綠波漣漪的中南海、花遮柳蔭的頤和園……一一入了眼底，也入了畫本。

　　他的藝術家特質，在此時已逐一綻放。少年的胸懷，除有對藝術的著迷之外，更有對國族的熱愛。七七事變起，王家美崙美奐的樓房變成了瓦礫，他那十年來所畫的鉛筆、木炭、水彩與油畫，也一併化為灰燼。

　　天津淪陷了，如在一個夢中醒來，世界已全變了樣子。他幾乎無法一刻忍耐胸中的悲忿，國仇與家恨，使得他毅然穿起了軍裝。他參加了敵後祕密抗日工作。

幼苗長成大樹

時代像一隻巨掌，把他從溫室中打了出來。外面的風暴，把他這株在溫室中生長的幼苗，變作一棵苗壯的大樹。

在天津，王藍參加了一個「綠渠畫會」，但他們無暇、也無心作畫。抗戰勝利後，天津市市民才知道那個畫會原是以繪畫為掩護的抗日組織。17歲的王藍，在這個組織中忙著收發電報、印發傳單、自製炸彈、運輸槍枝、燒燬敵人倉庫……。後來，他考入北平匯文高中，更在校內吸收了許多優秀的同學，南下參加地下救國工作。

年輕的他，就在這時開始在驚濤駭浪中搏鬥，過著出生入死的日子。也就在這個時期，他開始信仰基督，在許多極端危險的遭遇中，靠著信心與禱告，逐一勝過。

抗戰時期，王藍更進一步參加了游擊部隊。作戰生涯極苦，卻使他的身體一天天強壯。戰鬥的歲月不僅帶給他堅強的體魄，更帶給他豐富的寫作、繪畫的材料。

一幅最了不起的大畫

他說：「我開始懂得，不用畫筆也一樣可以作畫——千千萬萬的中國人正在用汗水、腦汁、鮮血、頭顱……在作畫，畫一幅了不起的大畫——一幅獨立自主的新中國的遠景！我因此時刻警惕自己——在千萬同胞繪製那幅大畫時，我必須也獻上自己的血、汗作顏料，以自己的行動做一、兩筆線條……。」

退伍後，王藍把自己深刻的感受與體驗，下筆為文。他的小說受到讀者的歡迎，〈一顆永恆的星〉更得到民國 31 年全國文藝創作獎的第一名。

來臺後，王藍以寫作為生。他坐在太太縫衣機寫出了長達四十萬言的《藍與黑》，這本書非常轟動，行銷超過五十萬冊，又被拍成電影，搬上了電視，改編為舞臺劇與廣播劇。這一期間，他陸續又完成了八本書。

　　王藍拋下畫筆前後達廿年，他著作等身，卻並未忘情於青少年時代沉迷十來年的舊夢。他終於又拾起畫筆，一切重頭來過，每天畫到三更半夜。

重拾畫筆，創意不斷

　　年近四十重新開始作畫，其中蘊藏的情感，是深濃又雋永的。他的畫，全屬個人獨創：國劇人物本身就具有濃郁的民族氣息，他卻以西洋的畫具、水彩，來作嶄新的「大寫意」，也有人喻作「半抽象」；他的畫不僅是「潑墨」，且是「潑彩」。

　　如果不去探究他童年時代在國劇上扎下的根底，不了解他一生酷愛平劇不減，恐怕就很難進入他的畫境，去細細品味那些國劇人物舉手投足間的細緻神采，以及凝鍊而成的赤子之情。

　　不論欣賞國劇，或自己來上一段，或為國劇人物作畫，都是王藍執著數十年的初戀情感。

　　即使在這般年紀了，王藍在作畫時仍是個長不大的孩子——他以孩童般的赤忱，去觀察，去描繪，因此才能有至情至美的創作。

　　除了國劇人物之外，他也喜歡山水和船，仍是用西洋畫的紙、筆和顏料，但畫出來卻是使人深感親切的中國味道。

只畫畫，不再寫作

　　從王藍重拾舊夢開始，他日日夜夜與畫紙和顏料為伍，他的寫作事業停止了，如果有人找他寫稿，他一概婉拒，因為「一心不能二用」。

　　綜觀他的作品，可以看出他既不像現代抽象畫家，把自然外形全部敲碎，向內在的無形世界探索「形象」；也不是一直盯住不變的外形，全然受制於外在的客觀性。他是一切順著美感，進入那由具象與抽象、夢與現實相交的邊際地帶。

　　他將自己的情思，溶入色彩與線條所完成的形象之中，並進一步在藝術賦予物象與形體生命化的過程中，運用象徵及些微玄想與夢幻性的曚曨

意味，使畫面增加了迷人的氣氛。

表現愛的世界

他對色彩的運用，亦構成他作品的一大特色，他喜歡用溫暖、柔美和優雅的色調，表達出和平、理想、光明、歡樂、希望與美夢的情境，讓人從中得到安寧與愉悅。而一個充滿著愛的世界，就在他完美的畫境中產生。

他目前仍在勤懇而努力地作畫，為心中那股愈積愈濃對藝術的深情，為他自己豐富生命的歷程，更為他打心眼裡摯愛的世上所有的人與物。

——選自《光華雜誌》第 3 卷第 10 期，1978 年 10 月

王藍的畫

◎童世璋[*]

　　王藍兄是藝壇文壇名嘴之王，他會說、有內容、態度誠懇，因對象而講，分寸、長度都把握到恰到好處，既不似一覽無遺短短的迷你裙，更不會仿造王媽媽的裹腳布；有時候聽著，多一句嫌太長，少一句嫌太短，口才之佳，眾所公認。

　　他又會吃，能吃、捨得吃不稀奇，會吃、精於吃才不簡單，朋友聚會，由他點菜，既不致浪費，也不致不足，加一份嫌太多，減一盤便覺太少，控制著預算把菜的菁華都讓大伙兒吃到了，席上有了他，談笑風生，菜肴也增添了味道。（言語無味，菜的面目也可憎。）

　　他還會唱，不以票友自居，而實則功力深厚。

　　他會寫，眾所周知，不必多說，後來棄寫作而復歸於繪畫，有聲於國內外；拉胡琴也有基礎與風格，我常說：他是名嘴，亦是名手，更有一個好頭腦；上帝造他不容易，得把這麼多長處集中在他一個人身上。憑著《藍與黑》初版序文中榜上有名，我有資格向他求畫，但我沒這麼做，這是原則問題，在現代社會結構中，哪有白吃午餐，白掛字畫的道理？所以親友託我輾轉向書畫家求墨寶，一概不敢應命；人家拿我不值錢的文稿取去白登，也覺著不舒服，將心比心，實在不可「侵占」。去歲他來臺中演講，贈我一本精美的畫冊，便接受了。

　　在臺中，文化活動比臺北市少，久矣未見他的畫，心嚮往之，聽說中

[*]童世璋（1917～2001），湖北武昌人。小說家、散文家。曾任空軍官校副處長、國防部總政治部聯勤組長、臺灣省政府新聞處主任。

興大學外文系掛出他的畫，笨拙的兩腿突然如飛便走去了。

很久未進興大，校門依舊，內部則氣象一新，是讀書的絕佳環境，那麼美，那麼和諧，別說在裡面求學，在校園裡走走也滿夠意思。新圖書館甲於全國各大學，我感覺分外高興，因為小媳原服務機構圖書館的全部書籍都已贈送給興大，能有這麼一個好環境，應為這些書籍慶幸，真是，寶劍贈予烈士，對同學們的益處是深厚的。

文學院建築未久，它的表現，讓人一看就覺著是文學院；建築必須適應其性質、表現出性格，最近文化復興省分會召開座談會，研究縣市文化中心的內容與形式，由我主持，謝文昌、陳其茂、寧可、尤增輝諸兄都強調這一點，千萬不可棟棟一律，硬性規定，像國民小學的教室一樣。

在那樣幽靜、安詳的辦公室內見著丁主任貞婉教授，她正和一位女生講話，處理之允當，言詞之誠摯，是那麼愛學生，使我自慚不如。（雖然我也兼課，但究非科班。）接著她帶我去看畫。對畫，我學養不足，既不敢隨便批評，亦不願盲目讚美，但感覺王藍兄所繪的國劇人物，是那麼親切，又被賦予新的生命和精神，他用畫筆解釋了、美化了國劇的古老角色，孫玉姣趕雞一幅，彷彿玉手在動，小雞也在動，鐵鏡公主一幅也更易被青年們接受，紅臉的關公比一般關帝廟的畫像不知活了多少倍。

丁教授笑問：「外文系裡掛這樣的畫，你不覺得奇怪嗎？」

「不，正是一種調和，也是一種新的教育方式；我平常就感覺，外文系學生的中文創作常多佳作，因為他們是中國人而又接受了外國文學的理論和技巧；學工的亦常有出色的中文作品，因為他們接受了邏輯訓練與合理的思維方式。」

王藍的畫中人物曾被中文系揚主任宗珍教授（名作家孟瑤）認定，她們比鄰而坐，可謂相得益彰。

陳其茂、丁貞婉伉儷情深，他倆的書房、畫室結合在一起，內容、形式和精神都是國內第一流的。

那天不僅看到了王藍的畫，更彷彿重溫了他的書。

　　我不僅目睹了外文系中的畫，更感染到文藝藝術的新生氣象與真善美的氣氛。

——選自童世璋《情文情話》

臺北：學人文化公司，1979 年 6 月

太行山上一男孩兒

◎林海音[*]

　　七七抗戰開始後，界於河南、山西兩省的太行山上，是國軍的游擊部隊所在地。這時有一個十七、八歲的愛國男孩兒，從天津跑到太行山來，投身於游擊部隊，和許多投軍在這兒的愛國大學生一塊兒打起游擊來。這個男孩兒就是王藍。

　　王藍是天津紡織界一位傑出工程師的幼子，因為父親也是一位愛國志士，所以很捨得他的幼子投軍去。王藍在太行山上打游擊，兩年後才到後方繼續讀書。他本是志在做畫家，因為有了抗戰打游擊的經驗，那種敵後太行山上的生活，使他有一股非寫出來的心情，所以當 20 歲那年以一篇抗戰小說得了第一名文藝獎以後，他的命運就變成從事文藝寫作，倒在畫家夢之前了。

　　抗戰勝利後，記得他在北平王府井大街一帶開了一家紅藍出版社，我最早讀他的幾個短篇小說集子就是紅藍出的。如《美子的畫像》、《銀町》、《太行山上》、《鬼城記》等，覺得很新鮮。後來他告訴我，他在北平也曾出版過張秀亞的《珂羅佐女郎》和謝冰瑩的《女兵十年》等書。這紅藍出版社一直到臺灣來還繼續，這是他始料未及的吧！

　　至於《藍與黑》這部抗戰小說名著，卻是來臺灣以後寫的，在《中華婦女》連載三年，因為該刊在市面少流傳，所以連載時是一般人讀到的少，卻在軍中擁有大量讀者。他說三年中不知接到多少軍中讀者的信，包

---

[*]林海音（1918～2001），本名林含英，苗栗人。散文家、小說家、編輯、出版家。發表文章時為純文學出版社發行人。

括服兵役的大學生們。他打算把軍中讀者的信也輯集成書，他認為那才是真正有價值的。等到《藍與黑》印成單行本以後，又長銷至今，仍不斷有讀者寫信給他，問這問那的。

　　《藍與黑》以後，他終於放下了原子筆，重拾彩筆了。因為他最敬重、也是自他 20 歲得第一名小說獎以來就鼓勵、提攜他的張道藩先生，曾幾次鼓勵他，應當再重拾畫筆。道藩先生自己則是因為早年曾被軍閥吊打，胳膊不靈活，才放下畫筆的。王藍終於在 38 歲上，離開了書桌——那架太太的縫紉機，苦畫三年才又恢復他的畫家身分。他的水彩畫，近幾年更以平劇戲齣人物作畫，另具風格。因為他對平劇也很喜愛，是自幼就學的。

　　他唱平劇，我沒領教過，因為不太喜歡聽票友唱戲，聽內行的還聽不過來呢！倒是若干年來領教過他的「好吃」。他終於因為飲食過量，把胃吃壞了，如今是可憐兮兮的，這不能吃，那少吃，一副老頭兒相出來了。但他努力的精神，仍和當年太行山上一男孩兒一樣，幾次受邀出國，都不止是舉行他自己的畫展，同時也攜帶了國內其他畫家的畫展出；如果是教書，就會買了大量國內作家的作品贈送給教書的學校圖書館。默默中他所做的這些工作，是應當為他提一筆的。

——選自《聯合報》，1983 年 7 月 15 日，8 版

手握兩枝如椽筆
記王藍

◎劉枋[*]

　　王藍字果之，人還未老，朋友們卻一直稱之曰「果老」。意取八洞神仙中那位倒騎小毛驢的張果老大名中之二字也。

　　在他的最成功的一部大小說《藍與黑》的首頁上，他的名言是：「人一生中戀愛一次最幸福，不幸我比一次多了一次。」（是否和原句完全符合，不敢保證，因手頭無書，但敢於保證的是意思絕不相左。）

　　那書中主角張醒亞一生中戀愛了兩次，嚐盡了酸甜苦辣。有人硬把王藍當作醒亞，問他是否真的戀愛過兩次，我不知他如何回答，而據我所知，「何止」。不過他不屬於明星那一類的人物，無須以戀愛事件打知名度，關於此種可能讀者樂於聽聞的問題，我卻沒興趣多加報導。

　　過去記過二、三十位朋友，大半開始都提到和她或他的初相識，乍見時。這裡，寫到王藍，我用盡了吃奶的力氣，卻偏偏想不起當年是怎樣和他稱姊道弟的交往起來的了。大概是因我曾是一位河北省籍文人的妻子，王藍是河北老鄉，如此而互相認識，可能更因為他不稱我大嫂，竟直呼大姊，才能言語投機。不管怎樣開始的吧，反正我和他相識超過三十年，曾十分親密的往還過就是了。說到「親密」，有段故事可講，民國 42 年秋，我賃屋而居，陋室就在中國文藝協會的近鄰，六疊小屋，窗臨小巷，開門見山，小桌椅，無几榻，朋友們來了，席地而坐，暢談古今，常不知日之入。王藍那時大概是文協值年常務理事吧？常在文協矮小的辦公室中，一

*劉枋（1919～2007），山東濟寧人。散文家、小說家。發表文章時為金甌高商國文教師。

忙就是一早上，午飯後食眠，有天到我家小憩，見他酣睡於我那「蓆榻」之上，我只好在另一角落，倚牆而坐，一卷在握，神遊書中。不知哪位老兄由窗下經過，望見了我的香閨內有大男人在睡覺焉，乃互相走告：「劉枋屋裡藏著個大男人。」我知道自己這樁「豔聞」，還是聽果之的賢妻涓秋弟妹說的。當然我們大笑，涓秋怪罪她的丈夫說：「他就是這麼長不大，不懂事。你怎麼可以跑到大姊那裡去午睡呢？」

他真的長不大，不懂事嗎？江冬秀的眼睛裡胡適之沒什麼了不起。涓秋心目中的王藍是個「不失其赤子之心」的可人兒，但是，王藍的機敏，是無人能比的。成語說：「不學無術」，施於王藍當改為「學豐術多」，我認識的他，不僅是「作家」、「畫家」，也是「政治家」。

「人家是國大代表，當然是政治家啦！」或曰。

我說他是「政治家」卻不因為他是國代身分而是他待人處世，有政治家的風範。關於這，也可以小故事為例。

民國 43 年舊曆新正，我第一次遭竊，這個狠心的樑上君子偷光了我室內的一切，我僅剩的是一身睡衣及外披的長毛絨大衣，第二天一早我到文協借打電話，向友好們求援，當時穆中南二哥正好在座，乃掏盡了衣袋，湊出了新臺幣 167 元，他說：「你拿 150 去用，我留 17 塊吃飯。」我說：「我拿 100 好了，過幾天還你。」

「還個屁，誰要妳還？要還，現在就不必拿。」穆二哥光火了。

下午，王藍得知我的「不幸」，也特來向我致慰問，他說：「大姊，早知道被偷，還不如請我們吃飯，把錢都花光多好。」

我不能昧起良心說王藍總要我請客，我吃他家的飯的次數，實在比我請他吃飯要多得多。那時他家佣人阿寶，那個忠心的本省籍婦人，被王太太訓練烙得一手好餅，炒幾個家常菜，也十分有模有樣。王藍也很好客，大冷天如遇見王藍，他會熱心的邀約：「走，到家裡去吃涮鍋子。」就算是沒去，心裡也覺得溫暖。

他早期的小說如《定情錶》、《女友夏蓓》以及在大陸上出的太行山什

麼的，我都讀過，當時大家不免互相標榜的直誇這篇如何，那篇怎樣，但
多少年後的今日，我很難向讀者們提出詳實的評價。只有《藍與黑》，是他
空前絕後之作，也真是可以傳之久遠的作品。不過，當他此著在《中華婦
女》連載完畢，將出版成書之時，我曾建議他加以濃縮，因他寫的時侯，
每月一萬字，是千呼萬喚始出來的，有的地方太細膩，也有的地方欠斟
酌。「文章是自己的好」，採納別人意見不是容易的事，而這一部四十多萬
字的巨著，真給他作臉，他自費出版行銷十一、二版之後，又經純文學重
排新印，今天，已不知是第多少版了。也許是他自以為在寫作上他很難再
突破自己吧，《藍與黑》之後他很少再寫小說，他忙著又揮舞起另一枝筆。

　　王藍的水彩畫比他的小說更令我傾服。他的畫不是單純的「美」或
「力」什麼的，我也不會用「筆觸如何」、「設色」、「用水」種種等「行
話」來推許他，我只能說，他的畫給人心靈上的感觸很深。他有一幅畫的
是一只高腳玻璃酒杯，杯中杯外，五光十色，我看了覺得它該題名《醉
杯》，看他自題是《醉後》，反正，醉意十足。另有一幅《墨西哥的晌午》，
畫面上六星矗立著一座房屋，白牆白頂，看了之後令我想到北國的初夏晴
朗的中午，陽光溫暖而不強烈，但是那亮麗，那安靜，使人心中沒有一絲
雜念。他竟畫出來了。後來他又畫了好多國劇舞臺上的人物，用國畫的術
語，他是「寫意」。但，傳神之極。我相信只要是「通」國劇的人，看了他
的「國劇人物水彩畫」，一定會有一種耳畔響著鑼鼓胡琴，劇中人正開口唱
著什麼的那種感覺。

　　我愛他的畫勝於愛他的文章，因他的文章是頗有功力的，功力來自用
心推敲。他的畫則多出自於才華，天才是真的令人心折。

　　他的手很柔軟（我不知握過多少次，一笑），可是，隨便的就能舞起兩
枝有千鈞之重的如椽大筆，為文、作畫。我再套用他《藍與黑》的卷首
語：「人一生能用一枝筆已很不容易，而我，何幸竟善用兩枝。」

　　說夠了對他的讚美的話，再回頭算我和他之間一些小過節吧。

　　王藍曾吃了我一副太陽眼鏡，這絕不是亂蓋。那年，是初夏。我戴著

朋友由香港給我帶來的新太陽眼鏡，跑到文協轉轉，正巧王藍也在，此外還有喬竹君、朱白水兩位，我們四人聊天聊得很熱鬧，已過了午飯時間，大家還不肯散，我表示請大家吃小館，他們沒跟我客氣，兩輛三輪車，四人到了大利餐廳，我先聲明，請飯不請酒，誰喝酒誰自己付帳。他們三位倒真的沒有一個酒鬼，而王藍卻是個「吃家」，他點了「炒櫻桃」、「大烏參」等四菜一湯，我看著價目表說：「你都點貴菜，我的錢不夠付帳。」朱白水也直說：「小吃嘛，何必要這種名貴的大菜。」

王藍笑笑：「大姊請客，總得吃好的才夠意思。」

喬竹君說：「吃完了大家公攤。」

北佬都是要面子的，當時我真有點掛不住。幸好，不知怎的喬竹君直讚美我的眼鏡，我靈機一動，就說：「今天我第一次戴，不算是舊的，你愛，原價轉讓，港幣 15 元，你給我臺幣 100 元好了。」

「君子不奪人所愛。」

「太陽眼鏡又不是奇珍異寶，我不愛，現在，我急於求現。」

大家都笑了。我賣眼鏡的錢加上囊中所有，剛好付那頓飯帳。雖然那天我們是四人果腹，但我心裡把這筆帳記在王藍身上，他吃了我的漂亮的太陽眼鏡。

王藍的書一直暢銷，王藍的畫更是一幅千金，王藍的大名如日中天，王藍的口袋「麥克、麥克」，不知由什麼時候，他對我改了稱呼，如今他見了我，一定說：「芳妹，好久不見。」

「芳妹」是我在革命實踐研究院受訓時，一些不知老之已至的頑童們給我起的綽號，被王小弟如此一叫，我才覺得很不是滋味。他的胞姊王怡之教授，雖略長於我，可是他對我，我對他都一直互相尊稱「大姊」，小小果之是不是把自己看得太大了？

王藍會唱，會拉胡琴；王藍是文壇「名嘴」之一，可是他的唱有時會荒腔，他的拉有時會走板，他雖以善說出名，可是口音有濃重的天津衛的味兒，不夠標準，他的兩枝筆已把他高高的架得直上青雲了，其餘的才藝

也就不必多提了吧。

　　我很遺憾，寫此文時，臺北的王公館空無一人，他們全家都在美國度假吧！也就無法弄到他的遠影近照，本次插畫不夠水準，不是《快樂家庭》之過，讀者務祈原諒！

　　　　　　　　　　　　　　　——選自劉枋《非花之花：當代作家別傳》
　　　　　　　　　　　　　　　　臺北：采風出版社，1985 年 9 月

永不落幕的戲
王藍的人生舞臺剪影

◎姚儀敏[*]

「嘆楊家,秉忠心……」

「只剩下,延昭兒隨營征剿,可嘆他,盡得忠,又盡孝,血染沙場,馬不停蹄,為國辛勞……」

鑼鼓喧天的戲臺上,一齣《李陵碑》由楊老令公口中,把個盡瘁家國的楊六郎楊延昭塑成了忠孝兩全、有情有義的鐵漢子;戲臺下,有人聽得入迷,看得痴醉,更有人在渾然不覺中就把楊六郎的風骨融入生命裡去,而在自己的大舞臺上,複製了一個叫好又叫座的角色。

戲臺下的王藍

王藍,就在 20 世紀的人生舞臺上,全力以赴地演活自己。

他演過作家、畫家、抗日勇士、少年兵、反共鬥士、教授、文化交流尖兵等……每個角色在他演來,都被點染得神龍活現,有聲有色的;他的唱腔與身段一逕地緊抓著時代節拍,不知風靡了多少人,贏得掌聲,也贏得了尊崇。但他卻說,他最喜愛的角色是安分的做一名戲迷,在趨名赴利的漩渦之外,率性地搖首打拍,進入臺上那些忠義之士、孤臣孽子的內心世界。

出身於北方殷實家庭的王藍,父親王竹銘先生為我國第一位在華北創辦紡織工業的實業家。他稚齡時即被雙親兄姊帶著出入戲院,「楊小樓、李

*發表文章時為《中央月刊》主編,現為國防大學通識教育中心講師。

萬春、余叔岩、楊寶森……都是我幼小心靈崇拜的人物；記得當我還不會自己操作留聲機時，母親就常常為我放唱盤，父親為我講戲詞。」

十歲上，他收到一份夢寐以求的禮物——小盔、小靠、小蟒、小髯口、小靴、馬鞭、槍……整齊的行頭，足夠他在家中「彩排」之用，滿足了他的戲癮，雙親刻意把他引領到戲曲莊嚴華麗的世界裡，讓他吸取古典文化的美感與志節養分；由於他自小亦展露了繪畫天分，便能夠在吵雜的戲院中一邊看戲，一邊速寫舞臺上生、旦、淨、末、丑的動作與神韻。

「笙歌、彩筆、親情，編織了我的童年和少年歲月，那是千金換不回的幸福生活。」

中國人的「長夜」

《長夜》一書是王藍自己最喜歡的作品，和暢銷三十年不墜的《藍與黑》並稱為作者的兩部代表作。這兩篇小說都以中國近代動亂中的戀情為骨幹，描寫在劇烈戰火洗禮下，人性所面臨的衝擊與試煉。

其實這兩部悲劇的背景，正是王藍在成長階段所親見親聞的時代縮影，也因此他藉著主角們的經驗，把當時整個民族所承受的重重苦難都記錄下來，作為見證。「抗戰時候我才十來歲，侵略者的鐵蹄在踐踏白山黑水之後，已衝進山海關，整個華北平野，槍砲齊鳴，變成一個與敵生死搏鬥的大舞臺。」

這不是伴著鑼鼓的「全武行」、「打出手」，當一個真真實實的炸彈把他的家園轟得瓦礫四散，行頭、畫具一併化為灰燼後，霎時之間，他突然醒悟自己該扮演什麼樣的角色。

「我們在師長領導下，演出一幕幕冒險犯難、抗敵鋤奸的劇目。像深夜編印地下報刊，傳播來自武漢、重慶的珍貴訊息；在電影院熄燈時，散發抗敵傳單；祕密製造土炸彈，警告漢奸主持的報館；燒毀敵人倉庫；甚至深入虎穴向皇協軍曉以大義，要他們『借路』，讓華北青年南下升學或從軍……」這些極盡危險的「大戲」，王藍都是演出者之一。

他和千千萬萬抗日青年抱著同樣的想法：國家要從我們手裡重建，時代要從我們手裡改觀！

最難忘的歲月

亡國的危懼，把王藍從一個無憂少年，逼上了戰爭這條唯一道路，他像成年人一樣的從事地下工作，他曾帶領男女學生攀登高山峻嶺，闖越敵人的封鎖線，「我陪著他們到黃河邊，目送他們航向洛陽，轉往大西北、大西南，然後自己再重回北平，如此往返三次之多。」

七七戰起，故鄉淪陷，他的家庭因父親不願出任偽天津市維持會長而被監視，但愛國的火焰在他心中燃燒，使他根本無懼於個人性命安危。終於有一天，因行蹤不幸暴露而被日軍追緝，他大姊王怡之女士在一篇〈六郎之歌〉的文章中回憶那時危急的狀況道：「敵人到六弟讀書的北平匯文中學宿舍搜捕，他倖能機警地逃脫，躲到一位平日厚愛他的國文老師家裡隱藏。翌日，一個『少女』來我就讀的大學宿舍找我，我定睛一看，方認出那是我化過妝的六弟。」

大姊把他藏匿在女生宿舍中，他居然還俏皮地說：「唱了十幾年老生，這是第一次反串花旦！」在太行山從軍作戰一年後，他又繼續前往雲南升學。

這些抗日戰績和家國之痛，在他的小說裡都有深刻而完整的交代；他說：「我所寫的都是自己經歷過的事件，去過的地方，真實的感受。」當然在這些寶貴的人生經驗之外，他也運用了豐富的想像力，使他的作品更增加了吸引人的魅力。否則《藍與黑》等作品焉能風靡中外文壇，引起大眾強烈的共鳴？

作品為歷史作證

抗戰時，國共分別向青年招手，極力吸收生力軍，很多人因認識不清，一步之差就上了中共宣傳伎倆的大當，其中許多事實真相受到誣衊扭曲，王藍都以一個過來人的冷眼觀察，忠實地寫在《長夜》等小說中。

　　「戰爭非常殘酷，中國人卻不幸地面對自己人打自己人的悲劇。」他以這種悲憫觀點來反映這個慘痛教訓，也替千千萬萬曾被美麗謊言迷惑的中國心靈，控訴赤禍的延害。因此他的作品不僅具有文藝價值，更可藉此一窺共產黨的真面目，對於我們這一代不曾經歷過烽火、目睹河山變色的年輕人，王藍的小說就是一部不折不扣的近代史縮影，正因為這樣，這些作品更具有時代的意義。

　　王藍筆端常帶著濃厚的感情，感時憂國的意識往往不自覺地流露，便因為他自己就周旋在這些角色裡，投入太深的緣故。琦君女士讚揚王藍肯坦直地指陳我們政府當年的種種缺失，最大的缺失，乃是無視於「文壇」的淪陷，而「文壇淪陷，國土必也淪陷」，她認為這些沉痛的缺失，直至今日，我們仍當深深引以為誡，所謂前事不忘，後事之師，才不枉作者的一番用心！

　　王藍家裡掛著一幅《北平太廟》寫生，是他自 11 歲加入名畫家李捷克先生「星期畫會」苦畫兩年之後的學習成績，這幅 13 歲大孩子的水彩畫所表現的光、影、透視效果極佳，一點也看不出初學者的手筆。

重新拾起畫筆

　　從小，他就煥發出藝術上的才華，也一直夢想成為畫家，他父親告誡他：「當畫家，就得當個出類拔萃的，否則會挨餓。」又說：「學畫必須下苦功，極虛心，極誠懇，更得有一份狂熱的痴情。」

　　這些話他都牢牢的記在心裡。但大時代戰亂的陰影在他腦海揮之不去，使他拋下畫筆二十年，二十年間不曾觸及童年的夢想。

　　「抗戰初起，我全家逃離，經過天津市英租界白河畔看到成百上千個中國勞工的浮屍，他們被日本軍隊捉去修祕密工事，然後拋入河中，魚群般地流往渤海；也看到同胞們被異族凌虐侮辱，一張張悲慘、憤慨、恐怖、痛苦的臉，那與我曾在畫室裡所畫過的一張張可愛兒童的臉，美好少女的臉，慈祥老人的臉，完全不一樣了。我簡直不敢再看，那一剎間我只

有一個信念——我要丟下畫筆，拿起槍來。」

後來他把這場聖戰中民族的苦難，蘸著血淚真的用筆寫了下來，讓更多的人去感受、哀悼。民國 31 年在重慶，他以小說〈一顆永恆的星〉榮獲全國文藝獎，更意外地受到頒獎人張道藩先生的勉勵，要他「永遠不要放下寫作與繪畫的筆」。

來臺之後，他更因為一本在太太縫紉機上寫成的書——《藍與黑》暢銷不輟，因而才有了能力購置繪畫器材，重新向畫家行列歸隊。

同時因為《藍與黑》大受歡迎，王藍始終受盛名的壓力，下筆益發的躊躇，而未見新作發表。因此他感嘆；「一本太暢銷的書，會斷送了一個作家的寫作生命。」

有情有趣的繪畫世界

王藍繪畫的題材相當寬廣，深厚的素描基礎和古典與現代的藝術修養，使他能不拘筆法，揮灑自如，舉凡動、靜態的人情故事和山水風物，在他筆下都充滿著十足的生趣與美感。尤其他以國劇人物入畫，形成了獨特突出的風格。張大千先生曾說，當今海峽兩岸畫國劇人物的作品以王藍最好。他的國劇人物，無疑是接續著童年時代的舊夢，化假為真，寫出他心中永不落幕的戲，所以成為「招牌」的拿手絕技。

羅青先生曾說：「王藍的國劇人物，介乎童稚與機智之間，充滿了溫厚絢爛的情感。他畫人物時，用筆靈巧，造形拙樸，搭配十分得宜；他最擅長於表現戲劇動作的最精微處，在妥善安排演員的位置之餘，更仔細揣摩劇中人物的內心，使表情與動作合而為一，直指戲劇的『高潮』。」這種功力，非懂戲而又愛戲如王藍者不能辦到。

民國 53 年，他應美國國務院邀請訪美，帶著畫筆和畫作，一面旅行寫生，一面巡迴展覽，成果十分豐碩，也奠立了他在國際畫壇上的地位。在此之後，他又相繼應聘美國夏威夷大學、俄亥俄州州立大學等校的教職，貢獻他的藝術心得給異邦學子，並深獲推崇，學生甚至在教授評鑑表上，

給他 a great success 的最佳考評。

半世紀前的一段公案

前年春天，臺灣藝文界在與大陸文壇睽違四十載音訊稍通之下，引來了半世紀前一段文學公案的古井生波。

當時正值大陸劇作家吳祖光擬渡海來臺訪問。新聞熱潮期間，由於一篇〈大陸劇作家吳祖光的自述〉，其中提到吳在抗戰時期所寫《少年遊》一劇的經過及本事，竟把全不是《少年遊》的情節，錯按在《少年遊》上，文章刊出後，王藍先生指出吳氏所述失實，因他記憶得清楚《少年遊》與他的小說〈一顆永恆的星〉有諸多雷同之處。王藍當時猶極其厚道的以「雷同」名之，並未直指為「抄襲」。

而吳的回應，非常令人失望，他對王藍小說中的情節、人物、對話、造字用詞，連標點符號都未更動……等等如何地進入他的劇本？全未解釋，只說雷同之處只是巧合，同時堅決表示他以前從未讀過王的小說，現在讀了，斷然肯定不會採用，更不值得抄襲！

有關這段公案疑雲，要廓清真相並不困難；根據名作家王鼎鈞先生比對兩作品時發現，《少年遊》與〈一顆永恆的星〉有六處情節相同，三個人物相同，三個人物近似，兩處字句相同；唯一不同，也是最重要的，是二書的寫作與出版時間有先後差別。文藝史料家秦賢次先生依據中共出版之《抗戰文學紀程》一書記載，指出王著發表、出書比吳劇上演早十個月，比吳劇印成書出版早了一年半。

證據不會說謊！

王藍說：「大陸上皆我同胞骨肉，同屬『寫作族』、『文學族』，更多一份情誼。海峽兩岸作家、藝術家互訪，作品交流，是極好事，出於摯誠，出於真情是最重要的。」

開拓文化交流的頻道

為人溫暖熱情的王藍，基於對文化的關懷，常不自覺地對多年來文化交流開拓上的消極作為，產生發自內心的焦慮和期待。他憂心的說：「多年來中共在海外大搞『人海戰』、『書海戰』、『文藝戰』迷惑僑胞與國際人士，我們文化人力量雖薄弱，也不忍坐視不管。」因此始自三十年前，他便投身於文化交流的志願軍，甘心充當一名先鋒，為增進國際友誼，傳播中華文化，並遏阻中共在海外滲透擴張等工作竭盡心力。

在國內，王藍盡心盡力贊助文藝工作。

他供應女作家合唱團場地，她們沒有鋼琴，王藍就捐贈一架；他支援青少年室內樂團，那些小音樂家們一再在歐美演出，大獲讚譽。

他也安排過數不清的外國與華僑作家、藝術家來華訪問，成功的宣導中華民國社會的進步實況；他更多次單槍匹馬出國演說，支援「中國週」、「中國藝術季」，艱苦備嘗，無怨無尤地做著造橋鋪路的工作；如有人請他開畫展，他便攜帶大批國內畫家作品舉辦聯展，推介國內藝術家們的成就；美國的大學發聘書給他，他即隨身攜帶一個小型圖書館，供學生們研讀，然後把書捐贈給學校。很多人奇怪他何必這麼熱心？哪裡來的這股「傻勁」？

說穿了，一點也不稀奇，因為這就是王藍——他一直在盡力演好自己的角色，他要在人生舞臺上，將生命的光輝發揮得淋漓盡致，好對自己有個交代。

掌聲響起，王藍正向四周友好拱手：「獻醜了！」

我們期待他有更精采的演出……

——選自《中央月刊》第 24 卷第 4 期，1991 年 4 月

《新華日報》整版批徐訏、荊有麟、王藍之小說

◎唐紹華[*]

　　民國 34 年初在《新華日報》上竟突出一全版特刊，標題為〈評坊間幾本特務文學〉，文中所指計有三位作家的小說作品：徐訏之《風蕭蕭》，荊有麟之《間諜夫人》與王藍之《美子的畫像》、《銀町》、《相思債》、《鬼城記》。徐、荊作品是長篇小說，《美子的畫像》是短篇小說集（內含〈一顆永恆的星〉），《銀町》、《相思債》是中篇、《鬼城記》是短篇集。

　　那時徐訏已是著名之非共自由作家，作品深受讀者喜愛，因而也特別受到中共的攻訏。那年頭，凡是不肯降從為中共同路人之作家，必遭受杯葛、圍攻、打擊；徐訏硬是不屑一顧，所以成為被詆毀的第一目標。《風蕭蕭》在《掃蕩報》連載時即甚轟動，成都東方書社出版單行本後更是暢銷。內容以上海淪陷區從教堂到舞場為背景，寫一群愛國平民配合政府地下工作人員之抗日壯烈犧牲故事；這種情節實在也常見，卻由於徐訏的特有風格，清新描繪，乃變得十分生動感人。如果說這是特務文學不如說是愛國文學更恰當些。《新華日報》以專文特刊攻擊詆毀，對徐訏的人並無損，對《風蕭蕭》那本小說卻有代為大力宣傳的作用。

　　至於王藍，即是日後創作長篇小說名著《藍與黑》的作者，亦是享譽國際的畫家。《藍與黑》有許多國家的譯本，曾搬上銀幕（香港邵氏出品，林黛、關山主演），也改編為舞臺劇、電視劇、廣播劇、粵語劇。但在當

---

[*]唐紹華（1908～2008），安徽巢縣人。劇作家、散文家、詩人、小說家。發表文章時為南加州華人寫作協會顧問。

年，他初到重慶，確只是尚未享名的年輕人；雖然，謝冰瑩女士寫過一篇文章說：她在西安主編的《黃河》月刊上，一連登過數篇一位來自敵後的青年署名「菓子」的作品，備受廣大西北讀者的重視、喜愛——那「菓子」就是王藍。因為他的本名是「果之」，所以最初寫作用「菓子」做筆名，更早之少年時代，他在北平《覆瓴》月刊（音韻學者高慶賜主編）發表短篇小說，也是用「菓子」筆名，到重慶後改名為「王藍」；無論如何，那時段，對西南地域若干讀者而言，「王藍」仍為一陌生青年。那《新華日報》為何將他與名作家徐訏和荊有麟並列呢？

原因之一：中央文化運動委員會舉辦的民國 31 年度全國文藝獎，王藍以小說〈一顆永恆的星〉獲第一名獎金（同年獲第二名文藝獎金者，是後來享有盛名的女作家潘人木、與歷史學者黃大受教授）。頒獎典禮相當隆重，由中央宣傳部長兼中央文運會主任委員張道藩先生親自主持。約一年後，21 歲天津青年王藍的這篇小說在《文藝先鋒》上發表，那時執行編輯是劇作家丁伯騮，王進珊已離職（再後來由趙友培接任《文藝先鋒》主編）。〈一顆永恆的星〉很受好評，民國 32 年 12 月重慶七星崗東方書社（總社在成都，當時專出版徐訏著作之書店，作家田仲濟任編輯，所印行之文藝書籍深受一般重視與歡迎）出版了王藍的第一部小說集《美子的畫像》，其中第一篇就是〈一顆永恆的星〉，銷路很好。

原因之二：王藍在平津淪陷後參加了三民主義青年團河北支團，從事敵後的愛國抗日工作；那是他的故鄉，人地均熟，幾度深入陷區表現突出，而被日寇通緝，逃至太行山投身國軍游擊部隊河北民軍，放下筆拿起槍，與日軍戰鬥於晉東南戰場（這一段實際經歷使《藍與黑》中描寫之太行山戰場更顯示了真實感）。他到了重慶，舉目無親，居然以一篇小說獲得了第一名。那時段想在文壇上出頭，最快的方法是能得到中共或左傾作家的「力捧」。聽說，葉以群曾在東方書社遇到王藍，建議王藍的第一本小說集最好能請郭沫若寫序，他可以去辦，為王藍謝拒。王藍請謝冰瑩寫了序，因為他自太行山下來到了洛陽，開始寫作，謝先生是第一位接受他投

稿，愛護鼓勵他的前輩，令他十分感念。《新華日報》的專刊，正是給這「頑固不化」的青年作家當頭一記的下馬棒「以打擊代爭取」的老手法。

但意料之外，王藍是道地的資產階級出身（王藍的父親王竹銘先生是我國第一位在華北創辦紡織工業的工業家，曾任中華民國紡織學會理事長），天性愛好民主自由，不懂也不吃「以打擊代爭取」的那一套。

但是，〈一顆永恆的星〉對王藍影響實在很大，正由於這篇小說使他對寫作有了興趣與信心；也由此獲得了張道藩先生的賞識，張道公酷愛美術，在法國留學即是學畫，故對自幼習畫的人有一種情不自禁的好感；也因此王藍能在以後參加中央文運會任職總幹事；也由此，抗戰勝利得衣錦還故鄉設立平津文運會；當選河北省的國大代表，再當選天津市參議員。

下面要敘一下由於〈一顆永恆的星〉所引發的一件私事公案。

這樁公案的兩位主角，一是王藍，另一是吳祖光。

〈一顆永恆的星〉與《少年遊》公案

話說民國 33 年 9 月，中央青年劇社在重慶青年館公演吳祖光最新劇作《少年遊》，傾赤報刊狂捧如儀，聲勢極盛；忽然有人發現內容竟是抄襲王藍的小說〈一顆永恆的星〉。王藍親自去觀劇，果然雷同處太多，情節、人物，甚至對話，竟完全一樣——作品之「時間」、「空間」完全相同，皆是淪陷後的北平；小說描寫華北愛國青年抗日，最後投奔重慶，吳劇相同；小說描寫漢奸北平市警察局特務科長袁規惡行，吳劇同；小說中「創造」虛構之一名白姓舞女被擄去受脅迫，吳劇同，且舞女也姓白；小說中愛國青年刺死日本軍官，吳劇全同，且被刺者之兵種亦皆憲兵軍官；更有劇中人物的對話，若干處竟與小說人物對話相同得隻字未改。英雄之見怎會如此相同呢？那時段，吳已被中共捧為「神童」，一旦被揭發，如何是好？還是馬彥祥（當時的中央青年劇社社長）得知的消息快，當然認為事態嚴重，鬧出事來那太沒有面子了。於是去請託王平陵與他親自出面找到了王藍，說了一片表面堂皇的大「道理」，甚至「當前國共合作抗日，文壇宜團

結，吳祖光已承認讀了你老弟的小說，加以改編，未做聲明，至表歉意，請不要公開揭發……交朋友要緊……」以及「中央青年劇社是三民主義青年團中央團部的，上演的地方青年館是國民黨的，掀出來，大家也都不好看……」等等的話；同時講好俟《少年遊》印書出版時，必定印上「改編」或「取材」字樣。

實際上，揭發抄襲，便會影響文壇團結？又與國共合作何關？王平陵先生是寬厚長者，有名的好好先生，在他勸阻下，王藍是後輩一向敬重王平陵先生，自當應允。當事人不再表示異議，別人也就未再多言。可能是王藍的小說（又繼續出版了好幾種）風行起來，招致中共看不順眼（其實，綜觀王藍在抗戰期間出版的作品，無一篇一書語及中共；全部皆是抗日文學），突然在民國 34 年春天，中共機關報《新華日報・副刊》，以整版篇幅刊出署名蘆蘇的長文〈糖衣覆蓋著甚麼？——評坊間幾冊特務文學〉，接著在同年 4 月 30 日出版的中共機關刊物《群眾月刊》第 10 卷第 7、8 期合刊（編輯周而復）全文再登一次。文內對徐訏、荊有麟、王藍三人大加撻伐。

這倒為王藍的小說幫了宣傳的忙。幾家報刊登了駁斥惡意的所謂「特務文學」的荒謬，認為那是對抗戰文學愛國文學的侮辱。（特務一詞原無惡意，與間諜、情報人員相同，特工乃是抵抗侵略，保衛國家，犧牲奉獻的工作，電影中常見之戰爭間諜片均受觀眾歡迎，因可激發愛國情操也。然而，中共卻把「特務」故意醜化，對誰不喜或要「整」誰，便給誰戴上一頂「特務」帽子；而事實上，愛國青年在敵後獻身抗日工作又與特工不同。）《中央日報・副刊》（當時主編是卜少夫）登載了一篇〈請拿出良心寫書評〉，指稱不應如此對待一愛國青年所寫的愛國小說，最是擲地有聲；讀者投書亦多，皆仗義而言。

妙的是；王藍的小說〈一顆永恆的星〉被中共指名罵陣，吳祖光的《少年遊》話劇，卻仍然在大後方各地照演不誤，也仍然受中共報刊讚揚喝采如舊。小說是「特務文學」，抄自小說變成話劇便不是「特務文學」

了。這做何解釋？這就是中共的「邏輯」？

到了民國 34 年（1945 年）5 月，吳著《少年遊》由重慶開明書店印刷初版發行。吳未守信諾，書內未見印有「改編」或「取材」王著的任何字樣。

不久，到了秋天，日本投降，人人於狂歡中忙著返鄉，王藍回到故鄉平津工作繁忙，未再提起《少年遊》；《少年遊》則依然在復員後的上海等地上演。

上述種種為筆者所詳知，是以就記憶所及，筆者早在民國 70 年所寫《中共文藝統戰回顧》一書中（臺灣文壇雜誌社出版，全書文章先在《文壇》月刊連載發表，7 月出版專書）有所敘述。

留心此事的人，都清楚：王藍的〈一顆永恆的星〉民國 31 年獲獎（同年 5 月 4 日頒獎）；民國 32 年 11 月 20 日發表於《文藝先鋒》，同年 12 月東方書社印行單行本；所以小說比劇本早出版一年半；劇本上演（民國 33 年 9 月）則比小說發表晚了九個多月。不太關心此事的人，多年來未再以此為話題；王藍也沒有跟誰談起或寫出過這段往事。

吳祖光自述引發了舊案重提

誰知，此一「公案」經過沉寂了半世紀後，突然又爆發出來，成為轟動的「大案」。

起因是：天下情勢變幻，被中共捧為「神童」全心全意投靠效忠中共的吳祖光，在大陸過了沒有多少年好日子，先被批鬥送往北大荒勞改，後被勒令退黨……乃一心一意想來臺灣。臺灣新聞媒體表示歡迎。一篇題為〈大陸劇作家吳祖光的自述〉文章刊登於臺北《聯合文學》月刊（1989 年元月號）引發了「舊案」重提。

吳文詳說他寫劇本的歷史：

「寫了《鳳凰城》、《正氣歌》，拋開以「愛國主義」為基點後，我即執筆撰妥了第三部劇本《少年遊》。在該部作品中，我選擇了一名京戲的紅旦角及一名高級妓女作為主角，前者普受戲迷們的喜愛，後者則整日穿梭於名

紳富賈之間，聽不完的奉承美言、看不盡的阿諛姿態，日積月累地竟使他倆
產生了高人一等，自以為了不起的錯覺，可是在一個偶然的機會下，他們忽
然驚覺自己最終充其量也不過是討別人喜歡，受別人玩弄的對象時，乃頓然
領悟出自己並非真正的幸福，為了獲取原應享有的自由和真正的幸福，這兩
個人便下定決心來努力改變他們現有的生活方式。當時我寫這個劇本的本
意，乃是試圖透過兩名主角的覺醒，來引發一般民眾的自覺。」

「可是很不幸的；該部戲僅上演了 14 場就遭到禁演的命運。原因是一
名身分頗高的官員帶著姨太太來看戲，結果他發覺劇情中有不少和其現實
生活中頗有雷同之處，一怒之下便中途退席，隔日並以劇情充滿『誨盜淫
亂』為名下令禁演。」

「對一個寫劇本的人而言；類似的審查制度簡直就是一具殘忍的枷
鎖。」

吳之「自述」發表後，年輕一代讀者當年未在重慶，可能全不知曉；
但老一代的劇人、作家與一部分老讀者，卻皆知吳所言完全失實，竟然說
錯了他自己的歷史。因為第一、《少年遊》是「拋不開愛國主義」徹頭徹尾
的一齣抗日愛國戲。第二、《少年遊》中根本沒有紅旦角與高級妓女，穿梭
於名紳富賈之間的情節；有的只是北方的抗日愛國青年（與〈一顆永恆的
星〉相同）。第三、當時重慶國民政府實施的是「話劇上演前，先行送審劇
本，通過後即可上演，上演後任何人無權禁止演出。」筆者也曾親觀《少
年遊》演出，絕對沒有中途勒令停演之事。

吳文一出，也有人不了解全部真相，但聽說過《少年遊》與〈一顆永
恆的星〉雷同之「掌故」，乃紛紛議論：當初〈一顆永恆的星〉得小說首
獎，別人把小說改為劇本，就遭禁止，國民黨未免太不講理？也有人疑
問：《少年遊》劇本「誨盜淫亂」被禁演，那麼與《少年遊》雷同的〈一顆
永恆的星〉該也是「誨盜淫亂」？如此一來，是耶非耶？真相混淆不清，
倒也應該有所廓清。

而吳、王二人，皆名人，是新聞媒體的好材料。於是特別注重文化藝

術新聞的臺北《民生報》（聯合報系報紙）3 月間刊出〈半世紀舊案重提〉道出《少年遊》與〈一顆永恆的星〉之間的往事新聞。不過，王藍對採訪他的記者從頭到尾僅說《少年遊》與他的小說〈一顆永恆的星〉諸多雷同，同是只能歸類為「北平青少年抗日愛國的故事」，與吳氏自述所說全然不同，無關「官員與姨太太」，也從無禁演之事。

　　適《聯合報》名記者張伯順在北平採訪新聞，遇到吳祖光，吳對張發表談話：

　　說《少年遊》與〈一顆永恆的星〉有諸多雷同，是無稽之談，因為他根本不認識王藍，也不知道王藍！又說王藍在某報（應是指《民生報》）說當年王平陵居間協調平息此事，王平陵是他老友，從未涉入他的「抄襲傳聞」。又再說他寫《少年遊》有他的生活經驗依據。

　　此一談話刊於民國 78 年 3 月 28 日《聯合報》，大字標題是〈吳祖光並不認識王藍〉。

　　這一來，更引起眾多讀者注目，也有人質疑王藍：人家根本不認識你，不知道你；你怎麼竟說人家抄襲你的小說？

　　「無稽之談」也未免話重了一點，又說王平陵先生協調平息，全無此事；由此引起的回響也隨之擴大，於是，臺北《文訊》雜誌邀約了小說家尼洛、劇作家賈亦棣、劇作家貢敏、文藝史料家秦賢次，與王藍一起舉行了「吳祖光劇作與王藍小說的比較會談」，由《文訊》總編李瑞騰主持。會談全文刊《文訊》革新號第四期（編號第 43 期，民國 78 年（1989 年）5月 1 日出版）。

──選自唐紹華《文壇往事見證》

臺北：傳記文學社，1996 年 8 月

果之，來！咱倆一起讀這首詩
憶吾弟王藍

◎王怡之[*]

　　說來，都是二十年前的舊事了。

　　每次，你完成一幅新作品，就高高興興地打電話來說：「大姊！快來看我的新畫！」最近有一陣子沒聽到你的聲音了。倒是涓妹今天壓低嗓門說：「果之這幾天不太對勁，您來看看他好不？」

　　「不對勁兒，怎麼回事？」我到後院果樹上摘了一些蓮霧，匆匆出門。

　　你一個人呆坐在畫室。見我來了，喊了一聲：「大姊！」臉上沒有往日的笑容。「生病啦？」你搖搖頭。我摸摸你的手心和前額，「沒事，是不是寫作熬夜了？」你搖搖頭。我注意到畫案上沒有新畫，倒有一張塗了水彩被撕成兩半的畫紙，空氣很僵。

　　涓妹把洗淨的蓮霧放在茶几上，我說：「蓮霧清火，果之來吃兩個。」你仍搖搖頭，涓妹小聲說：「大姊咱們倆吃，他禁食！」

　　我一頭霧水，這兩人玩什麼把戲？無意間一轉眼卻看到旁邊長几上堆的一些刊物──《聯合文學》、《戲劇時代》、《新聞天地》、《中外雜誌》，我明白了，兩年來吵得好熱鬧的兩岸文學抄襲大案，在這些刊物上一篇篇地刊出。最後大家都看出來吳祖光 1944 年的劇本《少年遊》的確是抄襲了王藍 1942 年的小說〈一顆永恆的星〉。人物、故事、對話全部老實照抄，只是把「愛國青年結伴奔向重慶」，改為「愛國青年奔向延安」罷了。

*王怡之（1915～2014），王藍胞姊，本名王志忱，河北天津人。散文家、詩人。曾任天津女子師範學院國文教師、北平《大同》半月刊主編、政治大學中國文學系教授。

「果之！這件政治化的文學糾葛，不是已經水落石出了嗎？吳祖光不是已經承認以前曾對你說過不敬的話而道歉了嗎？怎麼還不開心？」

「大姊！天下真有些怪事叫人猜不透！」你終於開口了：「我當然感謝朋友們為我打抱不平，花了不少精神時間，可是就因為證實了當年一個流亡學生的人品，卻引起某人的天大怒火，他拿我當作箭靶萬箭齊發！」

「怎麼回事？我聽不懂。」

「有個莫名其妙的人，罵我是沽名釣譽的高手，還奇怪竟有那麼多人甘心為我捧場抬轎。他說多年來，我又寫又畫，兩枝筆耍得人眼花撩亂。他說我利用抗戰史料寫《藍與黑》，利用中國古老京戲畫國劇人物水彩，說我到處旅行寫生，外國的名山大川也成了不花本錢的材料。在紙上塗幾抹顏色，就賣大錢。他說美國國務院請我去訪問三十多州，訪問就訪問唄，又隨地開畫展，不是個展，把早有預謀帶在身邊的國內多位畫家的作品合在一起開聯展，說是介紹中國藝術給世界，王藍的知名度直線上升，被利用的人還挺樂！」

你越講越急，臉都漲紅了。

我也好氣！這是多麼歪曲事實的話。「果之！別生氣！慢慢講。」我好心疼弟弟。

「他還說我對長者畢恭畢敬，對青年朋友獎勵扶持，一片假仁假義，卻搏得文藝圈人人敬愛。他又說我到夏威夷大學教書，因東亞文學系圖書館只有日文韓文書，竟沒有一本中文書，於是買了上千冊中文書捐贈。捐書就捐書唄，為啥又打國內文友的主意，鼓勵大家捐贈作品。還不是利用別人成就自己的好名聲。我真不懂王藍，有什麼魔力，連林語堂、張大千都稱讚他！真是活活氣死人！」

真是越說越離譜了，連兩位人人敬仰的大學者大畫家都指責起來了。

你喘了口氣，稍稍停了一下，忽然冷笑了一聲：「大姊！你聽啊，叫人難以忍受的還在後面哩，這人居然不打自招，他說好不容易掀起了兩岸文學抄襲大案，心想這一回王藍總該現原形了吧！人家吳祖光一個成名的劇

作家，會抄襲一個流亡學生的小說？我沒去過重慶，不知當時文壇的情況，但怎麼推斷，文抄公鐵定是王藍！萬萬沒想到姓吳的這小子這麼不爭氣！我太失望了！這下姓王的更得意了！我不服氣，一萬個不服氣！為什麼好事都有他的份，老天爺也太偏心了！我真想找老天爺大吵一架！」

這人的心態真可怕，怨天尤人，妒火燎原，難怪你聲音竟有些發抖地連聲叫：「大姊！大姊！你說這些汙蔑的話，我受得了嗎？」

這種傷人的胡言亂語，我也受不了！我走過去，牽著弟弟的臂膀，姊弟倆坐在沙發上。

「果之！這個人內心太汙濁，心理不正常，你可別生大氣！這話怎麼聽到的？」

「一個朋友聽另一個人講，再傳給我。大家都好氣，可是誰也不認識這個人。」

「果之！別管他是張三李四了。我只問你，即便此人把他的一腔邪火，形諸文字，刊上報紙，或是到電臺去廣播，試問有多少人相信他的話？你的書、你的畫，因此大大貶值，你的人格破產，從此，讀者唾棄你，文友冷落你，從此，你被罵倒而一蹶不振。會不會？」

「應該不會。」你的聲音好低，像是喃喃自語。

「什麼應該不會，是根本不會！」我不自覺嗓門提得好高「你就這麼軟弱？對自己這麼沒信心？別人的幾句胡言亂語就教你如此氣憤、頹唐？好朋友誰不說你胸襟開朗，豪爽風趣，你不能對這件事一笑置之嗎？」

你咬著下唇，默然不語。

我想改變一下眼前這不愉快的氣氛，故意笑著問：「這個神經病到底去找老天爺吵架沒有？」

「大姊您開什麼玩笑！」

「果之！別生氣！我想了想，這個人胡說了半天，倒有一句話說對了。」

「什麼？一句話說對了？」你睜大了眼睛，急急地問，滿臉不解。

「果之！他說老天爺太偏心你，說對了。」我心平氣和地接著說下去，「你可以拿他對你的汙蔑當作一個提醒。提醒你從頭數算有生以來得到上天多少恩典護祐！上天賜你幸福的童年，雙親教導你從小小年紀就認識智、仁、勇三個字。你 17 歲在日寇淫威下勇敢地參加抗日鋤奸團，被通緝逃出虎口，奔向太行山打游擊，在抗日聖戰形勢最險惡之際，毅然到最前線貴陽採訪，深入戰鬥劇烈的獨山。這些事哪一件不是玩命？你周圍多少夥伴犧牲了，可是你沒有死。剛到臺灣，你大病一場，大口吐血，群醫束手，你卻因禍得福，在病危中認識了真神，成為基督徒，得了新生命。」

你的臉色慢慢緩和下來，凝眸深思。我喝了一口茶，接著說下去：「三十而立。你康復了。在上天的恩典中開始寫作繪畫，用筆揮灑出一片亮麗的新天地！你經常唱〈我是文藝小兵〉、〈我是基督精兵〉兩首歌，你也言必信、行必果地做了一些事。你得到長者的勉勵，朋友的愛護，你自己承認上帝對你有恩，國家對你有愛，朋友對你有義，讀者對你有情。你享受到太多的關愛，太多的鮮花與掌聲，老天爺是太偏心你。可是，你就是聽不得這幾句冷言冷語！」

我拉過他的右手來，親熱地拍了兩下，「果之，我倒希望有機會認識這個人，他不可恨，他太可憐了！」

你驚奇地張大眼睛。

「我告訴他，我是王藍王長老的姊姊，想傳福音給他。」

你突然轉過身來，擁住我，「大姊……我……」

「果之！咱們從小享受了太豐盛的天恩，而這個人一定受過太多的傷害，也許他是個孤兒，從未享受過親情，也許他在社會上碰得頭破血流。他從不知道人間有愛，從不知道互助合作為何事。他一直在憤怒、嫉妒、仇恨的黑暗中嚎叫……你我有什麼理由恨他？有什麼資格怨他？」我有些激動，聲音都啞了，「你我總不應該對這種人不聞不問，而在一旁扯著嗓門大聲唱『我是基督精兵，我是……』」

「別講了！大姊別講了！」你緊緊擁住我：「我不責怪他了，真的不責

怪他了，希望有一天認識他。求上帝憐憫他，像憐憫咱們似地。」你轉過臉來看我，眼裡閃著淚光。我也覺得兩眼痠痠的。

像是經過一場內心的掙扎，而後從狹隘冷漠中解脫出來，感受到風雨後的寧靜。

沉默無語老半天，不知應如何安慰你，忽然記起四十多年前老祖母的話。我親熱地握握你的手，「果之！我真高興！你已不是當年老祖母心目中『不許蚊子叮一口，蒼蠅踢一腳』的小果嘍！」

聽到我這幾句話，你無奈地搖搖頭笑了。

我是有名的茶大王，體貼的涓妹來為我加熱茶。你居然笑著問：「涓秋，你要不要來旁聽？聽大姊訓話。」

「什麼訓話，我給你治病。」

涓妹看看我，又瞅瞅你。輕輕地說：「我在煮東西，等關了火就來。」

我這冒牌郎中內心竊喜。周圍的氣氛已不那麼凝重，我必須加把勁兒，繼續開單方下藥。

「果之！那年剛勝利在南京，你陪大姊夫去拜望于右老求字，記得嗎？」我故意輕輕鬆鬆地提起這件陳年舊事，你點點頭。

「那天老人家心情特別好。立即揮毫寫了一幅對聯，氣魄雄偉的大草，這幅墨寶一直掛在我書房裡，上聯是什麼，你還記得嗎？」

你略一凝眸，「海洋不可竟其際。」

「下聯？」

「金石相期同此貞。」

「好記性！」我喜孜孜地讚了一聲：「14 個字道盡前輩對後生的匭勉期盼。這些年也真難為你了，從前你的盡忠，豁出命去打游擊。現在你盡忠，靠走遍天涯宣揚文化。而且待朋友有情有義，不改初心。可是要想做更多的事必須有更大的擔當更大的容忍。希望你的氣度能像海洋似地浩瀚遼闊！果之！求上天賜你智慧！」

你深深點頭，再點頭。

我突然起身走向大畫案，把被撕破的半張畫紙反過來，匆匆寫下蘇東坡的小詩：「狂雲妒佳月，怒飛千里黑；佳月了不嗔，曾何汙潔白！」

「果之！你讀過林語堂先生的《蘇東坡傳》，知道這位千古奇才一生坎坷顛沛，受到多少委屈詆毀。他詩名滿天下，政績斐然。他每次上表給皇帝，皇帝讀完都對朝臣公開讚美他。朝中當權的政客小人，對他既嫉妒又懼怕，生怕他一旦入朝拜相。於是大量收集他描寫百姓困苦，官吏貪汙，批評新政的詩文，說他諷刺政府，對君王大不敬。硬是把他從湖州太守任上逮捕進京，關入天牢，一再審訊，歷時四個多月。最後皇帝還是惜才不忍殺他，把他貶到黃州去了。」

你怔怔地聽著，不住地搖頭。

「果之！一個對自己百分之百信任肯定的人，永遠不會被外力摧垮。東坡的心靈和他的人道精神，由於遭受苦難而更加醇美。他依然故我，說想說的話，做該做的事。他千古不朽的詩文，都是在黃州寫出的。果之！這樣堅強達觀的人多可愛！」

我拿起那半張畫紙：「來！果之！咱倆一起讀蘇東坡的這首小詩。第二句的黑讀『鶴』，第四句的白讀『播』，這兩個字要讀重一點！」我牽著你的手，像幾十年前教你唸兒歌。

「狂雲妒佳月，怒飛千里黑；佳月了不嗔，曾何汙潔白！」姊弟倆大聲朗誦。狂雲怒飛千里，想遮住明月的光輝，而明月一點也不嗔怒斥責，因為清輝萬里依舊，何曾被烏雲汙染？「果之！你在 20 世紀寫《藍與黑》，早在八百多年前，蘇東坡就寫白與黑了！哈哈！」

「我是後知後覺！」你愉快地大聲說，而後自己高聲朗誦「佳月了不嗔，曾何汙潔白！」一遍又一遍。繼而緊握雙拳，高舉兩臂，哈哈大笑起來。

好了！好了！狂雲畢竟遮不住佳月的光輝。阿弟心中的烏雲也散開了！

涓妹捧著一隻冒著熱氣的小磁盆進來：「我煮的茶葉蛋，孩子們一會兒

就放學了，大姊您嚐嚐。」

「茶葉蛋啊，好香！我先來一個。」你不唸詩了，伸手去拿雞蛋，三口兩口進肚，又去拿第二個。

「喲！先生！你不留肚子吃晚飯啦？」涓妹故意酸溜溜地說。

「我好餓嘛，現在好餓嘛！」

「好，好。請吃！」涓妹抿著嘴笑笑。而後把一個剝好的蛋送到我跟前來，悄悄地說：「大姊！您這個偏方兒『開胃散』可真靈！」

一星期後，在電話中聽到你響亮的聲音：「大姊！這幾天我沒時間畫畫，淨忙些國際筆會的事了。」果之一生，雖說因《藍與黑》小說也賺到了一些錢，但很快就遭盜印版攔截，倒是畫畫可以稍稍賺一點，可惜一熱心起來，又畫不成了。

「好啊！祝你一切順利！」

我好高興。這個文藝小兵又要精神奕奕地出發了。

——選自《中華日報》，2005 年 3 月 2～3 日，23 版

天天天藍
記《藍與黑》的作者王藍

◎龔聲濤*

　　王藍沒有辜負所崇敬的藍色，成為筆槍紙彈的戰士，且熱心於文化的推行，使中華民國的文藝，與世界聯結。

一

　　「留取丹心照汗青」，汗青，就是藍色。

　　當一般少年尚在讀高中二年級時，他從家鄉天津投奔重慶，道經太行山，看到國旗的藍色在萬里晴空中招展，深受感動，自取藍字為名，留下作太行山抗日義勇軍的小兵。

　　他原名果之，時年 17 歲。

　　今年 95 歲的王怡之教授，〈九十回憶‧寫給藍弟〉文中，引用王藍的語句：

> 大姊，你知道五十年前，我為什麼要自取藍字為名嗎？
> 在太行山上，我看到國旗的藍色在那萬里藍空中飄揚，那麼純潔清新，
> 深沉寧靜，把一切都淨化了！
> 我要追求這藍色！我立志：終生永不辜負這可敬可愛的藍色……。

---

*龔聲濤（1922～2014），湖南長沙人。小說家。曾任《商工日報》董事長、中國廣播公司常務董事、中國國民黨中央文化工作會專任委員。

　　王藍生於天津的紡織業大亨之家，父竹銘公自辦紡織工廠並在大學任教紡織，門生滿華北。日軍進占天津後，堅拒擔任「維持會」會長，工廠乃被占作兵營，員工失業，此時他便立志還我河山。17 歲進入北平基督教匯文中學，參加青年抗日鋤奸團，行動積極。後來其指導老師和兩名女團員被捕殺，王藍由一位何大哥帶著與另兩位團員投奔重慶，取道太行山。

　　他受藍色感動，留下加入張蔭梧的抗日義勇軍，山上還有國軍、民團、游擊隊，相互支援，同仇敵愾。那時，雄偉的軍歌已流傳全國：「我們在太行山上，我們在太行山上，山高林又密，兵強馬又壯……。」

　　幾個月後，義勇軍駐地附近的山西省陵川縣淪陷，中央指令他們就近收回，他們一鼓作氣，攻克陵川，並擄獲不少彈藥和糧食。日軍逃向晉城，義勇軍乘勝追擊，不料中了埋伏，何大哥中彈倒地，王藍匍伏前往探視，右肩及右腿各中一槍，滾落谷下深溝。

　　醒時在一位老伯家的炕上，何大哥也在其旁，老伯父子給王藍與何大哥療傷。幾天後，王、何都可起立步行，老伯父子便把他倆送到張茅的補充兵訓練處。補訓處把兩人送交延陵的正規軍。

　　抵達重慶後，何大哥送入軍官訓練團，王藍被送入「戰區青少年收容所」。那時，鄰近戰區各地都設有收容所，由蔣夫人宋美齡女士親自指導，從戰地搶救青少年及三歲以上幼童，經測試分發至後方各地的 56 個兒童保育院，及 23 個國立中學，各單位負責人及工作幹部，都是熱誠愛國的優秀青年。這些機構和人員的一切費用，全由政府負擔，直到抗戰勝利才全部停辦，發給路費，復員還鄉。

　　王藍便是在這段被收容的期間，埋頭寫作。〈一顆永恆的星〉，一個 18 歲青年的處女作，一舉獲得全國文藝獎的第一名，並得到主辦單位首長——中央文化運動推行委員會主委張道藩的賞識，介紹他到重慶《益世報》當記者。

　　民國 32 年，《掃蕩報》總社社長黃少谷，由賞識而體卹，挖他到《掃蕩報》作編輯，以減少在起伏崎嶇的山城徒步奔走，節省時間體力。

　　這幾年，他發表了〈太行山上〉、〈美子的畫像〉、〈銀町〉、〈鬼城記〉、〈聖女・戰馬・鎗〉，都是中篇，各成一冊，遂成立紅藍出版社，自印自銷。

　　埋伏軍的兩顆子彈，使他離開太行山，由真槍實彈的戰士，而成為筆槍紙彈的戰士。

二

　　民國 33 年，抗戰進入最艱苦階段：長沙在第三次「長沙大捷」後，於六月中淪陷，衡陽苦守了 48 天，於 8 月 6 日棄守，日軍經桂林柳州直撲貴州獨山，重慶亦受震撼，蔣委員長指派川軍名將孫元良將軍，率領新 29 軍，增援貴陽獨山拒敵。原駐平津，堅強抗日，並以大刀隊聞名全國的部隊番號也是 29 軍，王藍讀初中時，就對 29 軍有無上的敬仰，且曾參加勞軍團，騎著腳踏車前往軍營致敬。於是，他自請擔任追隨新 29 軍的戰地記者。

　　獨山於 12 月 5 日淪陷，12 月 8 日收回，迫使日軍退奔桂北湘西，扭轉了抗日苦戰的形勢。「29 軍」，真是神聖的番號！

　　王藍在戰地訪問孫元良將軍，表達真摯的崇敬，並宏揚「29」這番號的光輝。

　　民國 34 年 8 月 9 日，日本宣布投降，舉世歡騰，重慶尤為狂熱，民眾自動聚集大街小巷，無處不是通宵達旦。王藍夫婦站在宿舍的階梯上，向群眾拋贈自己出版的著作，邊哭、邊笑、邊拋。

　　復員還鄉，他是《掃蕩報》平津特派員，同時兼任國家文化運動推行委員會平津分會總幹事。

　　清明結伴，紅藍出版社成了平津地區文化文藝界聚集的中心，老父王竹銘公的紡織工廠也復業開工，並受託輔導同業，在平津齊魯，一共開設了六個新廠。

　　王藍買機件，買廠房宿舍，辦立了《掃蕩報》天津分社，奉派為社

長。[1]隨即奉令改名《和平日報》，以配合國共和談。

世事無常，和談破裂，毛澤東進駐石家莊，華北剿總大軍，「和平易幟」。

王藍再度離開天津，直奔臺北[2]，較上次更為急迫匆促，這年，他 27歲。

《和平日報》南京總社，及上海、武漢、重慶、蘭州、天津各分社重要人員，都聚集臺北，曹先錕任社長的臺北分社，亦奉命停刊，靜待改組。

總社長黃少谷，調入總裁辦公室，遺缺由蕭贊育繼任，在原臺北分社衡陽路社址，恢復《掃蕩報》原名，於 7 月 1 日出版。

總主筆李士英，主筆易君左、宋文明，總編輯許君武，總經理易家馭，記者姚宜瑛、俞淵若、童鍾晉、蕭鐵、蕭楓、張伯雲、張茂林、宋膺……都是當時新聞界的一時之選，採訪主任王藍並兼主筆。

副主任兩人：兼軍聞社採訪主任的姚秉凡和筆者。我原任職的《高雄國聲報》與《臺北晚報》都已停刊，乃應邀來此，另兼第一版要聞編輯，兩職一薪。第二版編輯，是察哈爾省黨部副主委常憲章（正主委傅作義）。

那時的貨幣是「老臺幣」，幣值分秒不同，軍公教人員賴以維持「不餓」的是配給米，但報社新告成立，當局無此預算，王藍住在編輯部對面，一家四口，困窘共見。但他面不改色，埋頭寫作，偶爾哼哼平劇，畫畫平劇臉譜，這種臉譜，風格獨具，現在已是收藏家的珍品。

民國 39 年 7 月，《掃蕩報》停刊。

王藍搬到永和川端橋畔，小溪入河之竹林深處的一戶小竹屋。這時，怡之大姊已輾轉來臺，帶來了老父的叮嚀與濟助。他扶傷帶病，埋頭寫作。《藍與黑》在劉枋主編之《中華婦女》連載，歷時三年，四十萬字，結集出版後，被譽為中國文壇的新藝綜合體。

---

[1]編按：惟目前未見別處記載王藍「辦立了《掃蕩報》天津分社，奉派為社長」之事，尚待更多資料以做更進一步確認。
[2]編按：應先落腳高雄，後遷至台北。

　　中廣公司董事長張道藩，雖已無文化運動推行會主委的頭銜，但仍熱心文運，且是立法委員，認為文化之推行，首在培植人才，王藍便是具體例證，乃發起成立中國文藝協會。振臂一呼，萬方響應，文協成立，王藍與陳紀瀅、李辰冬、趙友培、鍾雷、朱介凡、郭嗣汾等理監事，幾乎每天集會，與總幹事宋膺一同辦公、辦訓練班、辦文藝獎……。

　　王藍進而發起捐獻好書，成立道藩文藝圖書館。文協從川端橋遷到羅斯福路現址，與道藩文藝圖書館併居。王藍又發起創立中國水彩畫會、中國藝術家協會、國際筆會中華民國分會，參加亞洲藝術家會議及國際筆會……，使中華民國的文藝，與世界聯結。

　　女作家邱七七等，倡唱抗戰歌曲，每週在文協練唱，他捐送鋼琴一架，四十餘年來，迄在文協大廳內閃閃發光。

　　民國 47 年，《藍與黑》初版問世，他親攜一千冊新書，專赴大小金門及馬祖勞軍，講演後當場分送基層兵士，並分送營連單位及戰地文庫。

　　同年，他應美國務院之邀訪美，歷三十多州，邊走邊畫邊展。他把所帶去的國內名家畫作，與自己的畫作共同展出，好評如潮。

　　他有子女五人，兩女三男，長子在臺北作牧師，餘都因留學而留美供職，共請王藍赴美奉侍，他和怡之大姊，兩家都移居加州聖地牙哥，海外團圓，和樂融融，父慈子孝，姊友弟恭。《藍與黑》已譯成英、韓等國文字，中文版更是在凡有華人之地，流傳不衰，他從抗日小兵、傷兵而成為文化界的老兵，最後在 2003 年 10 月，安息歸主，果然終生未負他所崇敬的藍色。

——選自《文訊》第 295 期，　2010 年 5 月

迷你的圖書館館長：王藍

◎周安儀*

　　大家都知道，王藍是知名的小說家和水彩畫家，但是一般人卻不知道他是國內唯一「迷你」圖書館——道藩文藝圖書館的館長，這個館除了供應文藝圖書外，還是各國作家來往的接待中心，文人雅士聚集的場所。

　　戴著深度黑框近視眼鏡的王藍先生，坐在藤製的竹沙發椅中，喝著清茶，顯得寫意而悠閒，他望著灰藍色牆壁上垂吊著自己所繪「潑彩」的中國國劇的人物畫說：「張道藩先生生前有一個理想就是辦一所文藝圖書館，包括音樂演奏場所和畫廊，但是沒想到夢想未能實現而撒手人寰，因此文藝界人士為了紀念他對文藝的貢獻，把以前他一度所辦的中興文藝圖書館的文學藏書，放置在這裡，再加上大家的捐贈以及陸續的購書，使這個圖書館的書籍更形充實，於是道藩圖書館就在羅斯福路三段的羅斯福大廈九樓成立了。」

　　談到八年前的往事，他記憶最清楚的是經過董事會推選，擔任了館長一職，籌備其間並且得到了臺大圖書館師生的幫助。這個圖書館與他的小兒子同年，從牙牙學語已經到了稍解人意的八歲孩童。

　　八年的篳路藍縷，使得這座全世界最小的圖書館逐漸成長，現有圖書，包括文學、藝術、電影、音樂、戲劇和美術類，一共有三萬餘冊。在占地 75 坪的圖書館中，完全採用開架式，布置非常地新穎，拱形書架，桌椅採用純白鑲嵌著咖啡色的邊，色彩耀目而別緻，燈光柔和，但有一個規

定，書籍不能外借，必須在館內閱覽，可是也不需要借書證，完全是免費借閱。

　　他望窗外林立的大廈屋頂說，這個圖書館有一個很大的特色，就是文藝創作的合訂本相當齊全，且亞洲各國文學書籍，泰國、日本、韓國、越南和錫蘭等國家一應俱全，這些都是國際筆會贈送給他的，他再轉贈給圖書館。他印象最深刻的事是有一年日本作家川端康成來臺，川端預備送一批書給圖書館，那一天恰逢停電，他只好一本本從第一層樓抱到九樓，這是一件非常值得紀念的事情，因為川端為了友情，不惜親自送來，令他感動良深。

　　他接著說，精通中文的韓國人權熙哲把中國女作家的作品翻成韓文，因此韓文書籍也很多。

　　二十年前重拾畫筆，現在以水彩畫享譽國際的畫家王藍，由於自己本身喜愛美術，因此美術類藏書之豐，冠於全省，世界各國名貴版本美術書，全是彩色精印，由於這個緣故，變成它迷人之所在，他望著方型的壁燈燈光說：「師範大學有一位美籍教授馬莊穆，雖不良於行，腋下必須夾著二支拐杖走路，但仍每天風雨無阻的前來看書，這就是明證。」

　　除了圖書外，該館懸有不少的畫，包括張道藩先生童年時代的畫、青年時代在英法美術學院的作品。他說，道藩先生的素描基礎深厚，油畫造詣亦高，惜參加革命被貴州軍閥拘捕，受刑不屈，手臂被吊打受傷，致以後不能自如作畫。

　　也許是由於王藍愛屋及烏吧！他特別喜歡發掘鼓勵青年畫家，而且將他私人購藏的作品也懸掛在館內，如張榮凱、潘朝森、吳文瑤等，目前三人已經成為著名的畫家。

　　多年前，這位一身兼數職的國大代表也曾以新臺幣一萬元買進兩張高一峯先生的《塞外風光》，如今已過世的高先生作品一張可賣兩萬元，所以王藍笑笑說，買好畫也是很好的投資，比股票好，只會漲不會跌，可惜他非富有，不能大量購藏。他盼望社會各界人士倡導購畫的風氣。

　　水彩畫家王藍，望著客廳裡零星放置的畫，帶著感慨的語氣說，數月前，本省南部潮州青年畫家張文卿，不幸因車禍而喪生，他也收藏了一些，據聞，《雄獅美術》、《藝術家》和《中國筆會季刊》都將刊介他的作品。目前王藍、張志銘、李德、以及劉其偉等畫家都正在籌畫如編印張文卿畫集，俾將全部收入交由遺族，這一個工作也將在迷你圖書館內開始做。

　　此外，該館也收藏了張道藩先生生前所編過的電影，最有名的《密電碼》與《喜相逢》。並且存有他生前一些錄音帶。

　　目前道藩文藝圖書館，除館長王藍外，尚有一位閱覽室主任汪小姐，她畢業於湖北武昌文華圖書專科學校，館員林小姐，以及一位忠心耿耿的事務員劉峯雲，一提起這位劉先生，他就豎起大拇指稱讚：「還記得有一次八樓起火，來自韓國一萬四千名義士之一的劉峯雲，在最緊急的關頭，他忙於救火和保產，表現出捨生救護公家產物的愛心，真是值得敬佩。」

　　其他還有兩位勤奮的年輕女孩邱寶成和蕭寶蓮，兩人都是中英文打字能手，圖書館、筆會、文協，以及中國水彩畫會的中英文祕書工作都由她倆包辦，彼此相處，親切如家人。

　　也許是館內所有人員齊心協力合作的結果，不僅使館務蒸蒸日上，而且館內圖書也愈來愈豐富，報紙有中英文以及香港地區的報紙，文學雜誌更是齊全，有許多作家，多年前發表的作品，自己找不著，反而在這兒找到了。他舉例說，譬如女作家侯榕生，在此找到了她所著的絕版小說：《古香爐》。

　　現任國大代表的王藍，雖然本身的事務也很忙，但是他每天一定要到圖書館去看看，因為這個圖書館已經變成各國作家來往的接待中心，因為它的芳鄰是國際筆會和文藝協會，沾光的緣故，也使得此地文人濟濟，變成大家聚會的場所了。

　　不僅如此，每年並且約請美國各大學研究中國文化藝術的師生在這兒上課，也許此地太出名了，電影界的李行導演喜歡利用它，拍成電影畫面，因為這裡文藝氣氛濃厚。

　　這個圖書館的開放時間是下午二點到晚上九點，早晨九點到中午二點
是內部整理圖書作業。每到開放時間，圖書館常常爆滿，坐不下，連平臺
都站滿了，平常固定的閱覽者大約有兩百餘人，多為年輕朋友。

　　以《藍與黑》一書而名聞遐邇的作家王藍，八年的館長職務，也是有
甘、有苦，他笑嘻嘻地說：「館址太小，時常有人滿為患之虞，但是社會上
也支援了它，譬如大同公司的林挺生捐贈了冷氣，這也使我頗為感動，可
見人間還是處處有溫暖。」

　　但是，他遲疑了一會說：「最主要的原因是國家目前沒有一個可以接待
國外藝術界人士的機構，因新聞局和教育部，多著重大學校長、教授、政
治家與報人的接待，於是這小小圖書館負擔起各國作家、藝術家接待責
任，比方兩次亞洲作家會議舉行以這兒為籌備場所。」

　　他很驕傲地接著說：「許多重大工作，卻都是在這『迷你』圖書館開始
完成的。例如民國 59 年籌備國際筆會第三屆亞洲作家會議、民國 64 年籌
備國際筆會第四屆亞洲作家會議，都是利用上午時間充為作家們工作聚會
場地，來自世界各國的著名作家、藝術家也都曾親自蒞臨該館，並簽名贈
書，成為該館珍貴的收藏。國際筆會中華民國總會的辦公室也『租』設在
該館，收些象徵性的租金。」

　　黑框眼鏡下兩眼灼灼發光，他帶點感動的神情說，這個圖書館從冷
氣、沙發、書櫃到地毯，都是幾位熱心的筆會負責人殷張蘭熙、彭歌、王
藍，從自己家裡捐贈來「假私濟公」的。在那個辦公室中，嘗有國內傑出
的作家出現，其中有三位傑出的女性，幫忙筆會英文季刊譯撰編輯的工
作，如現在主持《漢聲雜誌》的吳美雲小姐，曾任美國合眾社記者，現在
《紐約時報》與《華爾街日報》記者殷允芃，和在淡江外文系執教的劉克
端小姐，她們都經常在這兒貢獻她們的心力。

　　這是一般機關所見不到的現象，每年舉行一次的「全國水彩畫展」、
「全國國中教師水彩畫創作展」以及我國旅居國外畫家的個展，由於王藍
擔任中國水彩畫會會長，所以也都在這個「迷你」之地籌畫、收件。而且

國外許多我國畫家畫集的出版，大多是老畫家劉其偉，一清早就駕臨館內編輯成功的。

經費困難，這一直是道藩文藝圖書館一個根本的問題，但是館內工作人員在待遇菲薄下，仍能努力勤奮的工作，這也是他深感安慰的地方。他嘆了一口氣說：「經費困難，由來已久，在最困難的景況下，我自己也捐了一些錢，主要是希望它能度過難關。」

雖然在景況艱難之下，但是仍有許多善心人士不斷地濟助，才使這個圖書館能處變不驚，屹立不搖。王藍先生喝了一口熱茶，帶著激動的語氣述說著，他說，為這個圖書館奉獻最多的，包括趙友培教授，他經常把自己的版稅、稿費，並且一萬、二萬地捐出來。徐柏園先生曾說，趙友培和王藍都不是有錢人，而他們的所作所為實在令人感動，所以他決定每月捐兩千元給該館，已經捐了好幾年，直到最近方始停止。

此外，吳三連先生曾捐過三萬元，張建邦先生與市教育局、市議會都曾鼎力相助過。而身為該館董事長的陳立夫先生與副董事長余井塘先生更是愛護這個圖書館。

被文藝界人士尊稱為「果老」的他，對於國內外朋友喜歡這個「迷你」圖書館，心理有說不出的歡愉之情，他的聲音高昂：「我有一位好朋友何唯行，他是替國家在海外做愛國學生運動的工作人員，他自己非常吃苦耐勞，每次回國都聽我訴苦，但卻不以為然，他曾對我說：『假如在紐約有這麼一個圖書館，就可作為學生和僑胞的聯誼與開會的場所。』因此對於這個圖書館稱羨不已，而我則受他的影響，把館內相同或多餘的書籍捐到國外去，因為海外非常需要此種精神食糧。」

他比喻自己是身在福中不知福，但是每天，他看到老先生、老太太，扶老攜幼的到圖書館內看書，尤其是全國各縣市參加板橋教師研習會的老師特別趁研習之便來閱覽；但無論是男女老幼或販夫走卒，甚至是大學藝術系的學生，都有志一同的前來「求知」，且秩序的良好，真是出乎人意料之外，而且從未發生丟書和小太保滋事的情事，因為他們都被這個氣氛懾服住了，

不敢輕舉妄動，他心滿意足，把八年來的辛酸全拋於九霄雲外了。

　　由於目前天天來看書的人太多，爆滿的結果，使得館址不敷使用，因此這位美術界執牛耳地位之一的王藍，希望市教育局能將該館「收編」，選一個開闊適宜的場所，成立「市立道藩文藝圖書館」，以作為市圖書館的一個分館，相信市立圖書館的楊館長與熱心推動文藝工作的教育局官員們也有這個構想，假如能實現，不啻是市民的福音。

　　他的臉上，閃現了一絲欣喜之色：「如果成為事實，那可真好，愛好文學藝術的朋友們，終於有了一個大圖書館，除了我不打算被收編過去外，在『迷你』圖書館工作的苦哈哈夥伴們則有了一個安全之所。」

　　他笑嘻嘻地說：「此後，我的去處，就是有點時間可以從事寫作，和畫點好畫了。」這真是各得其所啊！

——選自《青年戰士報》，1977 年 10 月 22 日，11 版

天色常藍的王國
王藍先生的情藝與信仰

◎康來新*

藍呢帽的主人

「找著了！」

從杯盤桌椅的一片狼藉裡，他拾掇起深藍色的一頂絨呢扁帽，一邊數說自己纍纍的失帽紀錄。

「有一回，問起我太太，看她可有什麼預防的好法子沒？她說她也想不出！」覆蓋在呢帽與鏡片下的，乃是主人極其溫煦、極其興味，且極其自然而摯愛的眼神——當提及女主人「我太太」時。

一行人離開鬧哄哄的餐廳，騎樓下流淌一波一又一波的人潮，巨大的玻璃櫥窗映現紅塵的五光十色，都市的夜正年輕，藍呢帽的主人繼續他帽子的話題，目光卻追隨不遠處的老伴。

「我說，我倒是有個法子，那就是——不戴它，不去戴也就不丟掉，是不是？」

我笑了，不覺悟出有關文壇「名嘴」的傳言不虛。其實「名嘴」固然「能言」，但那腔調卻不沾一點的油滑，只覺北方口音的吐屬清晰、和氣而詼諧。至於「善品」，初初拜訪，匆匆一頓晚餐，倒不曾感到美食家挑剔的習性，留在印象裡是一桌子琳瑯的菜色，碧綠的芥藍，醬色的牛腩，清蒸

---

*發表文章時為中央大學中國文學系專任副教授，現為中央大學中國文學系退休兼任教授、紅樓／情文學研究室主持人。

的肉捲……分別盛放在晶亮的餐盒裡——現成就是一幅潑彩的靜物寫生。
主人在布讓間，猶屢屢為著怠慢的招待而致歉……

　　夜風已有凜凜寒意，市聲喧喧嚷嚷，我默默咀嚼這一段人情滋味，感
覺身心內裡的一分寧靜與暖飽。而那一頂藍呢帽正停駐在櫥窗前，和女主
人指點窗內的一尊女偶，精緻的頭顱，時髦的造型，也正好戴著同樣款式
的一頂扁帽，只可惜帽沿下的眼眸空茫而冷漠。

　　其實，對絕大多數的讀者而言，藍呢帽的主人，小說作者兼水彩畫家
的王藍先生，何嘗不是藝文殿堂裡的一尊偶像呢？小說《藍與黑》曾榮獲
教育部的文藝學術獎，將近三十年了，《藍與黑》刊行達五十餘次，這還不
包括海內外各樣的海盜版、舞臺版和影視版。至於繪畫，則贏得此間畫學
會所頒最佳水彩畫家的金爵獎。

　　這樣一位由作品與獎章所組合成的閃亮人物，會不會恍若星辰，不免
是遙遠的一則傳奇呢？

　　人煙車塵與夜燈依然熱鬧，王藍先生就近在咫尺，頭上沒有桂冠，手
裡不持金爵，衣間領際未曾披掛任何獎章；在臺北繁華的東區街頭，王藍
先生就只是一個頭戴藍呢扁帽的藹然長者，一個正和老伴在閒話家常的
「家庭人」，而王先生這樣具有親和力的「倫理性格」，是在初見面的剎
那，就可以讓任何訪者所輕易感受到的。面對那樣的平易與祥和，連「王
先生」、「王教授」的稱謂都顯生疏了，訪者會不覺地就以父親視之，好似
唯有像「王伯伯」、「王大哥」這樣的喊法才覺得自然呢！

　　「王伯伯」指著自己頭上的藍呢帽，提起曾有一位主內姊妹，當受教
於美國俄大（Ohio State U.）課堂時，因深感其長者風範，遂寫就一篇名為
〈那頂藍絨〉的人物誌，算起來，那該是 1979 年的舊事，彼時王藍先生正
客座於該校，除了藝術課程外，還兼授中國現代文學。原來，那藍呢扁帽
還是異鄉學園裡難以忘懷的風景呢！除了俄州外，夏威夷是王藍先生海外
的另一個據點——他在那兒作畫、執教，而夏威夷朗麗的色彩、閒適的情
調，似乎也正是王氏作風的寫照。當《宇宙光》的攝影要為「王伯伯」拍

照時，「王伯伯」連連追問「可以不可以不穿西裝、不打領帶？」一旦知道可以輕裝便服時，那笑容毋寧是孩子氣的開心，遂興致勃勃地要讓那幾件漂亮的夏威夷襯衫亮相一番。

在陰丹藍的年代

不論是素淨的藍呢帽，抑或斑斕的夏威夷襯衫；對於色彩，王藍先生似乎具有特殊的夙慧與靈敏。色彩不僅止於服飾上的運作，色彩也是他藝術情境裡最懾人心魂的部分。且先不說水彩繪畫，就以《藍與黑》為例，顏色是標籤，是象喻，是作者所感受人性和時代的光明與黑暗。小說以外，王先生早歲在山城重慶所創辦的出版社也是以色彩來命名——紅藍出版社。「紅」、「藍」並稱，乃是因為「紅」是王夫人袁涓秋女士所偏愛的顏色。

如此的「色彩」取向，固然是先天的稟賦，但多少也關乎後天的習染吧！

有什麼人間的課室可以比擬活色生香的戲園子，去啟迪孩子最富麗的中國色彩觀呢？出身於天津富裕的實業家後，又身為最得寵的老么，早在稚齡就經常出入戲園子，生旦淨丑，絲竹鑼鼓，忠孝節義，臉譜、歌樂、身段……如此而織出一個中國孩子對人世最初，也是最終的——眷愛。才五、六歲，小小王藍就暗暗以舞臺為終身志業，小學畢業時，果真向雙親請求去北平戲曲學校學戲，卻被父親的一記耳光給回絕了。戲迷的父親建議他不必親身投入，但無妨終生欣賞。這以後他聽戲看戲，總不忘挽著速寫本子，藉著紙筆去捕捉舞臺的絢麗。而承平的歲月豈不如戲一般，轉瞬間就幕落曲終人散去。七七事變，平津失陷，戰火結束了優渥安定的水綠年光，華美的戲服固然早已絕緣，就連學生服也穿得不安穩，暗中從事抗日工作的少年王藍，因日人追索甚急，以致逃往太行山的國軍部隊，穿上戎裝打游擊去了。

從淪陷區、野戰場到大後方，這一段流離的生涯，凡《藍與黑》的讀者大約都可以經由作品而感同身受吧！在王藍先生十餘部的文學作品裡，雖然

《藍與黑》口碑最佳，但他個人毋寧要更偏愛《長夜》些。《長夜》一如《藍與黑》，處理了戰爭與戀情，刻畫了黑夜與黎明間的夢魘。遠景、時代動盪是大背景，情愛糾葛是主線，不曾經歷戰火的這一代讀者，興會所至往往是其中甜美的戀情。其實，在作者或許有更苦澀與嚴肅的一分用心吧！

「許多人說張醒亞太懦弱了，但我是想塑造這樣一個人物——他在情場上或許顯得被動，拘謹而猶疑，然而他在真實人生的戰場上卻是積極英勇而果決的。我並不以為『情場如戰場』，在戰場上以制敵為先，但在情場上卻以律己為要。有太多的人在情場上是暴君，但在戰場上又是孬種！」

我微微吃了一驚，沒有想到這樣溫藹的一位長者也有他的孤憤與激昂。

「就拿鄭美莊來說吧！她的脾氣雖然很不好，但對於婚姻還是很慎重的，像她堅持要在重慶舉行盛大的婚禮，又要在婚前先出國整容……這種種也無非表明她確實是把婚姻當作一件正事來辦，現在的人呢？」

顯然王藍先生所服膺的還是比較古典的情觀——嚴謹堅貞，有擔荷能持久。然而《藍與黑》的張醒亞，在對於唐琪失身於上司的這件事上，所抱持的態度恐怕是迥異於傳統士大夫吧！他同情體諒被凌辱的女性，並自責自己的無能護持，從作品看人品，基督徒的「王伯伯」具有相當寬宥與涵容的襟懷……但是另一方面來看，他又似乎相當堅決而固執地持守某些原則，特別是嚴正分明的國家觀念與民族立場，「抗日」與「反共」最是鮮明的例子，乍聽之下，這兩者多少像口號像教條，就是一旦身體力行，也不免有偏狹愛國主義的危險。然則，實情又如何呢？

少年時代的王藍先生自是不折不扣的抗日分子。然而當終戰 25 年後的1970 年，當國際筆會在臺北召開第三屆亞洲作家會議時，策畫人之一的王先生，曾專程赴日邀請諾貝爾文學獎得主的川端康成先生。

川端先生的寓所窗明几淨、纖塵不染，賓主之間，又畢恭畢敬，行禮如儀，一時間氣氛頗為凝肅。所幸畫家的一雙慧眼十分靈光，在一瞥間注意到壁上一幀法國印象派大師雷諾瓦的油畫真蹟，不覺忘情喊出，這讚嘆有如山之音，剎時融解了雪鄉般的冷滯，川端先生如遇知音，後來，當然

是欣然來臺赴會了。

那一次的盛會稱得上是良辰美景、賞心樂事，一時佳賓雲集，似乎四海兄弟的夢境成真。當時日本代表團的副團長是小說家田村太次郎，田村先生不良於行，他的腿傷是戰時在華南戰場廣州的後遺。屈指算算，王藍先生當時正在華北太行山上打游擊呢！昔敵今友，人生的際遇竟是如此曲折離奇，當然，即使在兵刃相見的戰時，王先生就已然體會到蒼生的可憫、敵軍的無辜，以及黷武者的可惡。

然而，抗日的王藍在戰時尤感困惑與痛心的恐怕還是另一場隱形的鬥爭——重慶與延安之間的對峙吧！

中國近代史無疑是一部血淚凌辱的記錄，知識分子的愛國情緒高漲，一觸即發。按當時政府的意思，原預備先行剿共，安內之後再攘外抗日。然而愛國的激情是沒有耐性再守候的，統一與新中國的遠景成為熱血青年最大的憧憬。共黨洞燭良機，終於造成輿情與政策上的國共合作，在實質上，他們卻不斷在蓄養自己的精銳並靜待更好的時機，「重慶或延安」，這分在抉擇上的困惑，形成《長夜》一書最緊張的主題事件。書中一段最純摯深厚的戀情都因而受到莫大的斲傷與殘損。作者傷情悼亡之餘還透露一個文藝工作者的深沉感慨：為什麼當局會錯失輕忽了「文學」、「音樂」、「藝術」的意義呢？可知這會造成人心多大的失落呵！

也許就是這分憂心忡忡，多年以來，王藍先生對於文化藝術的推展、國際友誼的交流一直是不遺餘力，凡他所到之處，必有本國書籍的大量捐贈，也必有華籍畫家的作品聯展，王先生眼睜睜看到不爭氣的海外辦事員一任國內的文宣資料日曬雨淋。

「再火熱的心也會冷淡的，真的，捫心自問？所為何來呢？」

語氣裡果真有幾分的倦怠與灰冷，人畢竟是軟弱的吧！

「不過，我還是繼續做了下去！」

聲調又高昂起來，哪裡是不懈流泉的淵源呢？

一個被重用能擔大任的人往往是經風經浪的，最起碼，王藍先生經歷

過民族歷史的大苦難，而所謂「重慶精神」之一的布衣粗食，勤儉克難，該也是一生一世的感召吧！

在鮮衣怒馬的東區臺北，我不覺要去揣想一碗粗糲的八寶飯，以及一襲素淨的陰丹藍了。

夢見一個藍眼睛的王

平津道上的天空，有如一張藍紙，光淨透明。沿著長長的軌道，豎著一列又列的電線桿。一柱柱的直桿，一排排的橫線，交織在藍紙般的天空，就像正待譜寫的五線譜，可喜總有許多善解人意的雀鳥，一路飛蹦喞啾，化作歸鄉路上最生動的音符。

勝利返鄉的張醒亞正是懷著如此天藍的心境，載欣載奔而回。天津固然是《藍與黑》作品裡的原鄉，天津也是作者自己的原鄉，然而原鄉卻終不得還原回歸呀！

「在臺灣一晃就快四十年，這兒就是我的家了，我想天津的老家早也變了，再也不是以前的那個家了！」

王伯母，涓秋女士，以她涓涓秋泉般的清音輕嘆著，彼時，我們正行經美式的「麥當勞」，毗連下去的是港風的「鳳凰樓」、川味的「吳抄手」。我不覺有些恍惚，我在騰雲駕霧吧？怎麼一路行經的是江山青史呢？只是，後生小輩的我又能夠擁有哪些江山？哪些青史呢？貧乏如我，總是要豔羨履歷無數的藝術家呵！

他的小說是年代的見證，他的水彩是原鄉的重現，他創作的靈感必如泉噴水湧。

「通常一幅畫大約要畫一個多小時，而且，越是好的畫，畫得越是快，因為不用改嘛！」

「王伯伯」俯身取出一大疊畫稿——

「不要以為我總是一揮而就，你們看！這麼多失敗的畫！」

我們瞠目結舌，只覺那些「美麗的」失敗，「王伯伯」則以為那是些

「有用的」失敗，可以用來勉勵初學者不必心灰氣餒。曾經為了一幅流出去的「壞」畫，「王伯伯」費了好大工夫，總算用一幅「好畫」給換了回來，這樣嚴格品管的自珍自重，也使他婉拒了許多舊作新版的機會，因為那些小說寫得不夠好。

可是，「好」又是什麼呢？

「一個美國水彩畫家對『好』曾經如此定義著：受過極嚴格訓練的水彩畫家，很幸運地『時間』碰對了，就成了。這個 timing（時間的掌握）該是藝術創作中最奧祕的訣竅，當然小說的寫作又不一樣，主要的是可以一改再改，我的小說是老派的寫法，落伍啦！」

提到「反共」的小說，王藍先生極是推崇已故的姜貴先生，特別是他的《今檮杌傳》（後易名為《旋風》）對於共產黨員的面貌與本質可謂刻畫深刻而生動，而其時代的感觸亦是深沉浩瀚。

王藍先生有一幅名為「我夢見一個王」的耶穌像，深得詩人余光中的鍾愛。

「看這一幅耶穌，得瞇覷著眼，就像這個樣，看到沒有？這是荊棘冠，這是頭髮……。看光中的這首詩寫得多好——我夢見一個王，藍眼睛的王／高高瘦瘦，那樣黑那樣長的頭髮／垂在肩上……／我夢著／五彩而奇怪的一種光輝／在旋轉，戰爭的年代向和平／恨向愛……／我夢見，高高瘦瘦／一個王，天上的王，在地上／在地上流浪。」

燈下的王伯伯為我們展開畫冊，指點近乎抽象卻無比幽深美麗的畫面，一邊低低吟誦著。

方家論王氏水彩，或稱其為靈拙揉雜的逸品（如林語堂）。或極言其有情有趣、如詩如夢（如羅青）。也有認為能巧妙將國劇抽象舞臺的觀念移植於畫紙，並將關懷的焦點凝注在龍套等的小人物上（如林清玄），前者是水彩畫的新境界，後者則是人道主義的寬廣與悲憫。而外行如我，只是直覺到湧現於畫面上的一股蓄勢待發，不覺有讀秒時刻的心悸，好像彈指之間，靈光乍現——起初上帝創造天地，地是空虛混沌，淵面黑暗；上帝的

靈運行在水面上，上帝說要有光，就有了光……這一切像是神靈在運行、神筆在揮灑，於是一缽神奇的色彩傾瀉而下，如此，繪畫或者更是時間的藝術吧！

而基督的信仰也確實成為王藍先生靈魂深處的最高指標，因為信仰，使他更加愛惜也更加深刻體會這受造的一切，往往景物與經文相互印證，彼此發明，於是所作的畫會有更深的意會。也因信仰，他逐漸學習忍人所不能忍，容人所不能容，凡事包容凡事相信，這堅定的信念與崇高的情操往往化為他筆下的人物，像唐琪像康懇與畢氏姊妹（見《長夜》，這使他小說的世界總透現一束基督的靈光。在生活上，他願以不止息的愛去見證自己的信仰。

「不愛地上的家國，又怎麼會愛天上的天國；不愛鄰人，又怎麼能愛造人的天父！」

離開王宅再回到大街，秋天的夜已闌珊，夜空是幽黑的一片詭祕，讀不出什麼星辰的神話；倒是夜燈依然在流轉寂寞的故事，我瞇覷著眼，模仿燈下讀畫的姿勢，不覺喃喃低吟著：

「我夢著／五彩而奇怪的一種光輝／在旋轉，戰爭的年代向和平／恨向愛……。」

靜夜的市塵似乎變成一張巨大的臉，憂傷而悲憫地俯視下來，「那樣黑那樣長的頭髮／垂在肩上　自春天，青青的春天／古春天的霧裡，憂鬱的走下來……」

我輕輕搖了搖頭，想要抗拒那一點泫然，卻忍不住繼續去懷想那樣沾衣欲濕的詩情以及迷濛靈動的畫意，是的，那樣的一個王，「人群將他抱下，從十字之上／後來，那枯木架子也變成春天／最可愛，春天最可愛的一樹橄欖／古春天的霧裡……」

春霧與秋光，呵，穹蒼是怎樣訴說上天的手段呀！當長夜過去，總會有藍天的消息被天父的使者捎帶而來，我彷彿看見一頂藍呢扁帽，走過戰火，走過煙塵，走過繁華，走過寂寞，不覺再度唸著：

「我夢見，高高瘦瘦／一個王，天上的王，在地上／在地上流浪。」

——選自《宇宙光》第 141 期，1986 年 1 月

王藍：在黑裡常藍的忠愛情懷

◎黃秋芳[*]

那是一個藍與黑爭戰的時代。

從中國橫遭侵略開始，而後奮起抵抗，直到勝利以後，歷盡艱辛擷取到的卻是一枚苦果。在那樣動盪起伏的歷程裡，我們看到代表光明、自由、聖潔、誠實、和平、愛的「藍」；也看到了象徵黑暗、奴役、罪惡、謊言、殺戮、恨的「黑」，我們看到善與惡、向上與墮落、自私與公義的衝突，也看到了藍與黑的爭戰。

從那樣的時代走出來的人，自然就學會了滿懷希望，堅持信念，永不屈服。即使是到了王藍這樣的年紀，65 歲，仍然腰桿挺直，大聲說笑，連眉也不多皺一下。

照說，一個紡織工業鉅子的么兒，自幼生活在錦衣玉食的殿堂裡，那些動盪局勢、人間疾苦，怎麼會成為這樣貼身的心事？

王藍有兩個哥哥，一個學紡織；一個讀化學，全部循著他父親的路子，走往工科的世界發展。唯獨他這老么，從五、六歲就喜歡塗塗抹抹，抱著蠟筆、寫生簿子，坐在戲臺下，對舞臺上那些形象鮮明的人物、感人的動作與唱腔，和所有豔麗的色彩，著迷得不得了，就細心細意地畫下來。

「畫國劇人物」是王藍的初戀——文藝界的朋友們一直這麼說。稍長，他開始畫風景。自童年時代，他便立定志願做一個畫家。

他的父親嚴肅地告訴他：「想當畫家，就得當個出類拔萃的。如果只是

---

[*]作家，現為黃秋芳創作坊負責人。

個飯桶畫家，可能要餓肚子。」

父親的話像巨斧，把他渾沌的世界劈開。他認真實踐父親的教誨——學畫，須下苦功，極虛心，極誠懇，得有一份狂熱的痴情，且須永遠持有一顆赤子之心。更影響他最深，令他無日無時敢忘的，是老人家的另外一句話：「作為一個藝術家，也要隨分報國。」

父親的身教，和長期在戲園裡看來、聽來的忠孝節義，沉澱在他的血液裡，慢慢醞釀出王藍的忠愛情懷，而且日益深沉，成為他主要的生命特質。

才十六、七歲，就投身抗戰行列，先從事敵後愛國工作，然後到太行山當兵，浴血裹傷，出生入死，真刀實槍地和日本人幹起來。這些戰亂經驗，讓他體會了生離死別的痛楚、骨肉離散的淒涼，也讓他看到了那些最優秀的並肩戰鬥夥伴，如何燃燒著賁張的血脈，為國、為民，凜然赴死。

20 歲那年，他寫的一篇小說〈一顆永恆的星〉，在戰時首都重慶，獲致民國 31 年度全國文藝獎第一名。抗戰前夕，王藍在天津看過一部太令他感動，帶給他太大震撼的電影《密電碼》（男女青年愛國志士犧牲奮鬥的故事），因而他以崇敬的心情牢記著那編劇人的名字。事隔六年，如今頒贈給他文藝獎的人，竟正是《密電碼》的編劇者——張道藩先生。那時，道藩先生是中宣部長和中央文運會主任委員。

王藍回憶說：他從小只喜歡唱國戲，畫畫，作文成績則很差，一直吃「大餅（丙）」。老師出的一些過於堂皇的作文題目，「國際聯盟與世界和平」、「社會風氣與國民道德」等等，難以引起年方十一、二歲的學童的寫作興趣，更激發不起「創作的衝動」。一直到初中三，一位年輕作家教他們國文，告訴他們，作文要寫出內心的話，不要無病呻吟。

就在那年，最疼愛王藍的小姊姊病逝，那是他在生命過程中遭遇的第一個重大打擊。他做夢、發呆、哭泣、流淚……，仍感覺心裡有沒能發洩的憂傷在奔竄，於是，他開始寫日記，沒有標點，不分段落，只是把悼念小姊姊的情感，藉筆傾瀉，而竟獲致內心寧靜。

一次，老師不出題目，讓學生寫最難忘的事，最難忘的人。王藍寫了

一篇〈憶亡姊〉。那老師早「久仰」王藍作文不靈，這回卻慷慨地批了個「甲」。老師在班上宣布：這不是奇蹟，乃是王藍寫這篇文字時，付出了內心深處最最真摯的情感。

王藍孩子氣地回憶說：「我把那篇作文寄到夏丏尊先生主編的《中學生》雜誌，居然不久刊登出來，還收到兩塊大洋的稿費。我很興奮。於是，一口氣寫了十篇投寄，結果全軍覆沒……」

七七戰起，經歷了戰亂流離，生死搏鬥，那種整個時代的滄桑創痛，不知道比小姊姊病逝時的哀傷要深沉多少；那一段歲月的生活體驗與心靈感受，豐富了充實了寫作題材，他開始寫小說。王藍說：「是流著淚寫，心裡淌著血寫。」

領到文藝獎後，張道藩先生再約見他，原來道藩先生自幼嗜畫，在英國、法國留學，讀的是藝術學院，因參加革命行列，被貴州軍閥逮捕，吊起來毒打，膀臂重傷，影響日後作畫。王藍迄今保存有一幅道藩先生早年所作的一幅「自畫像」（現陳列於「道藩文藝圖書館」），由那幅珍貴的作品中可見出道藩先生繪畫基礎的深厚堅實。

王藍回憶說：「當年在重慶，我是甫脫下軍裝的一名流亡學生，道藩先生的鼓舞、關愛，令我感念感激。他督促我永遠不要丟下寫作與繪畫的兩枝筆。」

「人，需要鼓勵。」王藍接著說：「前輩長者們的厚愛後進的風範，深為感人。」他舉了幾個例子：

民國 53 年，王藍應美國國務院之邀請訪問美國數個月，然後經歐洲返國，他前往雅典，見到了當時我國駐希臘大使前輩文學家溫源寧先生，溫大使親自帶著他遍訪古蹟，一草一木如數家珍，王藍感謝之餘取出《藍與黑》一冊致贈，沒想到溫大使「拒收」，溫大使說：「萬里迢迢，把書帶到海外，請留著贈送別人；我已經有了，讀了，是胡適之先生寄給我的。」

蔣夢麟先生所撰〈談中國新文藝運動〉（載臺北報紙與《傳記文學》）一文中的一段：「近年所見文藝作品，確比以前進步很多。舉例而言，現在

之《藍與黑》與 1932 年之《子夜》（茅盾著）相較，其行文之技巧、組織之周密，今勝昔多矣。」

王藍說：夢麟先生發表這篇文章之前，他從未有機緣拜識夢麟先生，也更沒想到胡適先生會寄《藍與黑》給溫源寧先生。他又想起 23 年前他的一幅水彩畫，在美國被購藏，習慣上他要將原畫收藏人大名印在他的畫集上，那次對方派人取畫說遵照收藏人囑咐不必告知「畫落誰家」，後來在蔣廷黻先生遺物中發現那幅畫。

近一、二十年，王藍常奔波海外。朋友們常說：「人家請他去教書，他就帶一個小型圖書館去相贈；人家請他開個展，他就要求改為舉辦中華民國畫家聯展。」他說：「把更多更好的畫家、作家的作品，傳播海外，是最大的樂事。」他前後已自費購贈近萬冊我國文學藝術書籍分別給華盛頓與李將軍大學，給他執教的夏威夷大學，和俄亥俄州州立大學，並且提供獎學金，讓洋弟子到中華民國來深造。

有一陣子，親共氣燄在美國一些大學城內高張，藉著捐贈的圖書，藉著畫展，藉著舉辦「中國藝術季」，王藍不斷把美的極致抽離出來，分析、說明讓這些醉心文學、藝術的外國師生們了解，真正的「美」，必須奠立在「真」和「善」的基礎上，然後在自由的土地上成長。

他是在一片濁暗的黑色世界裡，叫人能夠，洗心醒目的藍。

這就是王藍，隨分報國的王藍。無論是他的文字或繪畫，都在傳達對於真、善、美的虔誠和信仰。他這樣說：「藝術是很嚴肅的事，對社會負有很大的責任。」

在他的抗戰小說裡，其實記錄的是，對於生命大愛的尊敬、對於人類和平的嚮往。

曾經，有這麼一段對話，王藍的「忘年之交」的好友川端康成，對王藍說：「我原本也是學畫，一心想當畫家，後來卻糊里糊塗寫起小說來了。」王藍正色回答：「我自幼習畫，卻是在抗日戰爭時，清清醒醒開始寫小說。因為身遭國破家亡之痛，非寫出來不可……」川端說：「那心情，我

了解。我在日本侵華戰爭八年期間，封筆未寫一個字……」

和平、自由、真理，永遠為文學家、藝術家渴慕、嚮往、追求。

王藍不寫小說已久。他畫風景，以虔敬的心思描繪著大自然的奧妙，作為對造物主的讚美和感恩；他畫國劇人物，不只代表他的童年、故鄉，代表一段美好的回憶，也代表著一種強烈的中國的情懷，他畫的是中國的藝術，不要和其他民族的藝術混同。

中國，是隱在他字裡、畫裡，唯一的聲音。

到他現在這樣的年紀，他還是喜歡看畫、談畫，一心一意在做文化的尖兵。傳達、教導，而且揮灑自如。

當然，他也有很多畫壞了的敗筆，坦蕩蕩的王藍，還是把這些「壞畫」捲藏起來，等學生來的時候，讓他們看到，老師也有畫不好的時候，但是，大家要在這其間學得經驗。

有時候，他的老朋友劉其偉來了，特別愛「救」他的「壞畫」，指出其中仍有甚精采的部分，去蕪存菁，就是一張小幅好畫。

他會不會再拾起寫小說的那枝健筆？有人說過：「要斷送一個作家的前途，最好叫他出版一本特別暢銷的書。」這話不一定對。不過，王藍確實自《藍與黑》後，怯於下筆。他目前最喜歡的，似乎是唱國劇，其次是畫國劇。他說：「唱戲真愉快，畫畫也輕鬆；寫作必須嚴肅，絕非文字遊戲，對社會、對國家，對全人類都負有責任，都影響太大。」他又極誠懇地說：這些年來，比他年輕的作家，人才輩出，實在寫得非常好，他由衷欣喜。

至於他自己呢？他說：「不能永遠做小說行列的逃兵；這些年在海外所見所感不少，可能再過幾年，把海外形形色色的人與事，寫一長篇。」

喜歡過《藍與黑》、《長夜》的讀者，對於這樣的訊息自然會充滿期待，不知道這位文壇老兵在多年封筆以後，又將為我們揭開如何的驚喜？

就好像他出錢出力，多年來奉獻在文化交流的努力裡，唯一的報酬就是，國際學生對他的暱稱：「Wang Lan Dear」。因為聲音上的近似，隱隱喻為「Volunteer」，稱譽他是辛勤拓展文化交流的「志願軍」。

　　所以，我們相信，無論王藍在新的小說裡，即將呈現什麼現象、即將
提出如何的批判和反省，他仍然會是我們這個暗色的天地裡，永不褪色的
藍色希望。

──選自《文訊》第 28 期，1987 年 2 月

王藍的《定情錶》

◎司徒衛[*]

　　短篇小說集《定情錶》，顯現了作者王藍先生寫實的風格。在真實性濃厚的題材中，安置明確的主題，而又以流利的筆調，樸實的辭句，來刻畫時代與人生。從抗戰中成長而今已屆中年的人們，正和作者相仿的年紀，展讀斯書，應該在親切之感外，而又不免有所感喟與警惕。

　　王藍先生在這些作品中，常喜用第一人稱的寫法；小說裡的「我」自然不一定就是作者自己，然而，不難想見〈師生之間〉、〈老將軍〉、〈卜萊蒙斯基〉及〈定情錶〉等篇中，作為主要人物的「我」，十之八九就是王藍先生本人。由於親自的經驗，他把深厚的情感滲透在字裡行間；在他執筆為文時，想來幾乎是全然沉浸在回憶之流裡，理智的思索抵禦不了情緒的激動；因此，文字順流而下，人物與故事全在其中浮現。作者明顯而強烈地將愛憎給予了筆下的人物：敬愛慶老師，欽佩老將軍，將那個幹偷渡勾當的富有正義感的「黃牛」，也繪成了一副可愛的面貌。至於在夾縫中生長、無惡不作的白俄，打著動人幌子的騙子，以及挑撥是非的長舌婦，作者的唾罵與貶責，更是顯而易見的。

　　王藍先生作品的特色，形成它感人的力量；卻又造成其瑕疵。小說的生命寄托在人物上，故事僅居次要。人物與故事的能否典型化，在於小說作者對人物的刻畫、塑造與對故事的修剪、編織等如何；這些在創作過程中，情緒可以是基礎或動力，然而並不是全部的或唯一的。伴隨著深刻思

---

[*]司徒衛（1921～2003），本名祝豐，江蘇如皋人。散文家、文學評論家。曾任中國文化大學中國文學系文藝組教授、《幼獅月刊》主編、《文藝論壇》總編輯。

想的感情才能蘊蓄而深沉。作者敘述故事的筆墨往往過多（他作品中回憶
的材料豐富）；因此，結構上顯不出緊湊。再外加一些「抒情的」句子，讀
者有時覺得它們「散文」的味道相當濃厚。王藍先生的一位朋友，曾說讀
者從這些作品中，也許覺得作者在某些敘述上顯得「驕傲」；這固然如所
說，是由於採用第一人稱寫法的關係，而「抒情的」句子附加得過多，實
為其主因。另一方面，著重於故事的敘述常會疏忽了對人物的塑造，人物
似成為附屬的了；〈老將軍〉一篇可以提供最好的證明。這樣的看法，也可
以從分析其他各篇中得到支持。

　　作者的主題明確，他的表現方式是常借用人物的說話。這一表現方
式，在他作品中似乎是被普遍採用的。主題的點明可以利用這樣的方式，
但不應當將它作為一方便的形式而常用。小說在這方面不同於戲劇。作品
中主題的點明與否，是取決於內容方面的需要的。

　　〈夜渡〉有細膩的描寫，有一種逼人的氣氛。〈定情錶〉易於在主題上
產生一種「副作用」，即是：人性是不盡善良的。最後一篇〈女人與女
人〉，在諷刺的筆趣上是可取的，然而，在主題的積極性上，同前面幾篇的
不能相比了。

民國 44 年 5 月 25 日

　　附註：《定情錶》一書現改名為《師生之間》。

——選自司徒衛《書評續集》
臺北：幼獅書店，1960 年 6 月

評介《藍與黑》

◎孫旗[*]

現代小說多重於人物刻畫，少有時代畫面描繪，殊與「典型環境，典型人物」的創作原則不合。讀王藍著《藍與黑》深覺耳目一新，因為作者是在時代激烈變動的大幅度上，塑造人物，全書自抗戰寫至撤退來臺，自天津而太行山而重慶，再而天津、南京、上海、廣州、重慶、成都、臺灣。在時間上，反映近代中國的空前變亂真相；從空間上說，作者選擇自己所最熟悉的地方，作為故事展收的舞臺。

全書的故事，是孤兒張醒亞與另一孤女唐琪由同情而相愛，此為前期的主線；其次寫張與大學女同學鄭美莊之間的愛情，此為中期的主線；再後則是兩條「愛情線」的交錯及其偉大與渺小的「戀愛觀」的分野。情節曲折，結構緊密，讀後令人在感情上迴盪不已。

這部小說並不單以愛情故事的穿插描繪做經線、為能事，而以時代人心為其緯線！將我國近三十年來所遭受的內憂外患苦難浩劫，深刻地勾畫出來，作者雖以愛情貫串全書，但其著力處卻在人間的善、惡，向上、墮落的兩種勢力之鬥爭。

論及人物，張醒亞雖曾兩次戀愛，但從未敢視戀愛為遊戲；且以其誠懇忠實為唐琪所愛，他在太行山作戰的勇敢為賀力、賀蒙兄弟所愛，在大學時代由於對共匪職業學生堅強鬥爭，以及平日在運動場上的卓越成績，和一般功課的優異而為鄭美莊所愛。這一個人物，正是此一大動盪時代中

[*]孫旗（1924～1997），江蘇淮陰人。散文家、文學評論家。曾任《文藝評論》主編、政治作戰學校藝術系教授、紐約《華美日報》主筆。

之比較健全的典型青年。唐琪因過於美豔,加以處境惡劣,致為人所嫉恨,譏諷與不齒,受盡折磨痛苦而淪落風塵。她對張醒亞同赴後方之失約,實以愛張成全張為初衷,及至不顧犧牲一切,營救張之恩人賀力於日人牢獄,復為人所欽佩,天津危殆之際,則以某巨商偕其飛上海度蜜月之機票救張出險,陷己於鐵幕。逃港後以愛國重於私人愛情,卒往滇西山區從事醫護工作,俠骨柔情;作者為我們塑現出一位大時代新女性的典型。鄭美莊以其父有「四川小皇帝」的權勢與財富,自幼嬌縱任性,長大揮霍嗜賭,來臺後從事走私投機生意失敗,又見張貧病交加,終隨其父舊屬曹總經理私逃,此無異富家女拜金主義者之典型。唐琪名為墮落,實則向上;鄭美莊名為高貴,實則卑劣,兩相對比,良莠立現。

作者對於鄭美莊之父——鄭總司令的精悍、陰險、奢侈、腐化,有其著力的刻畫;對於季(張醒亞的姑母家)、高(唐琪的姨母家)兩府中,分新舊兩派和中間派,又分「擁唐」、「反唐」、和「中立」三派,描述極具風趣。對高家大少爺的標準現實主義之嘴臉,勾畫得尤其令人拍案叫絕,此一「騎牆派」的典型人物,與耿介、熱誠的張之姑父,賀力大哥諸人相對照,益為鮮明、生動。作者在人物描寫一方面,是十分成功的。

這部小說有些場景,如唐琪在張與流氓打架負傷後的守護,及相約南下時之纏綿溫存;張在太行山作戰,受傷被棄置於荒山下,賀力背負他逃出戰場;張在重慶被共匪職業學生陷害,住院開刀,鄭美莊的守護,愛慕;張返抵北平,與姑母全家大小在長途電話上狂歡傾吐多年闊別的情愫;以及天津城陷前夕,張、唐兩人在電話中的悽慘話別,遙相對泣⋯⋯俱是人性的至情流露。筆者以為此書即以上述各點,足可傳世!

此書旨趣,作者以藍色代表光明、自由、善良、愛;以黑色代表墮落、沉淪、罪惡、恨。並以「藍」與「黑」象徵此一大時代中各形各色人物,與兩種不同勢力的劇烈搏鬥。其中關於民主自由思想,作者復借小說人物之口,大膽盡量發揮,例如:「現在咱們政府要員中,上自中央下至地方也很不乏這種專靠嘴皮反共的人物,他們耗費的是唾沫星子,他們要求

別人耗費的卻是鮮血頭顱……」;「國事日非,溯本求源尋找失敗的根由,
乃是我們這個由三民主義信仰者所建立的政權,雖在推翻專制、完成北
伐、抗日勝利上獲得成功,然而卻從不曾認真的嚴格的實行過三民主
義……」;「我們在實行民族主義上甚有成就,卻一直忽略民權主義的倡
導,尤其對於民生主義幾乎完全拋諸腦後……」;「咱們這些官員們到今天
還不肯大徹大悟:貪汙、低能、怠惰、搞派系,互相傾軋……」;「任何一
位政治領袖,萬萬不可接受部屬的阿諛與諂媚,今天接受阿諛與諂媚,就
必須準備在明天接受反叛,接受的阿諛、諂媚越多,那反叛也必來得越
大……」這些針砭,實在中肯有力;這是此一時代的知識分子的心聲,也
是《藍與黑》一書的一大特色。

——選自《徵信新聞報》,1958 年 3 月 23 日,6 版

人的定性分析
試評《藍與黑》

◎季薇[*]

張醒亞、唐琪、鄭美莊，是等邊三角形的三個點，也是《藍與黑》這部小說的臺柱人物。三者究竟誰是主角？一個他和兩個她，地位不相上下。環繞著這三個點，故事經緯萬端地展開。作者那枝多彩而鋒利的筆，剖析社會、反映時代、刻畫人物，並且為他（她）分別染上了顏色——像生物學家做植物切片標本那樣的染了顏色，在顯微鏡下，一個細胞、一個細胞核、一組維管束那樣看得真切，見得分明：藍的與黑的。

這是兩種完全不相同的性格：上進的屬於藍色，墮落的屬於黑色；真的屬於藍色，假的屬於黑色；美的善的屬於藍色，醜的惡的屬於黑色。當然，這不過是一種象徵，然而是多麼有力的象徵。

《藍與黑》的故事，不是普通的三角戀愛故事。三角戀愛的故事太多了，也太俗了；既是三角，當然免不了有糾紛，吵吵鬧鬧，三敗俱傷。明眼的讀者，當不會以這種眼光來看《藍與黑》的故事；因為在本質上，它是嚴肅的。作者在告訴我們：什麼樣的愛是真的，什麼樣的愛是假的；什麼樣的愛是美的，什麼樣的愛是醜的；什麼樣的愛是偉大的，什麼樣的愛是渺小的？人皆愛真棄假，誰都愛美棄醜，而卑視渺小崇向偉大。也唯有化小愛為大愛，愛國家愛民族愛人類，才是愛的極致。作者透過愛的故事，道出愛的哲學。

---

[*]季薇（1924～2011），本名胡兆奇，浙江臨安人。散文家、文學評論家。曾任中國青年寫作協會理事、《警光》雜誌主編、《中國時報》通信組副主任、青溪新文藝學會監事。

　　光是說故事，那又有什麼意思呢？故事裡必須有一些東西——思想，能夠給人以啟發警惕，這樣的故事，說的人沒有白說，聽的人也沒有白聽；於人於己，都有益處。肯定的說：低級的小說是一種不可原諒的浪費，高級的小說是一種可貴的情理教育。以消遣品來衡量文藝作品，那是一種罪過。

　　《藍與黑》的出版，並非為了供人消遣，而是為了幫助閱讀的人了解人生、認識時代。藍是藍、黑是黑，藍黑不可混雜。在藍與黑的分界，作者指出了一條明確的道路：經得起考驗的必有作為，經不起考驗的只有跌倒。且看《藍與黑》裡的兩位女主角，唐琪，經過多少打擊和折磨，滿身是創傷，然而因為人生觀正確、信心堅定，她終於走上了一條光明道路，成了女中豪傑。而鄭美莊，嬌生慣養，一身是虛榮，經不住物質的引誘，而宣告墮落。路，是要靠自己走的，腳步錯亂不得。

　　聞王藍先生把《藍與黑》的故事藏在心裡，先後已有七年，而花三年半的時間寫完它。這樣厚厚的一本小說，這樣長的一段時間，反覆推敲，鄭重落筆；為了充實資料，四處訪問、見人請教，書成又再三修改，其中有幾章是看完清樣之後，幾乎完全重新寫的，其虛心如此，令人欽佩不已。由於他寫得這樣認真，筆下的人物，個個都活了起來；正派人物，反派人物，在性格的刻畫和心理分析上，深刻透澈而有力。一如化學實驗中的定性分析；而作為一個小說家，他是很成功地做了一次人的定性分析：什麼樣的人像人，什麼樣的人不像人，讀者一目瞭然。有人說，一幅漫畫，如果要用過多的文字來說明，算不得好漫畫；同樣的，一個小說人物，如不能抓住他的特點，不能給讀者以明晰而深刻的印象，也不是成功的小說人物。這完全取決於作家的修養。現在我們來談談《藍與黑》的人物描寫：

　　作者在處理故事裡的人物的時候，很認真的「驗明正身」，分析個性，入木三分。有時候他不作正面的主觀描寫，而用客觀的態度，三言兩語，以故事人物自己說的話，或者是幾個小動作，把人物的個性表現出來，所

以格外顯得生動。

　　譬如：高大爺，這個好吹牛的公子哥兒，三十出頭年紀，養尊處優，無所事事，自大得幾近狂妄，只要看這一段便夠了——高大爺談論「七七」平津陷落前的抗日戰事說：

> 「老弟，沒有問題，藎忱（張自忠將軍的號）有電話給我，紹文（秦德純將軍的號）有電報給我，沒問題，中央方面也有信給我，中央軍馬上就到，是龐更陳的隊伍跟孫仿魯的隊伍。知道嗎？龐更陳就是龐炳勳！孫仿魯就是孫連仲！中央飛機馬上也就來參戰！放心好了，日本人今天打咱們，簡直是雞蛋碰鐵球！」（頁29）

　　冷靜的來分析這一段話，高大爺的身分和這些話相襯麼？三十多點年紀，憑他的社會地位，那兒來那麼多要人名將的朋友？即使有的話，高大爺是負些什麼樣重大的軍政責任，那些抗日將領要向他報告軍事上的措施？軍事上的機密可以隨隨便便的洩露出來麼？作者輕輕幾筆，替這個習氣很深的闊少，畫了一幅生動的速寫像。果然，後來證實這種浮而不實的人百分之百靠不住，在平津淪陷之後，高大爺做了漢奸。

　　再來看看刁滑勢利的高大奶奶，和高大爺正是天造地設的一對。看她多會拍馬屁，又多會挑人家的眼：

> 「娘呀，娘呀！」高大奶奶一面叫著，一面又給高老太太不住地倒茶，又不住地給高老太太捲著水菸袋用的紙捻：「您姥可犯不上跟唐表妹生真氣，又不是自己的親閨女，氣個好歹的，要我們做小輩兒的可怎麼辦？唐表妹不孝順您姥，我們可還得孝順您姥呀！娘呀，娘呀，消消氣兒吧！再說唐表妹正是十八九好辰光，過了這個村兒就沒有這個店兒啦，趁著年青撈撈本兒狠狠地玩個痛快，也是這年頭時興……」（頁95）

好厲害的蘭花舌兒！大家庭裡有上這麼個「好」媳婦兒，就永遠有好戲看了。高大奶奶刁、狠、潑，在這短短的一個片斷裡，已經揭露無遺。

又如，作者只用一小段文字——短短幾句人物說的話和一兩個小動作，便把團總——曹副官描寫得活生活現：

「今天這可是『三娘教子』啦，團總，還有啥子話說？」兩位太太一邊摸牌，一邊拿團總開心。

「沒得話說，你們都是我的媽喲！」團總把雙肩一聳，脖子一縮，說得好乾脆。

三位女士一起滿意地笑起來。

「唉喲，對不起！大小姐，」團總忽然把頭一仰，直眺著美莊，「你剛訂婚，還沒有結婚，沒得資格當媽，我只能叫你姑姑，今天這是『二娘一姑教子』！」

三位女士笑得更厲害了，前仰後俯地笑個不停，半天半天連牌都顧不得摸。

……

接著，美莊一邊打牌，一邊告訴我：

「你曉得這個曹副官為甚麼叫團總嗎？以前有一個地方保安團隊的團總，牌玩得很好，時常陪大官和大官的太太們鬥牌，可是他每次都成心輸一點，以博取對方的歡心，只要他一胡牌，便立刻連聲道歉，直說：『唉，手順，手順，小胡，小胡！』實際上，不管是多大的胡，他也都一律稱是小胡……這個曹副官就專會這一手兒，所以爸、媽，和我們許多親戚，都愛跟他打牌，反正他輸幾個錢不在乎，爸爸特別喜歡他，平日當然短不了給他足夠的錢花……因此，我們就管他叫『團總』！」

「喂，喂，喂，大小姐！」團總叫著：「何必吶？你們再叫我團總，我可不客氣啦，我馬上就給你們胡一個『大胡』看看！」

說著，團總當真神氣活現地把牌一推，儼然是一個「滿貫」的架式，三

位女士一陣緊張，可是，他清清脆脆地吐出兩個字：

「小──胡！」

　　像這種有力的人物描寫，隨處可見，怎不令人拍案叫絕？

　　再看，作者筆下的男女主角：唐琪幼失怙恃，身世淒涼，就憑她自己短短的一句話點染出孤苦來：「反正，最壞的『職業』就是寄人籬下，給人家打雜兒，看人家臉色……。」這一句話，省卻了多少筆墨。全書某些地方，描述似乎不厭求詳，可是，該省略的地方，作者盡量在節約篇幅，這種省略的地方，恕我杜撰一個名詞：「小說的詩眼」，它常常是交代情節的關鍵所在。司馬遷寫《史記》，以文字簡鍊著名，常以一個或兩個字鉤沉釣玄，帶出文章關節。王藍先生，也懂得其中三昧，行文疏密有度，濃的地方濃，淡的地方淡，而淡的地方常常也是最濃的地方，這必須欣賞的人自己去細心體會。

　　唐琪的性格剛強，可說是環境使然，她所處的環境，實在是不太宜於一個成長期的少女的。譬如一枝被關在暗房的花，向光性並不因此消失，而格外顯得強烈，只要有一線陽光，它便更敢堅決的去追求。這種求上進的心，是最寶貴的。更值得提出來說，唐琪因境遇不好，反抗不合理的「婚姻」壓力，愛張醒亞愛到底，雖然，她自從離開寄居高家之後，接著一連串的不幸和打擊：做護士被辱，之後又做戲子、做舞女……但，始終沒有出賣自己的靈魂，心裡只有一個張醒亞，同時，她更沒有忘記她自己對國家社會的責任，這一份擇善固執的精神，正是唐琪之所以為唐琪的特點。也許，唐琪的性格和瑟契爾筆下的郝思嘉很相像，郝思嘉應付美國南北戰爭中，那一段艱苦的歲月，生活使她變得很現實；唐琪在適應她困苦的環境，也很現實，但是兩者的現實，有點出入：郝思嘉打韋希禮一個耳光，是為了不能占有他，她的下嫁那位年老的木商，是為了老丈夫死後取得那個木廠的產權，所以說，郝思嘉的現實，是為了利己；而唐琪的現實，光以營救敵後工作者賀力，不惜犧牲自己這一點來說，並不能單獨解

釋為賀力是張醒亞的好朋友，實在還有強烈的國家民族之愛，唐琪的現實是利他利國的，這樣一比較，我們喜歡唐琪遠勝於喜歡郝思嘉。

鄭美莊的性格，如果拿比較時髦的名詞來形容，是高級十三太妹。嬌生慣養，任性到極點，年紀輕輕，讀書不用功，靠別人寫讀書報告，靠別人寫畢業論文，交男友倒很在行，可是她並不懂得什麼叫做愛。過於富有的家庭，並沒有為她帶來真正的幸福，相反的卻培養了她的虛榮心，認為只要有錢，什麼都好辦，她之愛張醒亞不能說不是真的，可是她把愛的意義曲解了：她把男人當作一種物件，愛他便必須百分之百的占有他，對於男人的事業並不關心，雖然她和張醒亞由同學關係，而成為未婚夫妻，但是可以斷言，那並不是個賢內助，果然，在張醒亞坐飛機失事受傷鋸腿之後，她變心愛上了別人，去追求她紙醉金迷的靡爛生活，這樣的女人，走向墮落是想像得到的，似乎不值得過分可惜。

張醒亞，一個純潔的青年，有抱負，熱忱愛國，固然有時候似乎天真了一點，可是那不算大缺點。他參加抗戰，參加戡亂，流過汗灑過血，但是嚮往真正的世界和平，後來他獻身新聞工作，竭力倡導以自由民主思想反共。雖然在愛情的戰場上，他是一個敗卒，然而在事業上，卻有成就，有貢獻。他兩次談戀愛，不但熱情，而且夠得上痴情的程度，這裡似乎可以下一個結論：忠實於愛情的人，必然忠實於他的朋友和事業，何以見得？對愛情不能負責的人，而要求他對朋友事業負責，可能性似乎不太大。張醒亞的情場失意，值得同情，但是他不需要憐憫，他會堅強地站起來，重新為國家為事業而奮鬥。

另外，王藍先生對於人物心理描寫的卓越成就，讀者們自己若去細心欣賞，自可以深深地體會得到。作為一個小說家，對於人物的心理研究的確萬分重要。我們知道，表面上描寫一個人容易，從內心靈魂深處描寫一個人，那就相當困難。如果在外形上把一個人寫得天花亂墜，而沒有賦予生命，那只能說是「寫匠」，而不能算是「作家」，匠與家的作品，自是不能相提並論的；賦予小說人物以生命，就不可忽略人的研究，而人的研

究，最重要的是心理分析。

《藍與黑》，全書四十多萬字，故事是順著歷史的發展而寫的，而且引用的資料年代，都有正確的記錄可考。故事的大小高潮，也安排很有分寸，也就是說很自然；每一個高潮的掀起，都顯得合理合情而沒有突兀之感。依我的私見，寫小說故作驚人之筆，實在大可不必，因為賣弄過分了，將大大的削弱了真實感和親切感。

《藍與黑》，就整個故事來看，恐怕不是完全虛構的，以抗戰戡亂歷次戰役來說，都有真憑實證的歷史檔案可查。至於說到人物，也許並不真的有唐琪、鄭美莊、張醒亞其人，但是，像唐琪、鄭美莊、張醒亞這樣典型的人，那是絕對有的，且不在少數。

《藍與黑》，在歷史的觀點來看，可以說是半部近代史的縮印本。在倫理的觀點來看，是一部愛的哲學。在文藝創作的觀點來看，是一部有分量的小說。

——選自《海風》第 3 卷第 5 期， 1958 年 5 月

我看《藍與黑》

◎水束文[*]

  王藍先生所著《藍與黑》，是一部受人重視與歡迎的巨著。因為它不僅反應了時代的言論，保存了豐富的史料，含有指導人生的哲理，更具有「孟海韓潮」之風，使生活在這個時代的人，看了有親切之感。但一部好的史書或哲學，並不能被稱為文學，這是因為文學不在它表達了什麼，而在它如何表達了它所表達的東西。它不是哲學或歷史，而是件藝術品，所以我們必須將欣賞的重點，放在它「藝術生命的表現」上。

  在 18 至 19 世紀間的小說，大多採應用文與報導文學的手法，喜歡將驚心動魄的結果，倒置在前面，這種程序倒置，能增加對讀者神祕的吸引力，和加重故事發展的氣氛！《藍與黑》就是用的這種手法。雖然其中有：唐琪未如醒亞所料，離她姨母家回北平學校；醒亞開刀取出肩膀上的子彈；唐琪拒與醒亞去四川，到後面才說明係由賀力勸阻⋯⋯等情節，以發展故事與製造高潮，這種「冒現」的手法，仍是脫胎於倒敘方式的一種；所以可說這一本書，全部都是採用「開門見山」的手法的。這種手法的長處，是對高潮的堆砌，和每節的收煞，特別顯得有力，能緊扣讀者心弦。就《藍與黑》說，作者對這種手法的運用，是相當熟練的。但因作者係用第一人稱所寫，故事隨男主角「我」的行蹤發展，以致如：唐琪不能與醒亞去川，他當時的心情與在陷區的生活，不能直接描寫；自鄭美莊出現後，最受讀者關心的唐琪，直被冷在一旁，到後面遇有關於唐琪的事，

---
[*]水束文（1925～2002），本名吳引漱，江蘇淮陰人。小說家。曾任中央廣播電臺編輯、主編。

因第二女主角美莊占住故事主線，對唐琪只有採用敘述手法……類似這些缺點，作者布局技巧，固值研究，受限於「第一人稱」與「單線發展」，也是個原因；如由於因第一人稱所限，使故事成為單線發展，以致將全書結構，形成「三節棍」式（1至33節、39至55節、60節至完），甚為單調，這也許是第一人稱單線發展所難於避免的。關於創作手法的選用，王靜安說：「文體通行既久，染指逐多，自成習套，豪傑之士，亦難於其中自出新意，故遁而作他體以自解脫」，錄此供王藍先生參考。

　　在全書的描寫中，充滿生動有力的筆調，如：利用醒亞「戲迷」眼光，適時刻畫人物；在高老太太做壽時，用彼此「稱呼」，描寫在場人物與氣氛；醒亞在大槐樹嶺殺死日軍後，由自卑感而激起之誇大狂的心理描寫；總結八年抗戰的完整、有力而輕鬆的幾句；還有勝利後醒亞在北平對姑母家打「特快長途電話」時的描寫……都值稱道；尤其在大學中鬧「罷課學潮」時的一段描寫，雖是說教，但極引人入勝，由此證明說教非絕不可取，仍看作者表現技巧而定。至於69節至72節之說教性描寫，則因資料過於集中，描寫過於仔細，而感沉悶。關於這方面，筆者有兩點看法：一、就全書看，作者對靈性的陶冶，人生的體驗和媒介的運用，是有相當高的修養；但書之前半部的環境氣氛描寫，較六章之後為差，因此，作者若能在今日現實中找題材，採用三人稱多線發展故事的手法，憑他創作功力，必可寫出更動人而受讀者歡迎的作品。二、描寫詳盡周密，因為本書一個成功，但過於繁複地說得太穿，使人無回味餘地，則使作品減色不少；這似如近來文壇一般觀念作祟，即滿以為寫得多即為「巨」著，實則真正好的作品，仍是「妙論精言，不以多為貴」（試筆《六經・簡要》），更好能「一言而巨細咸賅，片語而洪纖靡漏」。至於書中描寫，喜用「第一」、「第二」……等筆法，此仍由於採用報告文學寫法，所自然出現的不妥現象。

　　欣賞小說中人物描寫，至少注意兩點：一、固當注意人物怎麼說，怎樣做，更重要的仍是他為何如此說？如此做？二、人物的言行，是否做到

了「自然」與「必然」。基於這個觀點看該書中三主角，鄭美莊最為成功，醒亞其次，唐琪則沒有妥切做到上面兩點。唐琪是一個被中、西文化衝激下所產生的悲劇人物，作者幾乎以全書三分之一篇幅，作她大膽對中國當時的生活方式反抗的描寫，這種強烈行動，何以會產生，作者只有「她是一家德國學校的學生（德人在北平所辦），當然要比中國學堂學生開通多了」一句話，來說明她有這些行為的原因，顯然是不夠的。又如她愛上醒亞，所能看出的，僅是由於兩人同病相憐的孤兒心理；接著就是一連串火烈行動，相形之下，也顯得很弱。書中其他人物，如高老太太、高大奶奶、姑母、姑丈、高大爺、維他命 G、「最低領袖」，刻畫都還與需要相稱而妥貼；高小姐、表哥、賀蒙則較模糊；賀力的過去交待不夠，說話過於肯定，有先見之明之嫌；表姐見解頭頭是道，能說明教育程度更好。在人物出場的描寫上，唐琪出場前的安排與出現，甚為成功，但到鄭美莊出場，則與唐琪出場方式一樣，手法太少變化。作者對本書人物的稱呼，有一特色，即多用普通名詞和綽號，這點確可收到使讀者易於對故事了解之效，且甚感親切，雖為一長處，不過我想：讀者知道「黑旋風李逵」，總較比僅知「丈母娘」、「笑面外交」、「維他命 G」等，在印象上稍感完整。有關人物方面，我還得一提的，是本書創造了兩個「聖人」──唐琪與以「我」代稱的醒亞；這使我聯想到作家們每寫第一人稱，多有兩個相同點（我也有過），即：「我」如何被異性愛慕與被追求；「我」人格如何完整！為減少讀者譏笑與反感，這點也許值得作家們今後注意的。

　　這一本書，就內容上說，它對社會是有其卓越貢獻的：它沉痛的指出我們大陸陷匪的原因，值得任一階層人士閱讀與反省；它所描述抗日時期民心士氣的煥發，更值今日同胞借鏡；作者筆下的醒亞，可說為今日青年，樹立了一個典型，書中成功的描寫學校生活，更必會使學生們感到共鳴和喜愛。作者寫道：「政府一向不會作宣傳工作，共產黨卻是靠宣傳起家，因此政府花費了許多大米、白麵、制服，卻抵不過共諜利用左傾文人們寫出的一些侮蔑政府的小說、詩歌、活報劇」！這個沉痛的檢討，是值

得政府在對文藝工作態度方面，作為參考的。我歡喜這一本書，因為它是一本中國人寫的中國小說，今天有些作家的作品，要是將它人名地名一改，即可「放之四海而皆準」，這些作家，也值得看看這一本書；同時就全書取材上看，它可說比較保存了我們中國小說的特有風格，且為中國小說，找出了一條頗值重視的路向。

約翰遜博士說：「上帝不到人的末日不批評人，為什麼你跟我要這樣做呢」？但我卻這樣做了，這是因為我認為，我們要想自由中國文壇，有更優美的藝術品產生，陶冶人們對文學藝術欣賞力，是極為重要的。最後我引毛姆的話，向我的朋友王藍先生致意，他說：「從批評史上；我們可以看出同時代的批評，是極易錯誤的，因此一個作者，最好先拿定主見，應該輕蔑或重視批評到什麼程度」。

（7、9、於臺北）

——選自《筆匯》第 27 期，1958 年 7 月 16 日

《藍與黑》的動態描寫

◎王平陵[*]

　　今天的小說作者，如果希望在電影藝術一日千里的發展下，維持讀者對小說的興趣，只有拋棄平鋪直敘的老方法，運用立體派的新技巧，來處理故事和人物。

　　立體派的作風，是根據「動的心理學」為創作的基礎，作者把自己的心靈滲進現實世界，觀察多樣的人生，找到適切的字彙，直接描寫故事的動態，間接反映人物的心理。像英國海軍作家康拉德的寫作技巧；文藝批評家說他是「浪漫的寫實主義」，而實際就是立體派的手法。他是把搜集到的素材，作為故事的種子；豐富的想像力，是種子的肥料，使它在經驗中得到滋長和擴大。他認為寫小說是正確地描寫動態的藝術，人物的有意志、有計畫的活動，及烘托活動的氣氛，便是小說的故事。小說給予讀者的，應該是心靈的交流，感應的全部滿足，在作者筆尖下所寫出的字裡行間，讀者可以聽到音樂的聲音，看到圖畫的色彩，體驗到雕刻的和諧和完整。

　　康拉德這種新穎的作風，主要是運用動的氣氛，動的情景，動的色彩，來加強人物的活動，所以，每一個人物彷彿在紙面上站起來，如同在銀幕上活動似的。讀者欣賞這種戲劇性的故事發展，自然比看到過去那些記帳式的小說，平鋪直敘的故事報導，更能引人入勝了。

　　當我看完了《藍與黑》這部小說，不覺被作者的「動態」描寫，引起了濃厚的興趣！很願意在作品中找出一些明顯的例證，把這種進步的寫作

---

[*]王平陵（1898～1964），本名王仰嵩，江蘇溧陽人。小說家、劇作家、散文家。曾任《掃蕩報》編輯、政工幹部學校教授。

技術，向讀者介紹一下：

　　例如：在第二章，作者描寫男女雙方當事人在劇場兩個包廂裡「相親」的場景，先烘托舞臺上的氣氛，是紅遍津沽的王少樓、胡碧蘭合演拿手好戲《四郎探母》帶〈回令〉，吸引著雙方那些為看戲而看戲的陪客；一面寫出男女雙方的母親，是如何熱烈地關心兒女的婚事；最巧妙的是作者運用第一人稱的手法，刻畫男主角張醒亞是一個乖巧懂事的小孩子，插在一對當事人之間，一會兒看看臺上的戲，一會兒又怪有趣地欣賞包廂裡的戲，從他的小眼睛裡，發現那位高小姐的視線，一直釘在舞臺上的楊四郎、鐵鏡公主身上，不敢向左右顧，原因是他的表哥正在把眼光瞟過去，端詳著高小姐。像這種人物動態的描寫，給予讀者的印象，是每一個都在動，而且可以從他們的動態中，透露出各人的關注和心事。

　　女主角唐琪在未出場前，作者已盡可能從側面布置氣氛，先在讀者的想像中，對她發生了好感。作者又利用高老太太做壽的場面，渲染一種熱鬧的情況，寫出許多花枝招展、珠光寶氣的女客，來襯托這位不同氣質，不同風度，不同神采的少女——唐琪；接著，寫出男主角張醒亞的猜度與心理，從他眼睛裡看見唐琪的美，讓讀者在她的髮型與服裝上，進一步認識她的性格。我覺得用這種動態的描寫，把女角顯現在讀者的視線下，確是生動有趣，吸引讀者的有效技巧！

　　作者描寫滑冰場的動態，也極成功。滑冰場人頭攢動，花樣翻新，動作緊張，觀眾複雜，是很難處理的大場面，如不是對滑冰有經驗、常去滑冰場的作者，不可能僅憑想像力來摹擬的。現在，作者先渲染滑冰場那種活躍的氣氛，男女在滑冰時各種有趣的姿勢，及一個比一個豔麗奪目的女客；接著描寫出男主角張醒亞的初次練習溜冰，笨牛般地扶著欄干，一步一步往前擺動，這才把唐琪的精采表演：倒滑、正滑，一會兒兩腳一齊「扭麻花兒」，一會兒用單腳向左右雙方畫圓圈……等靈活的姿態，運用電影裡「特寫」的鏡頭來反映，來描寫出來，這是作者煞費苦心，富於刻畫動態的經驗與才能，所獲得的成就。

　　其次，作者描寫張醒亞，在姑媽面前撒了謊，好容易從姑媽家走出，興沖沖地奔赴唐琪的約會——到佟樓露天冰場滑冰去，作者把預先想好的鏡頭，從張醒亞動作上，有計畫地表現著：

　　……在路燈閃爍下，張醒亞發現有兩個男人的影子，追蹤一個女人——好像就是唐琪。

　　唐琪突然向張醒亞跑來，一面叫：「醒亞，快來呀！」她氣喘喘地如同受驚似的傾在張醒亞懷中。那兩個流氓走近了，作者把他們的形像刻畫一下，顯出張醒亞不是他們的對手；但終於因為愛情的鼓勵，直接擊敗敵人，間接透露愛力的偉大；而把「毆鬥」的場面，寫得出神入化，有聲有色，尤為難能可貴。

　　其他如寫太行山上的戰鬥，沙坪場上的學潮，大學生的生活，男主角跟第二女主角的談情與吵嘴，鄭美莊的股票市場、炒金，以及天津、重慶、成都大撤退的混亂，海南島上空飛機墜毀等場面，都強烈表現了立體派的新作風。

　　總之，在《藍與黑》這部小說中，凡關於動態的描寫，都有其獨到之處。我很希望作者王藍先生能在這方面多作努力，給讀者更多的新風趣、新印象！

——選自《中央日報》，1958 年 12 月 30 日，7 版

《藍與黑》的小說和劇本

◎丹冶*

　　看過了《藍與黑》的演出，再讀《藍與黑》的劇本，我的第一個感想是：成功的編導，便是一種創作。

　　吳若先生把王藍先生的代表作《藍與黑》這部四十萬言的小說，在保持原著的基本精神和主要內容的原則下，把故事濃縮凝鍊，改編為七萬餘言的劇本；並由王生善先生導演，把這齣五幕八場的大戲搬上舞臺，通過活動的形象，呈現於觀眾面前，這真是一個巨大的「協作工程」，相信他們在編導工作上所付出的辛勞，一定是極其可觀的。

　　王藍的《藍與黑》，全書分九章 87 節（原書分為八章，錯。其中有兩個第五章）。故事以唐琪、張醒亞和鄭美莊三個人的戀愛故事為經；以抗戰八年和戡亂初階的史實為緯，千絲萬縷，卻是脈絡分明地井然展開。故事發生的時間，自民國 26 年抗戰前夕開始，至 38 年共匪竊據大陸，政府播遷來臺時止。故事進行的空間，由天津而北平、而太行山、而重慶；勝利後，再由重慶而平津、而京滬、而穗渝、而昆明、而海口、而臺灣。整個故事的發展過程，顯示出抗戰時期敵後令人窒息的沉悶；也顯示出游擊區的蓬勃朝氣；反映了大後方的光明面；亦反映了大後方的黑暗面（共匪的陰謀詭計和一些人的醉生夢死）；表現了勝利的狂歡；也表現了挫敗的悲劇；而更重要的是正確地描繪了反攻復國基地──臺灣的茁壯、繁榮與安定，肯定地預示著國家民族的光明前途。

*蔡丹冶（1916～2000），廣東汕頭人。散文家、文學評論家。曾任臺北師範學院副教授、《大陸觀察》總編輯。

　　總之，《藍與黑》包容著我國現代十餘年的歷史，以及明天的希望。但它不是枯燥的史地課本，而是生動的文藝創作。王藍沒有板起臉孔傳道說教，而是通過他筆下的人物——主要是唐琪、張醒亞和鄭美莊三個主要典型人物的性格的刻畫；並以他們之間的相互關係和衝突，以及由他們「輻射」出去的各種錯綜複雜的社會關係，構成了一個既合乎邏輯的真實，而又合乎歷史和現實的真實的高潮起伏的故事。在故事的演變發展中，以「藍」象徵人性的善良、向上，象徵時代的光明前途；以「黑」代表人性的罪惡、沉淪，代表歷史的黑暗一面（共匪）。並在各類各式的「藍」與「黑」的衝突中——即從每一個人的內心中的愛與恨的鬥爭；到代表善與惡的不同類型的人物之間的鬥爭；以至歷史上代表真理正義（我政府）和代表邪惡暴力（共匪）之間的鬥爭過程中，體現了國家至上、民族至上、抗戰必勝、戡亂必勝的中心主題。使讀者透過了人物、故事，而認識了歷史的本質、時代的前途、人生的意義和愛情的真諦，從而使人獲得深刻的思想啟示。

　　把這樣一部大氣魄的作品，改編為適合在三小時半演出的劇本，的確不是一件容易的事。然而，吳若先生已經獲得極大的成功。誠如后希鎧先生所說：「吳若處理《藍與黑》的繁多題材，即按照組織的原理，把幾個『理念』編組在幾個戲劇的領域裡，從序曲的第一幕起，劇情就在多線發展的程途上，通過戲劇的行為成長（Growth Action）、轉捩、下降到結局，達到了戲劇的要求。」並特別強調吳若「在剪裁上表現了優越的手法。」

　　吳若是怎樣「剪裁」？怎樣把幾個「理念」編組在幾個「戲劇的領域裡」的呢？他把唐、張的初戀和高家迫使唐琪淪落風塵的故事，以及敵後（天津）小漢奸們的無恥行徑，編組為第一、二幕；把張醒亞赴渝升學，在學校和共匪的職業學生作鬥爭，以及和鄭美莊的戀愛故事，編組為第三幕；把抗戰勝利、張醒亞學成榮歸，鄭美莊趕到天津準備結婚；以及唐、張、鄭之間的三角糾紛（雖然唐琪在愛情上一再犧牲自己，但並不獲鄭美莊的諒解），編組為第四幕；把大局逆轉，平津撤退，鄭美莊棄張醒亞和曹

副官私奔；唐、張重獲聯繫，加深諒解，以及張醒亞悲憤填胸，但卻充滿勝利重歸的信心離開天津，編組為第五幕。而把小說中不能搬上舞臺的部分——作為引子和人物介紹的第一、二章；張醒亞在太行山打游擊的第四章；張醒亞由天津輾轉來臺的第八章；以及張醒亞來臺後鋸腿殘廢，在唐琪崇高真純的愛情的鼓勵下，生命從絕望中甦醒的第九章捨棄，只把這些章節中的一些重要事件，通過人物的對話，用追溯的方法，保留下來。

　　把小說變成劇本，這樣的剪裁取捨，總的說來，既保存了原著的精華；又發揮了戲劇的效果，的確是明快、合理而成功的。但如果再作深入的研究，在若干關鍵性的改變上，則有特別值得讚揚與值得商榷之處。

　　在小說中，張醒亞是在海南島飛機失事受傷，來臺後鋸腿而殘廢的。在劇本中，是當天津成危城時，匪諜（與張在重慶同學的職業學生）找到他家裡，對他威脅利誘，不達目的，而用鐵棍毆打，使他受傷殘廢。這一改變，使劇情更緊湊，鬥爭更突出，充分表現一個忠貞的文化鬥士，威武不屈、臨危不苟的堅貞志節；亦充分暴露了共匪的陰險與無恥。這是一個極合邏輯的安排；極富戲劇效果的改變。

　　在小說中，當天津危急時，唐琪始終沒有露面，只用書信和電話，對張醒亞表達她至死不渝的愛意，「迫」使他離開危城。由於王藍的生花妙筆，刻意渲染，的確在小說中造成了一種極為成功的懸凝氣氛。但在舞臺上如果亦讓張醒亞一個人不斷地接電話；不斷讀唐琪的信，那便必然變成極為失敗的無戲可做的沉悶冷場。因此，吳若讓唐、張見面，演出一場既表現了革命情感；又表現了親摯愛情的纏綿悱惻的極精采的戲。最後讓唐琪拔出手槍，對準自己說：「你再不走，我就在你面前自殺。」而使整個局面急轉直下，張醒亞說：「琪姊，我走，我走，你千萬不能自殺，你要逃出來，我等著你，我永遠等著你。」立即讓戲劇在這個孕育著無窮「藍」的希望的高潮上落幕終結。這的確是一個十分成功的處理。尤其是在舞臺上演出時，由於曹健（張醒亞）先生和傅碧輝（唐琪）小姐之能夠深刻地把握了人物的性格，並通過精湛的藝術修養和舞臺經驗，而把中華兒女對國

族的熱愛和兒女情長的純真愛情，具體化到幾乎可以伸手捉摸的程度。——
這裡讓我再嘮叨幾句近於題外的話：我們的觀眾，雖然早已看慣了外國電
影擁抱接吻的鏡頭，但對於中國演員的類似場面，則仍然不能太接受（我
曾看過范麗和誰的一個接吻鏡頭引起了觀眾一場不必要的哄笑），但當唐琪
和張醒亞為了離別而緊緊擁抱時，臺下在一片肅穆的氣氛中，只有低啜之
聲，未聞淺薄的笑。這裡，我不僅為吳、王、曹、傅諸位的成就而祝賀，
更為我們一般觀眾水準的提高而高興。誠如后希鎧所說：「看《藍與黑》，
能夠在戲院裡流淚的觀眾，必定是幸福的，也是懂得藝術的。」我補充：
也必然是懂得歷史、懂得人生、懂得愛情的。

最後，讓我們來談一個值得商榷的關鍵問題。

在小說中，我以為高大爺是最主要的「黑」人，如果說，在他的靈魂
中尚有一點淡淡的「藍」，最多也只表現在對家庭方面而已。除此之外，傷
天害理的事，無不想得周到，做得徹底。所以，在小說中，自從他登報和
唐琪「永遠斷絕親戚關係」之後，王藍便很少讓他露面。賀力、賀蒙、張
醒亞和唐琪密商赴渝的事，高大爺更是一無所知。雖然，張醒亞後來曾對
鄭美莊說：「當初最反對我去南方的，不是別人，就正是這位高仁兄。」
（頁 492）但他所指的是天津陷落初期，他自己還是一個初中尚未畢業的
17 歲的大孩子在鬧著玩的那一次（當時唐、張尚未認識），那次，高大爺
確實知道，也確實說過：「你要到南方抗戰，我無法舉手贊你的成。」（頁
33）但張醒亞高中畢業，具體計畫重慶之行時，高大爺始終不知道，也無
從知道。因為參與此事的賀力、賀蒙、張醒亞、唐琪，以及張醒亞的姑
父、姑母、表兄、表姊，那時實際上已與高大爺處於「斷絕邦交」的狀態
中，誰都不可能把賀、張他們赴渝的事告訴他。

但在劇本中，吳若卻讓高大爺在張醒亞他們臨行前夕突然露面，讓高
大爺堅決地迫唐琪與張醒亞一同赴渝，甚至說：「有你一起走，我可以告訴
那些專管閒事的弟兄們，網開一面，為了我們姓高的人情。你說一聲不
去，弟兄們也許不管姓賀的、姓張的帳。明白嗎？」

這一場戲，孤立起來看，雖然是極為熱鬧極為強烈的鬥爭場面，但以全劇而論，卻是破壞了人物的一貫性和故事的邏輯性。誠然，人物可以有，而且應該有「轉變」。但轉變必須有條件、原因與後果。這才能使轉變變成為小說或劇本的關鍵。而高大爺的轉變，卻來得突然而偶然，雖然，唐琪說了一句「你們高家這個丟人臉面的表妹離開天津了！」高大爺自己也對張醒亞說：「只要你們這些小老弟不罵我高老大是漢奸就夠啦！」吳若顯然用這來說明高大爺「轉變」的原因與目的。但這是很不夠的，拿來和高大爺這一「放下屠刀，立地成佛」的重大轉變相比較，便不成比例了。如果高大爺確是無陰謀、無條件，或者是得不償失地「幫助」（在高大爺這種人的立場而言，不密告便是「幫助」了）他們離開淪陷區，那麼上帝真該預發他一張進入天堂的門票了。

假如說：張醒亞他們赴渝之行，「保密」不夠，被高大爺知道了，我以為對後半部的戲，便引起某種程度的變化。

首先從高大爺方面論，他應在下面三種方法中取其一：

第一、密報日偽，假手殺人，既可除去唐琪這個眼中釘，又可抓幾個抗日分子邀功取寵，賣人頭升官發財。但如果張、賀他們被一網打盡，「戲」便演不下去了。所以高大爺儘可如此計畫、如此安排，可是故事卻不能如此發展，淪陷區的漏洞很多，只要他們提前或延後行動，或者改變路線，仍可安然脫離日偽區，使「戲」能夠繼續下去。

第二、即使高大爺念及親戚關係，不至如此心狠手辣，那麼，他很可能假借名義，藉機敲詐（如藉口買通敵偽關卡等。在日偽區生活、工作過的人，都知道或經歷過這些），斯斯文文地勒索季家一筆錢，大發其橫財。

第三、假使高大爺在利慾熏心中尚有一點自私的遠見，不用上面喪心病狂的兩種辦法，他便會抓住這機會，直接或間接與賀力談判，以不密告他們的行動為條件，有保證地換取自己日後的安全——能不能安全是另一回事，但投機成性的高大爺，必然有此念頭，作此努力。

如果高大爺什麼實際目的也沒有，只是為了怕人家罵他是漢奸，便對

他們採取「不反對，不干涉」的做法，好心的成全他們，這是很不可思議的事。而且，高大爺既然威脅於前，又無行動於後——唐琪不走，高大爺便是受騙，而受騙了的高大爺不採取報復行動，張醒亞他們仍能安然通過封鎖線，這也是很令人費解的。如果說，高大爺事前只是說著玩玩的，那麼，這場戲便更顯多餘顯得孤立了。

其次，從賀、唐方面而論，高大爺既已知道他們南行的計畫，他們的行動就必然要發生變化。

第一、賀力不應再按照原定計畫行動，行期必須改變。若不能保密於前，又不能警惕於後，這不是一個地下工作領導人應有的態度。

第二、即使由於種種條件，計畫不能改變，那麼，賀力不該再說服唐琪留下，因為唐琪的去留，已成為他們此行安危的關鍵。若唐琪南行，下半部的戲將整個發生變化。

第三、唐琪在這種情況之下，於公於私，都不能不走，即使賀力勸她留下，她亦必不能接受。如果她留在天津獨享安全，而讓張、賀去冒幾乎是無法避免的風險，這不是怯弱，便是自私，而這種嚴重的「黑」，不是唐琪所應有。

總之，我以為讓高大爺知道張、賀他們祕密赴渝的計畫，並以他出面來迫唐琪同行，這一改變，是一個甚值商榷的問題，因為這是有關整個故事的重要關鍵。以我淺薄之見，吳若先生在《藍》劇中作此改變，真是智者千慮，必有一失。

最後，我仍強調：《藍》劇的改編與演出，總的說來，是極其成功的。它的場場客滿便是明證。個別問題，只是白璧微瑕而已。

——選自《中央日報》，1963 年 2 月 22 日，6 版

看《藍與黑》

◎王集叢*

　　有人約我去看王藍小說名著《藍與黑》改編的電影，上下兩集一次放映；並要我寫點意見。我覺得這是一件苦差。因為我深深了解，把一部幾十萬字的小說搬上銀幕，是很難討好的。在忠於原著精神和顧及電影藝術之間，一定很難下筆。但是在看完全片之後，我大大鬆了口氣，覺得我可以坦然寫出點感想。

　　我所以說能坦然寫出所感的原因，是《藍與黑》的編劇能出乎意外的忠於原著。這是一同欣賞本片的先生們，包括張道藩先生、趙友培先生、謝冰瑩先生等一致公認的最大特點。這樣，有了好故事，再加上好演員和好導演，一部夠水準的片子必要的條件就具備了。這樣，熟習原著的人，可以經由導演手法的輔助和演員技巧的美化，進一步領會曲折的情節；這樣，沒有看過原著的人，也能藉生動的畫面來欣賞這部血淚交流、情義磅礡的作品。不過，雖然如此，我還是要聲明一點：如果我們完全用欣賞原著的眼光，來衡量（或欣賞）改編後的電影，是不必要的，也有欠公平。

　　銀幕上，邵氏出品的標誌下，打出 12 項「金禾獎」和林黛獲得「最佳影劇貢獻特別獎」的鏡頭，先聲奪人；一方藍色頭巾下，林黛的遺照容光煥發。接著，藍調子的襯底上，分別插入全片的精采畫面和演員表，然後以不同的鏡頭配合著唱出「藍啊藍，藍是光明的色彩……。」沉鬱的曲調逼住觀眾的情感，使人渴望看到下面的故事。

*王集叢（1906～1990），本名王義林，四川南充人。文學評論家。曾任重慶《掃蕩報》與《中央日報》主筆、中國文藝協會常務理事。

　　在《不了情》中，林黛是成功的；在《藍與黑》裡，林黛有著更上進
的成就。她已經死了，但是從演技上看起來，她卻依然活著。活在輕聲淺
笑、欲嗔還嬌的表演中；活在泫然欲泣、楚楚動人的鏡頭裡。用她的眼、
眉、嘴角，把一個掙扎在複雜舊家庭的孤女，演得淒惋欲絕。她的柔順，
她的活潑、可愛；她的偏激、反抗、可憐；她的自我犧牲，堅貞不二，可
歌可泣。舞廳裡，一曲〈痴痴的等〉淒楚悲愴。一曲〈不了情〉已經唱遍
了海內外；〈痴痴的等〉也會的。

　　丁紅「軍閥的女兒」演得很逗人，她跋扈、任性的演出，表示她已經
相當的成熟了。其他演員也有很稱職的表現。

　　歐陽莎菲的高老太太和陳燕燕的季老太太都很沉穩。但是就戲路而
言，高老太太的固執嚴苛，遠不如季母的慈祥和藹容易發揮。陳燕燕對張
醒亞的慈愛，在銀幕上活畫出一位栩栩如生的母親，使觀眾也有如沾春暉
之感。

　　關山演得很「窩囊」。前一半的張醒亞就是個窩囊角色，書裡如此、戲
裡也如此。但是關山沒有把握得很好：在去大後方之前，他演得還不夠
「窩囊」；在經過太行山戰鬥的洗禮之後，他又欠堅強。這也許不是他的
錯。因為在書裡、在戲裡他都比唐琪、季慧亞小，然而在銀幕上的觀感就
使人欠缺這種感覺。

　　《藍與黑》分上下兩集。下集比上集好。上集被原著「方」住了，伸
展不開。只顧一幕幕敘述故事，減少了細膩描寫的機會，這不得不說是過
分忠於原著的毛病。下集則能很自然的把觀眾吸引住，使觀眾和劇中人共
悲歡。

　　編劇未能強調人性的矛盾衝突，減少了劇力。比如強調醒亞對唐琪放
棄南下的誤會，根本以為唐琪因耽於逸樂而變節，造成他對唐琪極端的蔑
視，加重唐琪委曲的成分，將更能搏得同情。陶秦忠於原著，卻沒能美化
原著。

　　導演也有難以「盡如人意」的地方。比如後方學生、民眾的衣著，戰

爭場面的處理以及「學潮」和愛國學生的描寫等等，都令人覺得缺少真實感。如果稍加注意是可以避免的；戰爭場面不夠逼真，並不是本片才有的缺點。國軍可以協助拍攝，只要予以適當的安排，是不難臻善的。

　　這部片子的結尾使戲有了個完整的段落。最後，我要重申我的聲明：如果用欣賞原著的眼光來欣賞改編的電影，是不必要的，也有欠公平。一部行銷了二十版的小說改編後有這種成績，任何人也該滿意了。

——選自《中央日報》，1966 年 7 月 27 日， 9 版

在烽火中迎向藍天

王藍《藍與黑》的家國情懷

◎張堂錡*

> 二十年來家園，三千里地山河。亂世兒女情深，烽煙遍地奈何。

提起王藍的長篇小說《藍與黑》，恐怕已是家喻戶曉的一部名作。風行至今三十餘年，這部以抗日戰爭為時代背景，描述張醒亞、唐琪、鄭美莊三人間之愛情波折，同時刻畫出那時代青年強烈愛國情操的小說，依然膾炙人口，歷久彌新。

三十年前，前北京大學校長蔣夢麟先生曾撰文〈談中國新文藝運動〉，指說：「現在之《藍與黑》與 1932 年之《子夜》（茅盾著小說）相較，其行文之技巧，組織之周密，今勝昔多矣。」

很多人都認為，這是一本讓人忘也忘不了的小說，例如張秀亞即認為「女主角唐琪將永遠活在千萬讀者的心目中」，王鼎鈞也說這本書「傳布的抗戰經驗，已在中國人自己心目中回響不歇」。

這麼多年來，經過舞臺劇、電視連續劇、電影、廣播小說等各種立體媒體的傳播，書中的人物不斷再生，這部小說的魅力，久久不歇。

面對廣大讀者的喜愛，王藍始終懷抱著感恩之心，他經常說：「讀者對我有情，社會對我有義，國家對我有愛，上帝對我有恩。」因為這份情、義、愛、恩，王藍從當年天津富裕家庭的公子，到太行山上打游擊的熱血

---

*發表文章時為《中央日報》專刊組組長，現為政治大學中國文學系副教授及「民國歷史文化與文學研究中心」主任。

青年，再到以寫作、繪畫聞名的藝術家，這一路走來，不論是槍林彈雨、出生入死，還是繁花似錦、燦爛如星，他都不曾忘記過內心深處對家國山河的愛戀，與對紅塵人世的感激、關懷。因此，關於《藍與黑》的一切掌聲、喝采，他一直覺得，那不是他自己一個人的，而是屬於他曾親歷過、見證過的那個全體中國人的大時代。

在太太的縫紉機上完成這部四十二萬字的小說

「回想寫《藍與黑》的那三個年頭，是國家最艱苦的時期，同胞們生活也極艱苦。我一直認為，我們每個人的命運和國家民族的命運緊緊結合，密不可分。國家遭難時，個人也必苦，除非是漢奸、奸商或不法歹徒，才會在國難中享福。國家好轉，人民生活自然也跟著好轉，真的是同舟一命。」

其實，不是王藍想成為作家，而是時代的苦難孕育了他往這條路上前進的機緣；也可以說，《藍與黑》不是他寫的，而是整個國家民族的斑斑血淚，在硝煙四起的土地上，自然浮現的悲劇圖騰。

掩不住內心的激動，王藍提高了聲調解釋說，他自幼立志想成為畫家，而不是想當作家。可是，七七戰起，日本飛機轟炸天津，他逃難往英租界時，沿途親見同胞被殺害，婦女被凌辱，大批被捉去的華工在修竣日軍工事後被丟進海河（白河），浮屍像魚群過境般往渤海漂流，接著，南京一地就被日軍屠殺了我同胞三十萬……這一切使他接近瘋狂，而渴望丟下畫筆拾起槍來。

「17 歲我到太行山當兵，與我一起從軍的同學、好友，戰死沙場，生前他們那麼活潑、可愛，是足球校隊，是田徑健將或溜冰選手……如今他們的屍骸置諸山野，做了野草雜花的肥料，我不禁傷心痛哭。後來，我終於活著走下太行山。但是，心中積滿了不宣洩就不能忍受的情感，於是，我開始寫作。流著淚寫，淌著血寫，如此形容，一點也不為過。」

正也源於這股不能壓抑的衝動，遭逢第二次國破家散，渡海來臺後，

他在永和克難的小屋中，太太為金馬前線戰士縫製征衣的舊縫紉機上，埋首完成了這部四十二萬言的感人小說，與其他上百萬字的作品。

被讀者追問情急之下，只好戲說唐琪如今在賣蛋糕

在王藍的筆下，隨著張醒亞與孤女唐琪及富家女鄭美莊的戀愛，展開了中國近代史上最重要的二十年。故事由兩條主線交叉進行：一是描繪三人間錯綜複雜的曲折戀情，一是反映那二十年動盪不安的時代。中國的空前劇變——抗戰與戡亂，恰好濃縮在這三人的戀愛故事中。

整部小說，充滿了悲歡離合的國情、鄉情與愛情，個人的戀愛故事在書中只是動人的襯托，作者真正的企圖，是更寬廣的民族情、國家愛。

從抗戰將起，到大陸撤守，王藍何其幸、又何其不幸地經歷了那些驚天動地的大事端大變故，因此，《藍與黑》中，由巨室到軍營，由舞場到醫院，由大都會到山村，由斗室對泣到舉國若狂，由熱血青年到漢奸，由亡國奴到勝利者，由黨國元老到引車賣漿者流，每一個人物，每一個場景，都栩栩如生，直逼眼前。曾親歷過那場無情戰火洗禮的人，看了會落淚，而不曾親歷的人，也不禁要動容。

正因為逼真，使得《藍與黑》自問世以來，王藍即不斷被讀者追問：這是你的自傳嗎？對這一點，他微笑地說：

「我認為，一部作品的完成，應是作者的情感、思想、生活體驗、全部心血、整個生命的投入，那就是『自傳』。這部小說，有真人真事，也有想像與虛構的人與事。是真是假，但願能夠合情合理，忠實地顯現那個時代。」

王藍也承認，他與張醒亞在生活經歷上確實有許多地方相同——在天津度過童年、少年時代，在北平讀高中，喜歡溜冰、騎馬，七七抗戰去太行山當兵，在張蔭梧將軍領導的國軍游擊部隊與日軍作戰，因遭遇日軍、漢奸皇協軍、中共八路軍夾擊，部隊敗下山來，渡黃河經河南、陝西，入四川繼續升學，在學校與中共職業學生鬥爭，後來當新聞記者（王藍曾任

職《益世報》、《掃蕩報》），勝利後回到天津，並當選天津市參議員，後來共軍林彪部隊圍城，天津淪陷前夕，始搭機脫險……這一切一切都是他親身經歷的。

至於小說中，張醒亞搭機自成都飛臺灣途中，於海南島上空飛機失事，多人死難，張醒亞命大未死但摔壞了腿，這也是真人真事，不過不是王藍，而是袁暌九（作家應未遲）的親身遭遇，那一章節是他仔細向袁先生討教後寫成的。所以，許多年來，也有不少讀者指說張醒亞就是袁暌九的化身。

除了張醒亞，小說中塑造得最成功、生動的人物唐琪，長久以來，也因太受讀者喜愛而產生了一些附會、聯想，甚至想追根究柢地查出是否真有其人？現在下落如何？對於讀者熱心的查詢、追問，有時被逼急了，王藍只好回答說：

「唐琪現在和平東路、新生南路口花旗蛋糕店做店主！」

餐廳、服飾店、精品店、理髮館，都曾以「藍與黑」命名

不僅是小說中的人物為人津津樂道，《藍與黑》從民國 47 年出版以來，書名也深入人心，時被引用。

當初何以要將此書命名為「藍」與「黑」呢？王藍語重心長地表示，他嘗試想描寫那個「藍」與「黑」爭戰的時代，以「藍」象徵光明、自由、聖潔、誠實、向上、和平、愛……以「黑」象徵黑暗、奴役、罪惡、謊言、墮落、殺戮、恨……。張秀亞則分析說，這小說的核心在於剖析精神力量與物質力量的搏鬥，而作者所要吐露的信念是：精神最後必勝。

這或許就是那首風靡至今的電影主題曲〈藍與黑〉的歌詞中所說的：認清楚藍的珍貴，黑的，就會被粉碎！

如果簡單地將這兩種不同顏色（性格）落實到小說中的人物，則一般人會毫不考慮地判定：唐琪是藍的化身，因為她堅貞、專情、勇敢、獨力奮鬥、受辱不屈，始終與惡劣環境搏鬥；而鄭美莊則是黑的代表，因為她

嬌縱、任性、出身高貴卻不免墮落。一個信奉愛是奉獻，一個認定愛是占有；一個在男主角陷入危城時不顧生命救他出險，一個則在男主角鋸腿前夕離他而去。

似乎，唐琪與美莊，一藍一黑，成了光明與黑暗的鮮明對比。

這樣的看法，沒有錯，但也不完全對。

王藍補充說：「唐琪是人，也有人的弱點。美莊是人，也有人性善良的一面。」作家陸珍年早期也曾為文指出：「唐琪有她黑的一面，只是她能把它克服。美莊有她藍的一面，只是她不能留它長住。醒亞則時刻在藍與黑核心掙扎。」前輩作家阮毅成甚至自稱是擁鄭派的盟主，唐琪與鄭美莊，他反倒更喜歡鄭美莊。

藍與黑，許多年來，逐漸變成兩種不同性格的象徵，除了顏色，它在讀者的想像、理解中，增添了許多內涵，耐人尋味。

或許是書名好記，或許是小說暢銷，也或許是書名本身就給人豐富的聯想，許多商店竟以此為店名，以求招徠顧客。

香港九龍彌敦道有家服飾店，店名就叫「藍與黑」，臺北則有三家，一家是莊敬路的「藍與黑餐廳」，老闆是韓國華僑，中央軍校畢業，非常愛國，很喜歡這部小說。中華路有一家「藍與黑理髮館」，是純理髮。最近，在忠孝東路三段，則開了一家「藍與黑精品店」。

「不知道生意好不好？真想去看看。」王藍笑著說。

電影插曲〈痴痴的等〉成為大陸同胞期待「變天」的象徵

由於內容感人，對白上乘，加上強烈的戲劇張力，這部小說問世以來，一直不斷地被改編成舞臺劇、電視劇、電影，在世界各地上演著。以舞臺劇來說，至少有三種不同的劇本，分別是吳若、黃玉珊，以及孫維新與陳丕榮兩人共同改編的劇本，從未間斷地在臺灣、韓國、菲律賓、美國等地演出，高達一千多場次。

例如 1964 年在菲律賓公演，專程邀請臺灣名演員林茜西、林璣、高幸

枝等人赴菲配合演出，在菲華僑界轟動一時。1984 年在洛杉磯 UCLA 的
Royce Hall，1986 年在舊金山 The Palace of Art 的盛大演出，均獲致極大成
功。在洛杉磯的那次演出，是由南加州中國同學會「伶倫劇坊」策畫，曾
任臺視記者的陳藹玲當時在美念書，也上場扮演方大姊一角色。

　　由演員李玉琥組成的「中華漢聲劇團」，也曾公演此劇，前後由林在
培、李天柱飾演張醒亞、葉雯飾唐琪、鄭亞雲飾鄭美莊，引起熱烈的回
響。而本姓仇的一位女大學生，則是在淡江念書時，因演話劇的唐琪角色
太投入，遂將藝名改為唐琪，《藍與黑》的舞臺魅力由此可見一斑。

　　此外，《藍與黑》曾被香港邵氏公司拍成電影，由關山、林黛、丁紅等
著名演員演出。因為電影風行的關係，片中的一首插曲〈痴痴的等〉，在廣
東各地一度極為流行，王鼎鈞指出，那首歌頓時成為大陸同胞期待「變
天」的象徵。王藍也認為，那不是因為喜歡《藍與黑》的緣故，而是他們
內心有「等待天明」的希望，寄託在歌聲裡。

　　臺灣電視公司曾前後二次將此書拍製成電視連續劇，中國廣播公司則
由崔小萍、白茜如、徐謙演播，錄製成廣播劇。民國 74 年，臺灣中華電視
臺為慶祝抗戰勝利 40 周年，特別製播《藍與黑》連續劇，由歐陽龍、湯蘭
花、鄧瑋婷等人演出，在當時創下收視率顛峰。

　　透過各種視聽媒體的推波助瀾，《藍與黑》的「行情」一直居高不下，
自由世界各地的中國人，幾乎無不熟知這部小說的情節與人物。這不僅證
明了製作單位的嚴謹、演員成功的揣摩、編劇用心的設計，也同時說明
了，這部長篇小說的震撼人心，不論歲月如何沖洗，依然經得起考驗。

盜印猖獗，黃藍、王籃還有黑與藍

　　正因為這本書深受讀者喜愛、文壇重視，三十多年來，一直是書市的
長銷書，因此引起一些不肖的出版商盜印，張冠李戴，魚目混珠，欺騙了
大眾，也給王藍帶來許多不必要的困擾。

　　「對這一點，我一定要加以澄清，以免以訛傳訛。」王藍頗為激動地

說：「此書出版後，幸運地銷路很好，有幾家書店遂與我接觸，希望我寫續集，但我不同意，於是，有的書店就打消此意，但有的不肖書商（包括香港），大膽盜印，尤其以南部的書商為多。另有一家出版了《死手》、《情海恩仇》等小說，作者是王籃，因名字不同，無法告他，有讀者誤買，就寫信罵我『墮落』，竟寫這些色情、暴力的作品。」

此外，大陸上起碼有三種出版的作家史料書籍，均記載：王藍字果之，筆名黃藍。這是一種嚴重的錯誤，「黃藍」不是任何人的筆名，是盜印集團無中生有假造出來的一個人名。原來是臺南一李姓書商按照《藍與黑》完全相同的封面印書，卻把書名對調，變成「黑與藍」，封面上不印作者名，而只在書背脊上更易為黃藍。他氣憤地說，最讓人不能諒解的，乃其內文竟是香港名作家傑克的小說《珊瑚島之夢》，這對他與傑克二人都構成了傷害。另有高雄一書商竟把他盜印的《藍與黑》命他的弟弟假扮王藍在各縣市推銷。

王藍得知後，立即向警方報案，後來終於將此一「真假王藍」的奇案偵破。

目前王藍手中的盜印本有十幾種之多。前陣子，作家林海音的公子夏祖焯（小說家夏烈），在舊金山又買到一本以「文學出版社」名義發行的盜印本，眼見作家賣血被劫，著作權得不到保護，實在令人心痛不已，卻也徒呼奈何。

小學作文得丙，現在作品被翻譯成英、日、德、韓、法文

《藍與黑》的魅力，幾十年來，不僅征服了國內的讀者，隨著翻譯本的逐一完成，小說也風行海外，廣受讚譽，咸認為是描寫抗戰作品中不可忽視的重要作品。

英譯本是由美國旅華的學者施鐵民與其中國妻子共同耕耘好幾年，才完成這部四十萬言的巨著。其間的斟酌用心，王藍舉例說，光是第一句話「一個人，一生只戀愛一次，是幸福的。不幸，我剛剛比一次多了一

次。」就譯得滿頭大汗。尤其這「比一次多了一次」中文奇妙，英文就不易表達。此外，書中諸多平劇描寫，也是翻譯的一大挑戰。

韓文版是由漢城梨花大學教授李聖愛女士翻譯，三一閣出版社出版。另外有一韓國老作家權熙哲，也曾翻譯後在《韓國日報》上連載很久，但未出書。

目前正在進行的還有日文版，是由曾翻譯紀剛《滾滾遼河》的創價大學教授山口和子在翻譯；法文版也正在接觸；德國的 Mr. W. Bahnson，則主動向新聞局聲請獲得作者同意，著手翻譯中。對國外讀者而言，這些應是一項喜訊。

眼看著作品被翻譯成各種不同的文字，在國外流傳著，被閱讀、研究，幽默的王藍忍不住道出幼時的一件趣事，他說，小學時代，作文每次都得「丙」，他大姊王怡之當初見到他的作文簿就搖頭，直說：「小弟，看你前額寬大，應不是太笨之人，怎麼作文老是吃大餅（丙）？要知道人有七竅，作文也有七竅，你已不錯，七竅已通了六竅！」他聽了高興地向她道謝，一回頭才想到，原來是罵他一竅不通！

到現在為止，包括抗戰時在重慶出版的書，王藍總共出了 13 本書，他常說，許多他敬重的文壇好友，有的著作等身，有的著作齊腰，而他只是著作等腳而已。

三十年來，他寫得少，畫得多，在繪畫天地裡，揮灑出另一番璀璨的風景，卻也使得深愛他小說作品的讀者，望穿秋水，「痴痴的等」。

尼洛不去延安、季季愛上文學、曹健挨兩百多下耳光，全因《藍與黑》

畢竟，他的小說作品，尤其是《藍與黑》，曾經那麼強烈的感動著大眾的心。有人因這本書而廢寢忘食，激動落淚，有的甚至於因此改變志向，扭轉了一生的命運。在中國近代的小說作品中，像《藍與黑》這麼有影響力的恐怕不多。

　　作家尼洛（李明）在一篇文章中提到：「我在十四、五歲時，曾受到巴金與王藍的影響。巴金寫的《家》給我影響很深，使我產生『唯有革命才是現代人』的想法。而王藍當時亦曾寫了一本名為《相思債》的書，描寫北方淪陷區的青年心向國家、投奔南方的故事。顯然的，王藍的《相思債》力量大於巴金的《家》，所以我才會在臺灣，否則，我很可能去了延安，並死於文化大革命了。」

　　小說家季季也透露，當她初中一年級接觸《藍與黑》時，就與文學結下不解之緣。大學聯考的日期與救國團文藝寫作研究隊活動撞期，她毫不猶豫地選擇成為拒絕聯考的女子。

　　何以這部小說會對她造成這麼重大的影響呢？季季理性地分析說，民國 40 年代時，日據時代成名的省籍老作家，仍在努力學習國語，創作還在掙扎階段，而大陸來臺作家的作品，則相對顯得較為成熟，當時還在虎尾女中初中部就讀的季季很自然地就被深深吸引了。

　　至於年輕時喜演舞臺劇的曹健，則道出了《藍與黑》令他終生難忘的「後遺症」。他說，民國四十幾年演《藍與黑》時，有一場張醒亞挨唐琪嘴巴子的戲，和他演對手戲的女主角傅碧輝，硬是不懂得打人的技巧，習慣從底下往上打，不讓對方有個防備，而且全身力量都使在手臂上，打得他眼冒金星。

　　「當年我還年輕，不過三十來歲年紀，挨點打還受得了，可是那場《藍與黑》是全省環島、包括外島的勞軍演出，兩百多場演下來，頭一兩場下了戲女主角還會表示：『噯，打太重啦！』以後就習以為常。我呢，起初只覺得嗡嗡一陣，過後也沒事，可是慢慢就發覺右耳不太對勁了。」

　　此外，一些日常生活的小事故，也讓王藍領悟到忠實讀者的熱情，以及這部小說深廣的影響力。

　　有一次，他應邀到臺南成大演講，遺失了手提包，計程車司機連夜送到飯店還給他，拒收任何酬謝，只要王藍親筆簽名的小說作為紀念，原來他和太太都是王藍的忠實讀者。這件事揭諸報端後，一時傳為佳話。

　　更有趣的是，一個 18 歲的少女離家出走，迄兩個月下落不明，父母焦急萬分，四處尋找，她的九歲妹妹知道她喜歡王藍的小說，特去函王藍，要求他寫一篇小說勸姊姊回家。他深受感動，但認為小說發表會耽誤時間，所以最後代為向警方報案；新聞見報，那位少女終於返家。

　　而最讓王藍感觸良深的，是一位在夏威夷大學主修東亞文學的日本女留學生木村江里，她在讀了《藍與黑》後，專程到她的教授羅錦堂博士辦公室，向羅教授一再深深鞠躬說，以前她從不知道當年日本如何侵略中國。她連稱抱歉、難過、對不起……並對中國人為自由堅強抵抗及為中國作家寫出了如此感人、真實描繪那個時代的文學作品，表示最大的敬意。

　　羅教授則安慰她說，那是上一代日本軍閥與政客犯下的錯誤，不必難過。

　　也讓王藍感到欣慰的，是英譯本問世後，美國《前鋒論壇報》以整版評介，標題「讓西方人省思的一本中國小說」——迄今西方人並不太知道中國人為何、如何抗日抗共。此書令西方人認識中國歷史真相與中國人的苦難及奮鬥。

　　在美國紐約大學教德國文學課程的 Joseph P. Strelka 教授寫了兩萬字評論推崇《藍與黑》的文章，收入他撰寫的評論世界各國作家作品的一部專書中。

　　哥倫比亞大學則定於明年秋天，在該校舉行《藍與黑》研討會。

　　《藍與黑》的影響力，已無遠弗屆地深入到不同民族的心靈中。

《藍與黑》的續集每一位讀者都可以用行動來寫

　　這樣一部家喻戶曉、膾炙人口的文學名作，使王藍在文壇上奠定了地位，也在精神上獲得了無法衡量的豐收成果。當美國的文學名著《飄》出版續集之際，許多深愛《藍與黑》的讀者們，怕也不免要浪漫地憧憬：《藍與黑》有沒有續集呢？

　　這個問題，有不少讀者追問了他三十多年，而他一貫的回答也始終沒

變：「續集，我不寫。」

　　他懇切地強調，在《藍與黑》最後一章借表姊夫對醒亞說的話：「為了早日與唐琪重聚，你必須在這場爭自由反奴役的激戰中，貢獻你最大的力量。不但你要如此，我、慧亞、賀大哥、所有的朋友，凡是知道、同情、愛護你和唐琪的人，也都要如此。因為我們現在唯一能幫助你和唐琪團聚並永遠生活在一起的方法，也正是也只有，把我們所有的一切，奉獻給反共復國的戰鬥……」這段話已說得很明白，每一位讀者都可以，以他們的行動完成《藍與黑》中唐琪和張醒亞重聚的「續集」。

　　因此，多位女中同學來信要他把唐琪受辱改為「施暴未遂」，她們不忍心看到唐琪受辱如此之深；另有大學的同學來信說，應該讓唐琪跟醒亞未婚生子，有個孩子戲劇性更濃、震撼力更火……這些熱心的建議，王藍暫時仍不預備修改，但對這些讀者的關心，他則表示由衷的感激。

「藍」與「黑」的戰爭並未結束

　　沒有續集，並不代表結束。

　　抗戰時漫天的烽火已經湮滅，時代的悲劇也逐漸遠去，似乎，一切都在改變之中。

　　當年在縫紉機上寫作，現在已有專用的寫字檯；當年永和的的克難木屋拆掉了，現在住的是臺北市黃金地段的敦化南路電梯大廈；以前颱風來時，躲在小屋裡拿臉盆、桶罐接水，如今則可以在大樓內、舒適地看電視、喝咖啡；以前大熱天，穿著麵粉袋剪成的短褲，寫稿，汗流浹背，現在可以在冷氣房裡讀書、寫文章……。

　　民族的苦難，歷史的傷口，被歲月的手輕輕撫平，細細縫合。昔日顛沛流離之苦、家破人散之痛，靜靜地放在心靈不起眼的一角。可是，只要一個角落，它就一直都在，只要還在，就永遠不會忘記。

　　「藍」與「黑」的戰爭並未結束，正義與邪惡、光明與黑暗的拉鋸仍在持續，我們依然需要，在烽火中迎向藍天的勇氣，以及在黑裡常藍的信心。

記憶會褪色，但不會消失；歷史會走過，但一定留下痕跡。

《藍與黑》，就是歷史走過的痕跡，我們永不消失的記憶。

——選自《中央日報》，1991 年 12 月 30～31 日，16 版

迴旋曲
《藍與黑》的外在與內在世界

◎張秀亞[*]

春水紺碧

長空逾洗

澄明的藍色

象徵着

真理

聖潔

愛心

美麗

藍色的曉光銀箭

終會穿透了殘冷的

寒夜淒迷

使黑暗的陰影

遁逃無迹

為人間帶來了

春晨的勝利

願我們永遠生活在

蔚藍的天光裏。

[*]張秀亞（1919～2001），河北滄縣人。散文家、詩人、文學評論家、翻譯家。發表文章時為輔仁大學文學研究所教授。

……

　　前面是《藍與黑》這部小說最初呈現在臺視的螢光幕上時，我應王藍老弟之囑，寫的主題曲。

　　如今我仍時常憶起昔日在臺北吉林路輔大教授宿舍窗前，執筆寫此歌詞的情景，窗外的綠樹搖曳，伴著我搖筆吟哦，時光荏苒，已將近二十年了。

　　王藍老弟和弟妹涓秋，在為我補寄這歌詞來時，封套中還附來一張照片，正是抗戰時於重慶他們在我家拍的，望著屋後在山巔上推移的如縈白雲，我又想起多年前的舊事了。

　　那時我才走出校門，新婚未久，為山城的《益世報》編副刊，住在城中心夫子池（亦稱桂花街）報館宿舍的小樓裡。

　　抗戰時期，山城人多屋少，大家生活簡陋刻苦，那間小樓偪窄狹小，唯一的擺設是茶几上的一只盆景，僅有的家具是幾張藤椅，窗外時時飄來鄰居的炊煙，老舊的樓梯搖搖欲墜。但我們那間小屋，卻是充滿了溫暖與濃郁的文藝氣氛。每逢假日，常常是文友們談詩論文之所。

　　一個週末的下午，我們那搖搖的樓梯板，忽又響了起來，我們好高興：因為知道又有文友來訪了。

　　應著屋門的叩敲聲，我走到室外，門邊是兩個陌生的年輕朋友。那個滿面書卷氣的高瘦男孩，看來不到二十歲，他身邊那個長髮蓬鬆，有雙大眼睛的女孩，也只有十七、八歲的樣子。

　　男孩就是王藍，女孩就是他的未婚妻袁涓秋，他們的衣著並不講究，就是抗戰時期我們一些年輕人所穿的布裳便服，但他們的樣子，使我想起了一句話：「他們本身似乎具有點什麼特質，使人忽視了他們的衣著。」

　　這位中國北方企業鉅子王竹銘老伯的么兒，多年在家中堪稱是錦衣玉食，如今和他出身世家的未婚妻，為了尋求一個遠大的理想，在雨雪風霜、槍林彈雨中，掙扎奮鬥了長長一段日子，終於來到他們心靈中的聖地──抗戰的司令臺山城重慶了。──他們那時正在市郊一所學校執教，

同時更熱情的耕耘著他們愛國的理想，一見面，我同外子就覺得他倆是可愛的朋友。

進了屋子幾個人喝著清茶聊天，我才知道他的大姊（怡之）、二姊，和大嫂、二嫂都是我在天津讀中學時的前期同學，涓秋也曾考入同一女校，不過較晚數年而已，窗誼、友情已在我們中間織起了一隻密密的網。

他的二嫂當年在高中時以一首長詩〈蝴蝶夫人吟〉，曾使小小的我欽佩不已，他的大姊二姊也皆極富才情（來臺後曾在各大學執教），同時，我在中學時為報刊寫作時用的筆名是陳藍，他的名字是王藍，這「同名之雅」更增加了我對他們的親切之感。

閒聊中我們更談到，當我在古城讀大學時，那美好的城中風光，正在敵偽鐵蹄揚起的胡塵下失色，我那時曾在校中愛國師友的鼓勵下，參加了地下的愛國工作，當時即曾聽說：天津有一批愛國的中學生，曾以實際的愛國行動，表現出他們抗敵愛國的精神，他們的年齡也不過是十六、七歲……談來談去，我驚喜的發現：坐在我們面前的王藍就是那些可愛的勇敢的小弟弟們當中的一個。

（同時我更知道，為了他在天津參加愛國活動，曾害得他的尊人王老伯同王伯母擔了不少心事，過了多少個提心吊膽的日夜，但他們不但不阻撓他，反而從中幫助他們，這真是值得人欽敬的兩位長者。）

王藍不僅勇敢機智，並且頭角早露，小小年紀，他就揹著畫架，到處寫生，且曾為了娛親，「粉墨登場」，唱過平劇，不過少小時候，他很少舞文弄墨，寫作的才華潛而未顯，只是自幼即讀文藝作品，後來受了一股愛國熱力的驅使，他把畫筆戲裝都扔在一邊，由北方輾轉到了太行山上，參加了英勇的游擊隊，浴血裹創，和日軍作戰，後來在雲南昆明蹓了一個短時期，又來到山城。

說來真巧，我在古城讀輔大一年級的時候，在和同學們辦的校刊上，發表了一篇八千字的小說〈命運女神珂蘿佐（Clotho）〉，而當時在天津的王藍竟是我的「小讀者」，在他奔赴山城的途中，道經西安，在那時名作家

謝冰瑩女士主編的雜誌《黃河》上,他曾特別在文中推介,在那篇文章裡,他也曾提到另外一些北方的年輕作者,這篇評文,也許是他最初試寫的一篇吧,已寫得相當優美,且頗有見地,這本雜誌,我曾在一位文友處看到過,只是不知那評文的作者為誰,那天想不到這位作者竟攜了他年輕的未婚妻,來到我們的面前了,我的驚喜真可說是雙重的。

我們四個人的年紀相差不過三四歲,他同外子更都曾投筆從戎,分別在魯南、在太行山參加國軍的游擊隊與日軍作戰,又同樣的喜歡文藝,……而我又是王藍的姊、嫂的窗友,他們在天津那庭院深深的家我又去過……我們的話題太多了,自午後一直聊到日影偏西,出去在一家廣東館吃了我們自認為「豪華」的一餐後,幾個人在山城滿街的燈影下繞來繞去,談興仍濃,夜色漸深,他們坐木筏過江回學校已不可能,當晚涓秋就和我睡在我的小樓屋裡,王藍同外子在報館的樓下打地鋪,翌晨起來,同去過教堂,在一片淡金色的陽光裡,接著又談起來,談童年時北方的生活,談抗戰時那一階段可歌可泣的真實的故事,談閃爍在我們眼前的勝利遠景,幾個人踏著輕快響亮腳步,走過那激濺著山泉銀色水星的路旁巨岩,看著嵌在岩隙的小黃花,向我們微笑著眨眼,滿街是匆匆而過的行人——一些著了土產呢布衣服的青年們,個個精神飽滿,背脊挺得筆直,山城到處充滿了蓬勃的朝氣,自那爽朗的語聲,堅毅的步伐中,我們看到勝利的曙光在望了。

此後,每隔數週,這對可愛的朋友必是我們那小樓的座上客,他們一來,我同外子就推開了一切瑣務,和他們暢敘,有時,他們週六晚間不回學校,就住在距我們不遠的文化運動委員會內,也偶爾住在報館樓下,後來我們一些年輕的朋友當中,又加入了輔大的同學——當時已有文名的張煌和他那善寫報導文章的妻子璐琳。

在那段時光中,王藍似乎更為意興遄飛,山城的明麗陽光,使得他的精神熾熱,山城的微雨,溫潤了他創作的意念,在教書的餘暇,他完成了他的第一篇以抗戰為題材的小說〈一顆永恆的星〉,得到了張道藩先生主持

的文化運動委員會的小說首獎，〈一顆永恆的星〉在無數讀者的心中閃爍出光芒，而其年輕的作者，也如一顆亮亮星子，在文學的天空漸漸閃露……

接著，他又寫了小說〈美子的畫像〉、長詩〈聖女‧戰馬‧鎗〉……使陪都文藝界及無數的讀者為之矚目。張道藩先生，以及那在戰時領導文運的陳紀瀅、趙友培以及李辰冬、王平陵諸先生皆看出他的文才，而寄予極大的期望。

王藍的才能是多方面的，教書、寫作之外，他更獨力創辦了紅藍出版社，他計畫出版的文藝叢書中，也有我的一本，我因稿子的字數不夠，只有將那篇在輔大校刊發表過，而稿本不在手邊的八千字的小說〈命運女神珂蘿佐〉，憑著年輕記憶力強，硬是一字不漏的默寫了下來，向那出版社的「董事長」王藍、「總經理」袁涓秋交了卷──那時，他倆年齡的總和，也不過四十歲，而我也只有二十三、四歲，年輕人的故事，至今想起來，真覺蠻有趣味的。

戰時物資缺乏，紅藍出版社的書，也和許多出版品一樣，是以粗糙的土紙印刷的，晚上在豆油燈碗的微焰下閱讀，頗覺吃力，但這一套叢書，封面不俗，設計新穎，我那時還未看見過王藍的畫，卻發現了他的藝術方面的才能。

抗戰接近勝利時，他放棄了教書工作，過了一陣子記者生涯。勝利後我同外子先回到北方，後來他們也回來了。

一天在北平，我走過王府井大街重新設立的紅藍出版社，又再度和王藍、涓秋相遇，那時他手中所執的似乎仍只是寫作的一枝彩筆，他昔日的畫架，似依然塵封著呢。

民國 37 年，我帶了兩個幼孩渡海來臺，在金華街典了一座木屋，槿花為籬，在街門的木框上，依那時臺北舊習，掛了戶長的名牌。有一天我外出回來，那位寄住我家的師大講師田女士對我說：「有一位風度很好的白面書生，和他年輕可愛的太太來看你了。」我看了留在桌上的名片對她說，「是王藍啊，你不知道這位白面書生還在太行山上，和日本兵打過仗呢。」

　　過了些天，我去看望他們，那時王藍正供職於臺北的《掃蕩報》，一家人也就住在該報的宿舍裡，是一間低低的小屋，光線很暗，他的兩個小女孩，也不過兩三歲的光景，正光赤著小腳板，在木床上拍手為戲。那時臺灣才光復未久，大家的生活沒有現在這般富裕。王太太袁涓秋正在那裡忙裡忙外，為全家料理飲食，床頭好像擺了一架油漆剝落的老舊縫紉機——我再也沒想到，這在未來歲月中，光榮的擔當起「寫字檯」的重任的就是這架縫紉機，王藍埋首其上寫出了幾十萬字大作品《藍與黑》。

　　民國 43 年《藍與黑》開始在《中華婦女》月刊上連載，每期出版，讀者爭相閱讀，許多讀者跟著書中的主角一起笑，一起哭，聽說還有不少多情善感的女讀者，來信向王藍討索眼淚的債呢。

　　《藍與黑》是一本大部頭的著作，咸認為是部感人的描繪戰爭與愛情的小說，而我們覺得：表面上看來，這書寫的是醒亞與唐琪的愛情，同時，更寫出了抗戰時期、戡亂時期我與敵的艱苦、英勇的戰鬥，而倘使看得更深入一些，我們會發現：作者在篇頁上解釋的是生命的大問題。這小說的核心在於分析：精神力量如何與物質力量搏鬥，而曲終收撥，作者向我們說明了他的堅定信念：

　　在精神力量與物質力量的搏鬥中。

　　精神最後終於獲勝。

　　這是我們抗戰八年勝利的原因，也是戡亂必勝的保證，更是作者王藍對屬於性靈真愛價值的肯定。

　　王藍洋洋灑灑的寫了數十萬言，嘔心瀝血只是為了說明這一點。這是全部小說中心之所在，重心之所在。

　　我們更以為，這部小說，儘管迴盪著真摯的感情，在本質上是抒情的，而實際上，也是記錄此一大時代的作品。

　　王藍以一枝有力的妙筆，將抗戰與戡亂——中華兒女所從事的兩次艱苦戰鬥，技巧的如實的銜接起來，而更以藝術的手法，將重點與細節，適當的加以剪裁，反映出現實的因素——時與地。

　　當然，這部小說並非是紀錄片性質的報導，更具備著一種永恆的特質——表現出那努力向上掙扎，百折不撓的人類的意志。因而它能

鼓舞當代，

昭示來者。

　　我們抗戰勝利了，但歷盡艱辛擷取到的卻是一枚苦果，此一大事的前因後果，在《藍與黑》中有真實的記載，在此一作品的篇頁上，有正面的敘述，側面的描寫，更有自事件裡面的透視，使現代以及未來年代的讀者們，研究這動盪時代的血淚史，有清晰的脈絡可尋。

　　也許有人說，這小說中敘述現實中的事件，顯然是太多了一些，但我們也可以說，世界的文學名著《戰爭與和平》（*War and Peace*）中，多的是敘述現實事件的段落，但並未妨礙了全書的藝術性。

　　這一部感人的文學作品，感情的激流，流溢貫穿於每篇每頁。字裡行間，溶漾著大我的愛與小我的愛。我們看到的是主角醒亞、唐琪的愛的故事，但在不知不覺間，我們藉了作者一枝神奇的筆，通過了大我的感情範疇。

　　我們要以心靈來應合這部心靈交響曲的節奏，才能體會出這部悲壯而又幽麗的人間戲劇（——雖然，偶爾也微帶一絲絲喜感），我們在其中體味到的是國族的沉哀，是個人的痛苦，是一點希冀與期待火星的閃爍。是一種生命的悲酸之情，與一種蒼涼之感，在這悲愴與蒼涼之中，有其偉大、壯麗、激昂慷慨的意味，表現出人生的蕭穆與莊嚴，使我們的心靈受到撼動。

　　作為小說家的王藍，在這部小說的寫法上，我們看出他是兼用了兩種手法：

提要的，

分析的。

　　他選擇並記錄了我國歷史上一些大事，加以提綱挈領的敘述，在事實上的來龍去脈之外，他更以分析的手法，兼顧到心理上的繁複駁雜性，以

及事物的微妙關聯。

所以我們說，在王藍的筆下出現的，是兩個世界：

一個是真實的（real）世界──屬於現實的。

一個是非真實（unreal）的世界──屬於精神的，這是只有卓越的作家才可以進入的一個世界。

在描寫真實的世界時，作者是一個眾生相的觀察者，他觀察著人生舞臺上各種角色的面影，衣飾，動作，以及這舞臺面上布景中的一切。

而在圖繪非現實的精神世界時，作者不僅發揮他透視人物內心的妙能，同時，更諦聽到靈魂內室音樂的抑揚，以及或清晰或隱約的微語，然後，加以分析，遂使作品充滿了：

渺茫的暗示，

朦朧的意象，

這份渺茫與朦朧，有時如一陣微妙的琴音，撼動著我們靈魂的弦索，遂使平時茫然、漠然生活著的我們，突然感到生命潛力的擊盪，而有欲歌欲淚的感覺，我們從而體認出一股奔騰熾烈的情緒。

《藍與黑》中的人物，是相當眾多而複雜的，醒亞、唐琪、美莊、賀力，是主角及重要的配角，乃書中的關鍵人物，而其他的人物，也並非單純的只為了烘托與陪襯主要人物而存在，作者也分別賦予其特殊的性格，而成為一個典型。

作者描寫人物，並非以工筆細畫其眉眼，這是比較吃力且效果不彰的，作者在此書中，善於以生動的對話來表現人物的個性。

記得有一位西洋作家說過：

「注意到人物，動作與對話也就會注意到他們自己了。」（Take care of the characters, action and dialogue will take care of themselves.）。

王藍在此書的篇頁上，以動作為人物「繪影」，以對話為人物「繪聲」，他長於描寫動作，更極其善用對白。

名作家彭歌即曾在一篇評介中，提到過王藍在運用方言、口語於人物

的對白中，純熟而自然。同時，我們更發現他往往能以一句口頭語，為人物做了特殊的標記。說到利用對白以顯示人物的個性，在《紅樓夢》以及擷茵奧斯汀（Jane Austen）的《傲慢與偏見》（*Pride and Prejudice*）二大世界名著乃最好的例子。

王藍在此書中寫人物，更有一個特點，他對他筆下創造的人物，都充滿了溫情，而以自己溫熱的吹息，賦予他們生命，他寫出了人物的可愛處、可悲處、可笑之處以及可讚之處，在寫反面的人物時（如書中的高大爺），作者成功的寫出了這個小人物的嘴臉，寫出其愚昧，也見出其可憫，他的言行引人發噱，但讀者末了忍不住為他發出一聲深長的嘆息。他與書中正面的人物賀力，形成了鮮明的比照。如果說高大爺是世間隨波逐流、沒有靈魂的人物的代表，賀力則是正義與勇毅的象徵。在此，我拈出這個詞「象徵」，我覺得作者很善於以他筆下的人物作他心中一個概念的象徵。

書中的女主角唐琪，可以說是真情摯愛的象徵，她是個唯情主義的——對國族的愛情，對正義自由的愛情，對醒亞的愛情，儘管她一直是在她的愛者及外界的重重誤會下掙扎著，她對愛仍是永恆的執著，努力的追尋精神境界。

唐琪使我想到英國女作家瑪利韋伯（Mary Webb）筆下的人物——她的小說《謫仙記》（*Gone to Earth*）裡面的主角，那個小女孩海慈（Hazel），她純真、她熱情、她任性而倔強。她的理想是創造一個最完滿、最美好、最自由的生活，雖然她的目的並未完全達到，但她的創造精神，她的青春驕矜，她對美與愛的堅持，對邪惡的不妥協，已使她戰勝了毀滅。

唐琪把握住生命的最高原則——愛。

而這愛由王藍的《藍與黑》證實了。

書中的第二女主角是美莊，她愛醒亞，但她更愛物質世界中的新花樣，她自醒亞的身邊走開了，她也永遠離開了「愛」，她得到的將是空幻——可惜她未能預先知道。王藍顯然以她為物質欲望的象徵。

　　在《藍與黑》的主要人物中，我們最後談到的是書中男主角張醒亞。

　　有許多的臆測附會在這個人物上，有人說，他就是《藍與黑》的作者的影子，但我們只願意說：古今中外的許多小說中的主角，多多少少有著其作者的自畫像的意味，不過，其肖似的成分到底多少？這答案我們最好留給作者。

　　醒亞，這個在戰火的洗鍊中，在愛情的糾結中長大的男孩，是一個極端矛盾、內心充滿了衝突的人物。

　　說到矛盾，王藍很會利用它，他利用人物與環境、人物與人物之間的矛盾，形成了扞格，促進了故事的進行、情節的發展，更利用內心的矛盾，描畫出了活生生的人物醒亞。

　　如果說作者有一點將唐琪理想化了，她的美好的倩影，如一隻飛過橫塘的皎白雁鵝，她的展翅，她的低迴，引我們目往神凝……而張醒亞，卻是一個地地道道的人間孩童，他平凡、他真實，他就是我們平日生活中常常可以看到的大孩子，他是你我中間的一個。

　　曾聽過有人說：「張醒亞拿不起，而又放不下。」我想，說這話的人是由於只讀了這小說的字面，而未能深入的去觀覽這個人物內心的景色。

　　醒亞這個人物，他的心靈一直在愛憎悲喜之間輾轉往復，在大我的愛與小我的愛之間掙扎，他使我們感到親切，並獲得我們的同情，試問我們中間哪個人未曾經過和他一樣的心路歷程，未在愛憎悲喜之間輾轉往復過？

　　我們唐代的一位詩人曾有這樣引人深思的名句：

　　世界微塵裡，吾寧愛與憎。

　　這是極富於哲理的詩句，所表現的是一種極其超軼的境界，乃經過多少歲月心靈的艱苦攀登，才能到達的精神上的清峻遙峰，作者並未將醒亞寫成一個超人，所以我們覺得他很真切，他心中的矛盾形成他情緒上的起伏，也增加了他面影的鮮明度。

　　說到心理上的矛盾——多少傑出的作家，技巧的將之把握，而創造出有生命的人物。

"To be or not to be, that's the question"——這是緊扣著莎士比亞筆下不朽的人物哈姆雷特王子（Hamlet）的大問題，他躊躇不決，他傍徨猶豫，只是為了他內心矛盾苦悶……

而屠格涅夫（Turgenev）筆下的羅亭（Rodin）更是一個內心交織著矛盾、苦悶的典型。

《藍與黑》中的張醒亞，也是一個充滿了矛盾的人物，所以他才「拿不起，而又放不下」，世間能夠揮利劍而斬情絲的畢竟是太少了，我們倘攬鏡自照，又怎能「求全責備」？

這小說中的故事脈絡分明，而起伏轉折處，往往出乎讀者的意表，見出作者調度安排的匠心。

如唐琪不克與醒亞南下參加抗戰行列，原是由於書中那個關鍵人物賀力的阻攔（他唯恐有女人在旁，影響醒亞戰時的工作），而後來唐琪之下海伴舞且與敵偽周旋，乃是為了搭救愛國志士賀力，同時更為提前得機能與醒亞相會……但時間的潮汐終於沖去了一切，她和醒亞的舊夢已難重溫……這些詭奇的事件的變化，在故事的進行上，形成了波折線，跌宕的文筆，實有著魔杖的意味，在讀者的心理上，產生了石破天驚的效果，儘管時間的長流在醒亞的精神上造成了洄瀾，但已不能再為他及唐琪帶來昨天的玫瑰。世間儘多這樣的悲劇，人生到此，豈能僅以「奈何」二字來形容來嘆惋！

此書在描寫渲染上，值得我們注意的是：作者時時未忘在沉鬱的敘寫中，悲涼的意味裡，加上幽默的一筆。

書中姑媽季老太太，高大爺，高大奶奶的談話，往往極具笑劇的喜感，這種幽默的筆法，往往在一種黯淡的情景中，倏忽的現出一抹雨後的陽光，這是需要的，因為這可使過分沉鬱的片段給予讀者沉重的感受，稍獲舒解。狄更斯（Dickens）在他沉澱著悲慟的小說中，杜甫在他悲愴的詩句裡，慣用偶一出現的明快的句子，以幽默來調合感傷。（英國的名作家哈代 T. Hardy 和吉辛 G. Gissing 卻只因不擅此道，缺少幽默的筆觸，作品往往

使讀者不能一直讀下去，而掩卷徘徊，時讀時輟。）

這是一本小說，而我們在有時感到其中有詩。

一些動人的作品，無論在形式上是小說、戲劇或是散文，其中不可缺少的，也不能缺少的，厥為詩的成分。羅曼羅蘭（Romain Rolland）的《克利斯多夫》（Jean Christopher）這部小說巨著中有詩，且詩意甚濃，梭羅（Thoreau）的散文，往往為詩意浸透，拉辛（Racine）的戲劇中，也有詩的意味，中國的古典小說《聊齋誌異》及《紅樓夢》……更是詩意瀰漫了。

我在病後半年內，斷斷續續的寫這篇序文時，一邊重翻著案頭涓秋特為我拿來的新版（純文學版）的《藍與黑》，一邊我向身邊的孩子們說：「這作品的一些段落，確有著敘事兼抒情詩的意味。」一些富於詩的情致的文句，如一泓清泉，在讀者的心底、耳邊，發出富於音樂意味的汩汩清響。

讀者們在《藍與黑》裡，看到了不少有關戰爭史實的大事件，狂風巨浪般排山倒海而來，但隱約間，字裡行間，透發出杏花微雨般的詩意幽情，細緻綿密，彌覺感人。

如書中醒亞輕撫唐琪所贈的藍色圍巾的一段文字。

又如醒亞看到唐琪照片的那段：

> 在一陣的濕霧迷過了我的視線後，那張照片卻變得更為清晰，我看到她的頭髮微微拂動，我看到她的眼睛閃爍出熱情的光輝，我看到她的嘴角張開，似在低喚著我的名字……

書中像這樣的段落還很多，融合沖淡，天然入妙，這不是詩嗎？這樣的詩，使我們得到美感——一種月夜似的淒清與靜美，使我們更感到了靈魂美的顫慄，且激發了聯想，想像，使我們整個的自我受到它的陶鎔……

除了詩情之外，這部作品更充滿了畫意，這是無可置疑的，因為王藍本身就是一個畫家。

前面說過，王藍於太行山上打過游擊，下山之後，曾就讀昆明的雲南

大學，課餘之暇，研習了一陣繪畫，然後才到重慶，他自幼即習畫，早有根基，在寫完了《藍與黑》之後，他又悄悄的拿起了畫筆，更以色彩於紙上給了我們另一個繽紛的世界，他畫風景，畫平劇人物，以那麼幻麗的色彩，飄逸的形象，使觀者心神沉酣其中。

他的畫寫實而又寫意，紙上的線條似在奔騰，色彩像是飛動，表現出一種熾烈的生命感，他的用色技巧，使人想到法國的現代畫家盧奧（Rouault），色彩在畫面上像是有力量，有重量，更似在舞蹈著表演出人間的戲劇。不同的是盧奧的畫傾向粗獷，——人說他的畫筆如工匠的手中的圬鏝，而王藍的畫似一方面接受了我國文人畫的傳統，其中有著神韻與飄逸。

他的畫表現出來的，也正是他的小說的吸引力之所在；——不只是一些景物、人物的「恆」與「常」的姿態，而是以有限的線條、色彩，表現出大千世間無盡的形相。

由於他兼是畫家，他更有了一種方便——以善於捕捉形與色的內在的眼睛，來把握人間的形形色色，而給予他的思想與概念，一種感人的、神光離合、富於魅力的文字形式。——同樣的，他以寫作的原理入畫，這使得他的畫有了小說同寓言的內涵與意味，所以有的評者說：「他的畫會說話」，絕非虛語，他的海會嘯吟，畫的一塊塊的岩石，也似乎都帶著濃重的感情，所以幾年前在應他之囑，我為他寫的題畫詩中有句：

　　海濤喚醒了古舟子的渴望，
　　靈思已化作了鷗鳥翩翩。
　　一塊塊的海岩背後，
　　糾結著亙古以來海天間的鬱情。

他的畫正如他形容另一位年輕畫家作品所說的：畫面上迴旋著音樂的旋律。而這音樂的旋律，同樣也由作為畫家的王藍的一枝筆，移轉到小說裡，這律動的節奏，表達大時代的脈搏，中華兒女的脈搏，形成了一支迴

旋之曲，扣人心弦。

　　名學者蔣夢麟先生曾在他所撰的〈談中國新文藝運動〉一文中說：「近來所見文藝作品，大多數是從記憶方面來描述大陸的事情，這種作品寫得不少了，成績也很好。好多作品，確比大陸時進步很多。舉例而言，現在之《藍與黑》與民國 21 年之《子夜》相較，其行文之技巧，組織之周密，今勝昔多矣。」確是的論。

　　曾有人說過：

　　「做出值得寫的事，

　　寫出值得做的事。」

　　這幾句話也許可以借來送給王藍先生吧。當然，他在文、藝方面的成就，也得歸功於自十六、七歲即陪他流浪、冒險犯難的涓秋女士的鼓勵。

民國 74 年 10 月 14 日於臺北

附記：

一、這篇序文，一年多以前作者即曾囑我執筆，因我病了十個多月，直到
　　近五個月才斷斷續續寫成，彌覺歉然。為了彌補這份歉疚，所以下筆
　　仔細些，寫得過長了一點。

二、《藍與黑》的主角張醒亞，和我的本名只有一字之差，這真是一種有趣
　　的巧合，所以一些文友們詼諧的對我說，《藍與黑》這書中最重要的人
　　物，乃是張氏家族中的一員，所以我寫這篇文字，義不容辭。一笑。

——選自《中央日報》，1985 年 10 月 29～30 日，12 版

文學拓荒中里程碑

讀《藍與黑》的感受和心得

◎尼洛*

在抗日戰爭期間，王藍先生是我個人崇拜的偶像。

王藍先生以淪陷區青年對國家思念所寫成的《相思債》，以及對國家獻身所寫成的《聖女・戰馬・鎗》，都曾經使我讀得淚流滿面。王藍先生的作品，對我產生了兩個影響：一是提升了我對文學的興趣，一是教誨我敬愛國家。

王藍先生是臺灣文學拓荒者之一，他醉心於文學活動，是很令人感動的，同時在創作上也有著榜樣性的表現，《藍與黑》就是這一拓荒里程中十分重要的收穫。

王藍先生是一位很值得探究的人，一般人只理解他的藝術生命：文學、繪畫、以及對平劇的喜愛，比較少知道他是愛國愛得以生命相抵，一生不願意做官的人，這份情操，不是戰場上的戰士，廟堂中的問政者可以相比的。《藍與黑》也說明著他的這份情操。

《藍與黑》是以抗日戰爭作為背景，以愛情作為表現的小說。愛情受挫、受阻於戰爭，因此屬於戰爭的背景事物，就因而突出；戰爭迫使書中人對愛情的割捨，以及愛情轉化書中人對戰爭的認識與投入，形容了戰爭的目標、意義、與價值。

在愛情方面，《藍與黑》創造了三個人物：張醒亞、唐琪、鄭美莊。張

---

*尼洛（1926～1999），本名李明，江蘇東海人。小說家。曾任國防部播音總隊副總隊長、總政治部第二處副處長、中華電視公司節目部主任、《文藝月刊》發行人兼社長。

醒亞和唐琪之間，是「春蠶到死絲方盡」的那種：愛他（她）就為他
（她）奉獻，以詮釋愛就是生命的圓滿；愛他（她）就鼓勵他（她）奮
發，以詮釋愛是個生命高峰攀登的動力。而張醒亞和鄭美莊之間，只不過
是被命運捉弄中所發生的一段情誼罷了；在張醒亞這一邊，無法把感激、
虧欠累砌成愛，在鄭美莊那邊，即時而興的戀愛遊戲，也當然敵不過慘酷
的現實。——因此，作者肯定性的介說：前者為「藍」，後者為「黑」。

在戰爭方面，《藍與黑》只是把戰爭作為小說時空背景來處理的，但
是，作者卻有批判：

一、戰爭發生以前，國人竟愚昧到看不清敵人也看不清自己，又誤把
國際陰謀家操縱起來的狂熱情緒，當作可貴的民族感情。

二、戰爭發生以後，一連串的挫敗，澆滅了一些人的情緒，不僅有人
當了漢奸，也有了「前方吃緊，後方緊吃」的社會現象。

三、在戰爭當中，我們並沒有真的「兄弟鬩、外禦其侮」：鄭總司令的
權勢，「笑面外交」的陰謀，「八路軍」叛亂，是普遍性的和具有代表性的。

四、真正從事浴血作戰的人，只有賀力、賀蒙那樣的人，而戰爭也只
是這樣的人所打贏的。

作者創造了張醒亞，而張醒亞對戰爭來說，卻屬於是一種反諷。這一
位從淪陷區奔赴大後方的青年，在太行山對戰爭只是「淺嚐即止」，旋即到
沙坪壩成為一名流亡學生，讀書、戀愛，而戰爭卻不是屬於他的，他只是
戰爭的「包袱」。

——抗日戰爭，就如此艱困。

我們常相詰責：文藝界沒有就八年浴血戰爭寫出具有代表性的作品。
客觀探究，這當中可能有兩個主要的原因。第一個原因，是受到「左聯」
的影響。「左聯」在抗戰前夕雖然解散，但是，一群左傾的作家，卻仍以
「寫實主義文學」為掩護，以「無產階級革命文學」為實質，以中共「抗
日統一戰線」為同步，而貫穿了整個抗戰歷程，他們有意將民族情感扭曲
為「階級意識」，因而和這一場戰爭是無關的，如姚雪垠的〈差半車麥

稽〉、張天翼的〈華威先生〉、曹禺的《蛻變》、郭沫若的《孔雀膽》等，就是個非常明顯的例子。第二個原因，是受到當時民族情緒的影響，作者們有意的不去觸及戰爭時期陰暗的一面，例如高蘭的《高蘭朗誦詩》、陳銓的《野玫瑰》、王藍的《聖女・戰馬・鎗》，我們都讀不到抗戰期中某些真實的社會景況。而表現差的作品，就被議為「抗戰八股」了。

　　客觀析究：我們民族何以遭此巨劫大禍？當有其自侮之處。而我們又何以能在這場戰爭中贏得勝利？也當有其堅苦卓絕之處。我們該如何客觀的、誠懇的以文學表現它呢？《藍與黑》所寫的戰爭背景，無疑的給予我們以啟迪。這可能是作者經營這本作品的苦心，是非常值得我們去探討的地方。

　　展讀《藍與黑》，首先接觸到的，是作者在文字方面的表現。這要分兩方面來講，一方面是文字的本身，華麗、平滑、圓渾，像一幅抖開來的錦緞，在熠熠生光，使人禁不住的想去觸摸它。另一方面是從文字當中所散發出來的情思和善意，細緻而又婉約，更使人禁不住的因而想擁有書中人物：張醒亞、唐琪，與他們共同呼吸。也是由於文字的魅力，故事就自然形成，情節也自然展現。

　　其次接觸到的，是作者對人物的塑造。《藍與黑》的前半部偏重唐琪，後半部偏重鄭美莊，張醒亞生命中的這兩個女子，在書中從未謀面，而對比卻非常強烈：同是從軍閥家庭出身的，由於人生取向不同，而各有其「藍」型、和「黑」型，把愛詮釋得淋漓盡致。張醒亞對「藍」的愛令人同情，對「黑」的深陷使人排斥，是一個非常不好處理的人物，作者把張醒亞塑造成一個很寫意的好人，用張醒亞的善心把他的性格統一起來，是作者的功力和匠心。

　　再讀時，個人有意的把書中的故事、情節拆散開來，以研析作者的架構上的經營，發現了在某些時與空的轉換之際，作者有許多「旁鶩」：對戰爭的「旁鶩」，以及對社會現象的「旁鶩」，其中十分濃郁的透著作者自己的心情和意念、歡樂與感傷。這種「旁鶩」是對、是錯？不去說它，但

是，作者常將它剪接得恰到好處，是很令人欽佩的手法。

　　最後，再把書本合起來思考《藍與黑》的題意，有關作者對愛的詮釋，個人是完全贊同的，也就是因為如此，所以對寫在前面的幾句話：「一個人，一生只戀愛一次，是幸福的。不幸，我剛剛比一次多了一次。」有些不同的意見。因為：張醒亞的兩難，不是愛，而是他性格上的缺點；如果張醒亞的一生只愛一次，而愛的是鄭美莊，也可能不會「是幸福的」。不悉作者以為然否？

　　研讀《藍與黑》，幾十年前的往事，今天的現實，都十分迷惘的匯在心頭，越讀越苦。想不透的是：

　　——我們民族苦難仍在綿延著，它的根源究在哪裡？是民族的命運所致嗎？還是我們這一代人的愚昧、卑劣所造成的？我們的文學該把它當成一個大課題去探索它嗎？

　　——面對當前的文學呈現，使我們像是找不到它的出發處，也找不到它的終極處。它真的只是百藝當中的一藝嗎？如果文學僅屬「藝」事，在冷酷、嚴苛的評析、支解以後，它還能剩下些什麼？

　　——王藍先生把文學的筆放下了，另摸的是畫家的筆。在文學的領域中，他成就了「遺世而獨立」的形象，是不是前面的兩種情況，使他灑脫起來，對文學作「太上之忘情」呢？

　　個人想不透的地方，能有個答案嗎？

——選自《中華日報》，1988 年 3 月 14 日，17 版

三生石上坐三人

◎王鼎鈞*

一

《藍與黑》開卷第一句話是:

> 一個人,一生只戀愛一次,是幸福的。
> 不幸,我剛剛比一次多了一次。

在一部長篇小說裡寫主角的「一次」戀愛,都可以寫得很多,可是,同一本書、同一個角色,他的戀愛「比一次多了一次」,寫起來就難了。

戀愛是一種完全的燃燒,火過成灰,教他怎麼再燒第二次呢。書中人物在第一次戀愛時把性格、氣質、境界,作了完全的發揮,如何能再接再厲不衰不竭呢。

有些小說寫三角戀愛,三角戀愛只是「一次」戀愛。有些小說寫見異思遷、喜新厭舊,那「兩次」之中只有一次是真正戀愛。

最近想起小說描寫上的這個難題,因而重讀了《藍與黑》。在這部六百多頁的長篇小說裡,張醒亞有兩次戀愛,一次對唐琪,一次對鄭美莊。難題是怎樣解決的呢,說來很有啟發性,小說用第一人稱,藉醒亞之口敘述,形式上是張醒亞的「兩次」戀愛,實際上是唐琪的「一次」戀愛和鄭美莊的「一次」戀愛。

---

*資深作家。

　　唐琪和鄭美莊性格不同，生活環境不同，面對挑戰的反應不同，解決問題的手法不同，對愛情的「哲學」不同，於是，她倆的對手雖然是同一個「角兒」，演出的是不同的「戲」。自出機杼，各有新意。兩場戀愛都大開大合，轟轟烈烈。

　　「去愛一個人是痛苦的，被愛才是幸福的。」第一個說這句話的人是誰已無可考，第二個乃至無數個說這句話的人比比皆是。但是，《藍與黑》向這句名言挑戰，張醒亞被愛，他痛苦；唐琪痛苦，因為她愛人。

　　不僅如此，《藍與黑》也向自己提出來的愛情觀念增加複雜和無奈，人只戀愛一次也未必就幸福，至少，唐琪的今世折磨是因為她再沒有第二次愛情。

　　所以，《藍與黑》震盪心性而又頗耐咀嚼。

二

　　唐琪是一個什麼樣的人呢，把她的心思意念取捨行止予以概念化，她這個人「我中無我」。

　　鄭美莊又是一個什麼樣的人？同樣使用概念化的說法，她這個人「我中無人」。

　　鄭美莊事事以自我為中心，在眾多人物中形象最為鮮活。她說話使用「我」字的次數比唐琪多出五倍。當張醒亞被職業學生構陷、美莊設計昭雪，兩人歡喜擁抱的時候：

　　——美莊，你要我怎樣報答你？
　　——不要報答，要你愛，要你永遠像現在這麼愛！
　　——那麼，我們等一下走出這個房間也要抱在一起，走在大街上也要抱在一起，回到沙坪壩也要抱在一起，在學校上課也要抱在一起……
　　——對，在街上也要抱著，在學校裡也要抱著，警察和學校都不會干涉我們。你猜為什麼？

——為什麼？

——為了我們相愛，相愛的人有權力隨心所欲做什麼。

相愛的人有權力隨心所欲，這是美莊的想法。可是唐琪就不然了，為了愛，許多許多該做能做的事，她一一放棄不做。她說：「當妓女的茶花女、小鳳仙都知道為愛人的家庭、名譽、事業犧牲自己……」

由於無我，唐琪把危城撤退之夜的最後一張飛機票讓給了張醒亞，由於無我，唐琪甚至忍痛不趁著送票之便與醒亞見最後一面。

由於無我，她在抗戰時期的淪陷區和富商、漢奸、日本通譯、特務混在一起替國家蒐集情報，以犧牲肉體營救抗敵鋤奸的賀大哥。「不該做」的倒都做了。

最後，醒亞因飛機失事而鋸去一腿，「有我」的鄭美莊斷然捨他而去，而「無我」的唐琪竟也猶疑徬徨，終於還是獨自到瘴癘逐客之地作一名護士。

美莊走得有理，她必須從已成殘廢的張醒亞那裡取回「我」；唐琪不來也事有必至，她已沒有「我」可以交給醒亞。

我左思右想，就小說情節而論，這實在是最好的安排。因之，在這文學創作速朽的年代，這部小說至今看來仍是饒有新意。

三

唐琪和鄭美莊有一相近之處：兩人都頗為任性。

若干年來，在臺灣普受歡迎的作品，其中大都有個「任性女子」的形象，這些作品的名稱以及讀者為何向這一形象認同，留待專家去作文章吧，我只想說，《藍與黑》恰巧也是如此。

《藍與黑》是 1950 年代初期落筆的小說，我不認為它「預見」讀者趣味的形成，而且那時文學在臺灣尚未商品化，小說作者還不著意揣摩市場的需要。《藍與黑》先一步為任性的女孩子樹碑立傳，無巧不成。

鄭美莊幾乎處處任性，事事任性，對於她的任性，作者是抓緊了寫的，沒有閒筆，也幾乎沒有閒情，手法集中而作者的態度冷靜。她聽說張醒亞不交女朋友，偏要去愛醒亞；她反對醒亞復員還鄉，反對無效就不參加餞別的宴會也不到機場送行；她毅然由重慶飛天津住在未婚夫的姑媽家，又斷然絕裾而去，非接到十封道歉信不肯言歸於好。當她任性的到股票市場去冒險而醒亞曉以利害時，她的回答是：

「你害我，我害你，咱們就互相害，害，害吧！」

人物刻畫成功以後，作者以速寫的筆意強化了此一工程，那是在醒亞帶著美莊由重慶逃到成都的時候：

美莊吃了從未吃過的苦，發了從未發過的怒，也表現了從未表現過的愛。她時而破口大罵咒詛我要她跑到成都受這種死不了活不成的罪，又時而歉疚的請求我寬恕她的暴躁，後悔不該不早日由重慶隨我同去廣州轉往臺灣。她時而指責自己的父親投靠的不義，又時而抱怨自己離家的不智。她時而恨我入骨，又時而愛我如命。……

唐琪的行為裡也有很多很多「一意孤行」的成分，有時也「果斷」得可怕。她有她喜歡的服飾，不在乎親友的批評。她有她獨立生存的計畫，不在乎長輩的安排。你不讓她愛醒亞，她偏要愛醒亞；你不讓醒亞愛她，她就約醒亞私奔，醒亞不敢私奔，她就刷醒亞一個耳光。後來她中了奸計，失去貞操，為小報醜化，她就索性下海伴舞為生，親友勸她化個藝名，她也一口拒絕。

由失貞和下海是一個巨大的轉折，從此唐琪有唐琪的世界，和美莊的世界絕不疊合。從此，她的個性和愛情，表現在忍人之不能忍、為人之不敢為上。作者把唐琪放在被誤解的地位上，一次次的誤解，一次次真相大

白，猶如明鏡經過一次次擦拭。可是明鏡已破已缺，即使皎如日月，畢竟是不會重圓了。

作者寫美莊，態度是冷靜的；作者寫唐琪，心腸是熱烈的。同樣一波三折、千迴百轉，美莊醒亞之間有多處令人忍俊不禁，唐琪醒亞之間卻有多處使人熱淚洶湧。那文字風格上的異趣——一個是記述的，一個是抒情的；一個是客觀的，一個是主觀的；一個是批判的，一個是詠歎的，顯出作者對心中人物的軒輊，這和《紅樓夢》何其相似！有人認為這部小說頗受紅樓影響，大概是可能的。

善頌善禱的人常說福慧雙修。在現實生活中此事自古難全。大體而言，唐琪得一慧字，美莊得一福字。看唐琪使我想起「昨日入城市，歸來淚沾巾，遍身羅綺者，不是養蠶人！」看美莊使我想起「願為五陵輕薄兒，生當開元天寶時，鬥雞走狗過一生，天地興亡兩不知！」作者以現實下墜、精神上升處理唐琪，沒有把唐琪的部分寫成完美的童話；作者又以精神下墜、現實生活上升處理美莊，沒有把美莊部分寫成憤世嫉俗的反語。這一斟酌甚為高明。

四

若干年來，讀者觀眾似乎喜歡看往昔的「封建大家庭」，大家庭的格局，大家庭的秩序，大家庭的繁文縟節，都有迷人之處，甚至大家庭的「黑暗」，也能引起諒解和寬容。《藍與黑》恰恰寫了兩個世家巨室。

若干年來，讀者觀眾愛看祖國的大地山川城郭人家，連貧困簡陋愚昧的情況，也能引起如保赤子的惻然和欣然。《藍與黑》的場景遍及天津、北京、成都、重慶、廣州、上海、南京、瀋陽、臺北以及太行山區，故國神遊，自是一種滿足。

還有，當然就是大時代了。《藍與黑》的時代背景由抗戰將要發生到大陸業已撤守，歷經中國歷史上罕見的種種大事端大變故，它的描寫由巨室到軍營，由舞場到醫院，由大都會到山村，由斗室對泣到舉國若狂，由溫

情到殘殺，由熱血青年到漢奸，由亡國奴到勝利者，由黨國元老到引車賣漿者流。若干年來，這個「瞻之在前、忽焉在後」的大時代，也是有潛力有吸引力的題材。

《藍與黑》的銷路歷久不衰，其故安在？吸引讀者的是大家庭、大地、還是大時代？可以料想，這部小說的著作主旨在表現時代，表現作者對時代的觀察了解，在曲折隱微以及眾說紛紜之中提供證詞。那纏綿悱惻的山盟海誓只是一副骨架，用以建構作者心目中的社會史。有這種抱負的小說家固然不只一人，可是，肯把抗戰勝利後的利令智昏和大陸撤守前的人心渙散作一沉痛陳述的，我能夠隨手舉出來的例書，就是這一本。

這本書的瑕疵也在這裡，陳述雖然沉痛，畢竟失之概括。試想在那段時間中共是何等重要的角色，竟沒有一個代表人物。

作者對中共的批評誠然是嚴厲的。但他視野廣闊，另一方面他也實寫了張繼，虛寫了賀力。張繼這位黨國元老在天津銀行公會大樓裡對各界代表一「躬」九十度：

> 「是中央對不起人民！是政府對不起老百姓！我先在這兒替中央向人民賠罪！我先在這兒替政府向老百姓道歉！」

然後，作者虛寫一筆，寫那指揮唐琪冒險犯難的地下領袖賀大哥如此檢討：

> 「她答應的，她都做到了……我答應她的，什麼也沒有兌現！」

在這裡，賀力說話等於張繼說話，賀力面對唐琪正是張繼面對天津父老的縮影。

什麼也沒有兌現！奈何時不我予，局勢日非。唐琪還有滇緬邊區僥倖容身，五億同胞卻只有在爾後一波又一波政治運動中生死兩難。

　　《藍與黑》能寫到這個層次，作者也算是不負「天意君須會，人間要好詩」了。

五

　　最後一談醒亞。張醒亞是個費爭議的人物，他是孤臣孽子還是幸運兒？他是受益人還是受害人？他是一個榜樣還是鑑戒？

　　爭議來自他的中庸性格。他英俊、但是蘊藉，他善良、但是勇敢，他能包容、並把握原則。中庸，有時就是完美或近乎完美，居唐琪、鄭美莊之間，他才近乎福慧雙修。

　　這樣的人哪裡找？你自己是這樣的人嗎？不是。你的子女是嗎？不是。你的鄰居、你的朋友呢，也都不是。也許你走在馬路上可以偶然遇見類似的人，但是你最好別再細看。

　　有一個地方藏著這樣的人，那就是百年前的章回說部。這樣的人是男子的菁華，女子的偶像，後來多半中了狀元，把書中愛慕他的女孩子（可能是兩個，也可能是三個。）全都娶來為妻。

　　新文學中的寫實主義獨霸文壇的時候，這樣的人物被取銷了小說人物的資格。《藍與黑》給這樣的人物平反，給他穿上西裝，換了頭腦靈魂，給他取名醒亞。這該是向文學遺產中尋人物原型加以利用的一個佳例。

　　在厭看「濁世」之時，這樣佳公子使人耳目一新。我們不能擁有這樣一個人，只好擁有《藍與黑》這樣一本書。

　　這樣的人物是要遭天妒的，於是張醒亞福慧兩失，還摔斷一條腿，於是《藍與黑》脫出庸俗的格局，化為出蛹的蝴蝶。

　　這一摔的輕重是經過計算的。如果把醒亞摔成植物人，美莊不能走，唐琪必須來，情何以堪！如果醒亞走出醫院，健康逾恆，唐琪固然不必來，美莊卻也不肯走，情又何堪！

　　這恰如其分的一摔之後醒亞還可以照顧自己，而且還可以舉出獨腿的舞蹈明星和爬山專家以自勉，那麼美莊的「有我」和唐琪的「無我」都可

以心想事成，這個歷盡悲歡離合的故事也就可以「悠然」結束了。

　　《藍與黑》是結束了，「由絢爛歸於平淡」是生命共同的公式，經過這不輕不重的一捧之後，這一生雙旦謝幕退到幕後，舞臺上另是一番人生。

　　《藍與黑》的作者既然決定狠心一捧，我想他是不肯寫個續集的了。

——選自《中華日報》，1988 年 7 月 12 日，14 版

在臺外省人的流浪哀史
王藍《藍與黑》[1]

◎王育德[*]
◎賴青松譯[**]

張醒亞自幼父母雙亡，由天津的季姑丈（張父的姊夫）撫養長大，直至入學後方才知悉自己的身世，自此始終無法消除身為孤兒的寂寞。

醒亞 15 歲時，長他四歲的堂兄與高家的么女訂婚。高家是家世顯赫、舊思想根深蒂固的名門望族，醒亞很早即風聞高家有一個美麗時髦、較自己年長兩歲的女孩唐琪。當醒亞知道唐琪也是一個孤兒，由高家收養，始終被當成累贅一般看待之後，更在心底寄予由衷的同情。

兩年後，支那事變爆發，日軍迅雷不及掩耳地占領天津。同此時，英租界裡高家老夫人的五五壽誕照例盛大舉行，醒亞便是在這一日初遇唐琪。唐琪乘興唱了一段京戲，醒亞偶然受命為她伴奏，這件事很快拉近了他們之間的距離。

醒亞在北平求學的堂兄，時常往返天津與未婚妻相會，他常受託當他們的傳信人。不過醒亞自己倒是因為能藉此與唐琪見面，樂在其中。

一天晚上，唐琪避開高家嚴密的監視與醒亞幽會，卻在途中受到流氓糾纏。醒亞發揮騎士精神與對方狠狠打了一架，自己也受了傷。唐琪攙扶醒亞回季家，整夜看護醒亞，兩人也在這天夜裡第一次熱吻。然而，唐琪

[1]臺北：紅藍出版社，1958 年 2 月初版。
[*]王育德（1924～1985），臺南人。小說家、散文家、劇作家、文學評論家。發表文章時為東京《臺灣青年》發行人。
[**]發表文章時為日本岡山大學法學碩士，現為穀東俱樂部創辦人。

由於徹夜未歸，隔日便被高家禁足了。

　　唐琪決心離開高家，並憑著自己的學歷找到一份護士工作。她預支了三個月的薪資，租下一個房子，想說服醒亞和她同居。醒亞卻感到十分苦惱，因為在他的朋友們皆相繼南下參加抗日戰爭的緊張時局裡，男女的情愛令他徘徊。加上姑丈一家人的強烈反對，醒亞拒絕了唐琪。

　　伯父將傷心的醒亞送往北平的中學進修。醒亞的摯友賀蒙為了鼓舞醒亞，時常熱心地陪伴醒亞讀書與運動。而醒亞在北平的這段時期，唐琪卻迫於生活，跌入「墮落」的深淵。她勇敢地告發醫院院長以麻藥迷昏自己遂行強暴的事實，卻因為惡勢力橫阻而敗訴。輿論的攻訐阻斷了她重回護士崗位的一切機會，唐琪在無可奈何下，成為一位改良劇的演員，也曾經名噪一時。但隨著劇團被解散，唐琪又淪為一個舞女，然而因為桀傲不馴的個性，她難以適應這樣的工作，後來成為一名舞池酒吧的歌手，不知歷經幾番滄桑。

　　此時，醒亞已自中學畢業，也恰好得到一個逃離占領區、加入抗日軍隊的機會。那是賀蒙的哥哥、擔任國府情報員的賀大哥從大後方回到東北向他們告知的消息。醒亞原想按照從前的計畫，帶唐琪一起走，賀大哥卻因為路途危險強力反對。唐琪與醒亞相約同行，在出發時卻不見她的蹤影。醒亞因為唐琪的失約氣得發狂，咒罵唐琪背叛他的真心。唐琪的失約，事實上是賀大哥事先勸她，若真愛醒亞，千萬別赴約。

　　一行三人成功地穿越日軍的警戒線，跋涉過三不管地帶之後，投靠太行山裡的國民政府軍。醒亞成為一個抗日戰爭中奮勇殺敵的戰士，沒想到卻落在另一方敵人——共產黨軍隊的手中。在一次行軍中，他的部隊受到共軍襲擊而潰敗，醒亞也因此負傷，幸而是賀大哥冒險搭救，將醒亞安置在一處農家療傷。

　　年輕的醒亞和賀蒙仍想留在軍隊裡，然而賀大哥為做長遠打算，推薦醒亞到重慶就讀政治系，賀蒙進入砲兵學校。賀大哥自己則為了再受訓練，又一次潛入平津地區。

　　遠離悲慘的前線，重慶的大學生活頹廢而安逸。男學生們只知整日追求女學生，只有醒亞等少數學生在學業上孜孜矻矻，而在實彈射擊和田徑比賽中，醒亞亦表現了超群的成績，很快便成為女孩子們的話題。

　　女學生中有一位公主般的人物，那就是四川軍閥鄭中將的獨生女兒鄭美莊。醒亞三年級時，她才入學，不愛念書卻整天乘著最時髦的座車，穿著經由緬甸輸入的時裝，在校園裡晃蕩招搖。使盡千方百計要獲得她芳心的男學生不計其數，可是全碰了釘子，因為美莊很早便對從不將她放在眼裡的醒亞產生了好奇的喜愛。

　　占據醒亞全部心思的，只有留在天津的唐琪，除此之外，迫於經濟拮据，他每日的生活就在報社忙碌的工作裡度過。醒亞與美莊的關係，在美莊拜託他為報告捉刀之後有了急遽的進展。美莊在一流的餐廳招待醒亞，又帶他到自己豪華氣派的家裡，然而醒亞對美莊那個嗜鴉片如命的軍閥父親卻覺得反感。

　　此時，大學校園裡正有共黨分子籌畫罷課的陰謀。醒亞向學生們演說自己的親身經驗，粉碎了共產黨的詭計。顏面盡失的共黨分子於是偷竊宿舍學生的財物，將罪行惡意推諉給醒亞，氣憤難言的醒亞很快病倒了。而不時來到狹窄骯髒的病房探視，給予他安慰與鼓勵的，只有美莊。美莊更以機智，成功地洗刷了醒亞的罪名。

　　醒亞在臥病期間聽說賀大哥遭日軍逮捕，命在旦夕；以及唐琪投靠了一名日軍顯要等等的消息。在悲傷、憤怒、喪氣之餘，醒亞終於與美莊訂下婚約。

　　1945 年夏天，日軍已經全面投降。醒亞擔任平津地區的特派員，隻身飛往天津。醒亞受到季家溫暖的歡迎，卻不能像其他接收委員一樣歡欣鼓舞。他強壓下心頭的悲傷，埋首於新聞記者的工作。而後，當他得知賀大哥平安無事，而且賀大哥的性命還是唐琪以自己的身體換來的，他對唐琪的愛情遂比以往更加強烈了。

　　然而此時，美莊已經因為思念醒亞，也跟著來到了天津。在醒亞正為

報社成立分社四處奔走之際，美莊與高家的女孩們沉溺在麻將桌上，再加上玩股票，以致負債累累。兩人在生活態度和金錢問題上口角不斷，美莊知道了醒亞與唐琪的祕密後，憤而回到重慶。

此時，國軍與共產黨軍隊正在滿州作殊死戰，賀蒙戰亡。唐琪加入賀大哥的組織，開始從事地下工作。醒亞升任為報社天津分社的社長，更當選為市議會議員，以他的一筆之力對抗共產黨。然而，隨著國軍全面敗北，天津遂被共產黨軍隊包圍。

醒亞無視周圍的勸告，執意留在天津，最後除了飛機以外已經沒有退路，一張機票甚至已叫價十條黃金。這時，唐琪送來了一張機票。這張機票是她應允一個富人，到上海去作他細姨才得來的。

醒亞帶著哀傷，告別了親友，飛往上海。當他抵達南京的總社時，又聽說上海的情勢危急，必需經由廣東轉往臺灣。醒亞因為得知美莊的父親鄭中將在暗地裡與共軍有來往，愈發擔憂留在重慶的美莊，因此鼓起勇氣飛到重慶，不管美莊如何不情願，強行將她帶到了成都。在成都，醒亞讓美莊先登上飛機，自己則歷盡波折才搭上最後一班飛機，卻因為事故在海南島墜落，他折斷了一條腿。

醒亞抵達臺灣時，驚訝地發現除了美莊之外，賀大哥和堂兄夫婦也來了。醒亞自抵臺後便不得不住院治療，美莊卻無法忍受這種平凡樸素的生活。她將帶來的 20 條金塊當作資本，投資買賣，然而在很短的時間內便蝕盡了。美莊對失去一條腿的醒亞已然斷念，於是和原來在父親身邊的副官、現在已經是臺灣一家貿易公司老闆的曹某結婚，搬到香港去定居了。

美莊離去後，便傳來了關於唐琪的好消息。據說唐琪經過長久的流浪之後，得到一位德國舊識的相助，到了香港，但在情理上必需為那位德國人正在籌組的反共游擊隊救護站盡一份心力。唐琪承諾在工作完成之後，一定盡快飛到醒亞的身邊。若是如此，醒亞和唐琪永結連理的日子應該不遠了！

這便是近來在臺灣大受歡迎的小說《藍與黑》的內容梗概。從書後的

版權頁看來，此書於民國 47 年 2 月出版以來，至民國 48 年 6 月為止，僅僅一年又四個月的時間，業已再刷十次，合計售出三萬冊。定價新臺幣 30 元，折合日圓約僅 240 日圓，但對每月平均收入只有 500 元的臺灣人而言，已經不算便宜，它卻能夠創下銷售三萬冊的佳績，確實令人驚訝。三萬冊的銷售額在日本或許不算什麼，但試想臺灣的文化水準與日本有一段差距，加上能閱讀北京話小說的人口有限（具體而言，大約是兩百萬的外省人與一小部分臺灣人）等等因素，便可以知道這部小說受歡迎的程度遙遙領先在日本賣了三十萬冊的《挽歌》。

　　據聞作者王藍只四十歲出頭，卻已是《文壇》的社長、中國文藝協會常務理事，在外省人於臺灣形成的文壇裡扮演著重要的角色。由內頁的廣告裡得知，紅藍出版社在重慶時期即已存在，這位作者的其他著作尚有《美子的畫像》、《鬼城記》（短篇小說集），《聖女・戰馬・鎗》（長詩），《銀町》、《太行山上》（中篇小說）已刊行。遷臺之後，雖有《師生之間》、《女友夏蓓》、《咬緊牙根的人》、《寫甚麼？怎麼寫？》等多篇作品發表，本書乃是其中最炙手可熱的一部。

　　是什麼使得這部小說炙手可熱呢？

　　作者於〈後記〉裡陳述了寫作這部小說的動機──「一個在墮落的境地裡卻依然竭力上進的女性，與一個生於優渥之家卻自甘墮落的女性。『藍』代表的是光明、自由、良善；『黑』代表墮落、沉淪、罪惡。……這個社會、這個時代裡，愛與黑暗也正在激烈地角力。一方是光明、自由、和平、向上、熱誠、希望、真、善、美、愛；另一邊是黑暗、奴役、暴力、墮落、冷酷、破壞、偽、惡、醜、恨。我們若是期望愛能戰勝黑暗，必需奉獻出無數的心血與智慧、努力與犧牲。」

　　我猜想，作者或許唯恐《藍與黑》被人拿來與司湯達爾的《紅與黑》一同議論，才費力作了這些解釋；然而事實上根本沒有辯解或解釋這些「思想」的必要。筆者看了〈後記〉之後，閱讀小說的興趣大減，幸而小說本身比預期來得有趣，才鬆了一口氣。

　　這個社會、這個時代，不能如同小說那般被簡單地分割。一方善良、另一方邪惡，任誰都希望善良一定戰勝邪惡。但在現實世界裡，被當作是邪惡那一方的中共、美莊或牆頭草主義的高大爺等等反而是勝利者，而國府、主人翁張醒亞、唐琪、賀大哥等等善良的象徵，卻被逼退到臺島、緬甸內地。不管作者在腦海裡如何使力，寫出來的東西卻不能罔顧現實。不容粉飾的現實方才是小說的生命力所在——作者是否了解這一層道理？

　　依筆者所見，主人翁張醒亞嘗盡的各種辛酸，是在臺兩百萬外省人或多或少體驗過的，因此他們會對這部小說強烈地感同身受。至於臺灣人這一方，或許臺灣人對外省人的過去都有著強烈的好奇，因此將這本書當作一個樣版，想拿來看一看吧。

　　另外，在這部小說裡，除了張醒亞、賀大哥及唐琪以外，即便連美莊也都是相當令人同情的人物。且不論思想是左傾右傾，也別管過去如何，臺灣人在人道上都應該溫暖地迎接他們，安撫他們內心的創傷。

　　但是，若他們拿國民政府作後盾，在臺灣與臺灣人作生存競爭，又以統治階級胡作非為的話，那又是另一回事了。他們的眼睛時常凝睇大陸，像戀慕愛人一樣地懷念失據的山河、失去的青春，臺灣或者臺灣人可能根本不在他們的眼裡。他們心裡想的，只有如何早日回到大陸，以及在這之前如何應付臺灣人而已，這部小說正是如此的典型。故事的舞臺轉移到臺灣之後，在短短 50 頁的描寫裡，一句話也沒提到臺灣人。在臺灣的外省作家群中，還沒有一部作品是以臺灣或臺灣人為主題的，都是自家人的獨角戲而已。學術界對臺灣也缺乏興趣，政治上則更不必提了。

　　這麼看來，臺灣歷史或臺灣人自身的文學，畢竟還是只能由臺灣人自己來寫。為此，大家都必須好好加把勁才行。

（刊於《臺灣青年》第 3 期，1960 年 8 月）

——選自王育德《王育德全集・創作、評論集》
臺北：前衛出版社，2002 年 7 月

難忘的歲月
讀《長夜》有感

　　讀完王藍的《長夜》，心潮起伏，不能自已。想來像我這樣年齡的人，都是經過八年抗戰與河山變色的漫漫長夜的。各人際遇儘管不同，但那種同仇敵愾的心境，和刻骨銘心的記憶，應該是和作者相似的。此所以《長夜》中所描述的難忘的歲月，與難忘的人，是如此的令人往復低迴。

　　王藍另一部膾炙人口的長篇《藍與黑》，我是很早以前看的。對該書的印象是氣魄相當壯闊，情節細緻，人物性格突出。確實是作者運用了十分嚴謹的技巧完成的力作。而《長夜》則有如夾泥沙而俱下的長河，筆調於稍帶稚嫩中見自然，也於自然中見真情。對主角康懇與畢氏姊妹的描繪，著墨都只在語言動作上。卻令人有一份親切感。比如妹妹乃馥，由稚齡的天真頑皮，歷練成一個機智勇敢的抗暴鬥士，寫來非常合理生動。

　　情節方面，康懇與姊姊乃馨的純潔戀情，是貫穿全書的主線。他們在抗日戰爭與中共陰謀叛亂中，各自投身愛國工作。中間波濤起伏，驚險萬狀。他們的冒險犯難，他們內心的交戰矛盾，他們堅貞不拔的愛情，與最後催人熱淚的結局，是作者苦心經營之筆。尤其是乃馨慘死以後，故事並不即到尾聲，而是讓康懇到了大後方昆明，重見柳暗花明新氣象，特別是巧遇乃馨之父，波瀾再起。吸引讀者再迫切地看下去。情節的穿插固然為了烘托反共主題，但也頗見匠心。歷劫後，康懇與乃馥重逢，戀人之愛，手足之情，迷茫不可分。但他為了已以身許國，寧可將第二次的戀情永埋

*琦君（1917～2006），本名潘希珍，浙江永嘉人。散文家、小說家。發表文章時旅居美國。

心底，與乃馥黯然而別。讀來令人酸鼻。

　　讀過《長夜》與《藍與黑》的，嘗問王藍，他是書中的哪一個男主角的化身，王藍總是笑而不答。我讀《長夜》覺得書中兩個「我」，都有王藍的影子，當然不必追究畢氏姊妹是誰了。一個作家，如不將全心魂投入，化為書中每一個人，如何能寫出感人的作品來呢？王藍對訪問他的朋友說：「《藍與黑》是我最重要的作品，《長夜》是我最喜愛的作品。」這話說得最好！

　　《長夜》是一部愛情小說，也是一部包含嚴肅主題的抗戰史實小說。凡是主題嚴肅的，往往易流於「義正辭嚴」的枯燥八股。《長夜》能免於此者，是由於男女主角由兩小無猜至海枯石爛的愛情，在篇章間處處散發出浪漫氣息。而這一份純潔的愛情，與他們對國家民族之愛的交織，使本書呈現了剛柔互見之美。

　　高潮迭起，懸疑時見，也增加了《長夜》的可讀性。小說終究是要先吸引人看得下去，才能期望產生理念效果的。作者採取兩個「我」的對話方式，由第一人稱時空錯綜地追述往事。驚險處更令人屏息，忠勇處令人驚嘆。敵人的殘暴處令人切齒，中共的奸詐處令人髮指。若非作者以豐富的親身經歷，與寶貴的真實史料，灌注全書以更多的血肉，是無法使一部小說產生說服力的。

　　王鼎鈞先生在〈重看《藍與黑》〉一文中說：「文學，尤其是小說，是把民族的經驗，藉著一兩個人的名義，傳布給全人類。」以此言移來評讚《長夜》正復恰當。這也是此二書在情操上，能傳遞讀者以同樣感受之故吧。

　　瑕瑜互見的是，在有些敘述或對話中，仍不免於生硬教條之句。這也許是作者滿懷「不能已於言」的熱忱，不由得托書中「代言人」，「語重心長」地訓起話來。於此可見，文學作品中，「隱藏主題」的藝術之運用，是多麼不容易？

　　值得讚佩的是，作者藉了「我」的追敘，坦直地指陳了當年我們政府的種種缺失。例如對中共的錯誤估計與過分寬容，使其勢力坐大。對他們

利用文藝煽惑青年的政策之忽視，以及部分官員的顢頇敷衍，大後方少數人士生活之奢靡，造成大陸淪亡的悲慘。這些沉痛的缺失，直至今日，仍當深深引以為誡。前事不忘，後事之師。我們於讀《長夜》掩卷之餘，當能深體作者的一番用心吧！

　　在《藍與黑》由純文學出版社重排出版之前，大家幾乎忘了王藍曾寫過多部長篇小說。這是由於他才氣橫溢，揮灑自如的平劇人物水彩畫的突出成就。直到《藍與黑》以新面貌再度問世，舞臺劇在世界各地盛大演出，這位小說家的聲譽重又鵲起。繼之，《長夜》又以新版暢銷。我為王藍在文學與藝術上的非凡成就喝采。同時也十分欽佩一位有原則有識見的出版家，於此時此地，一口氣出版了多種以抗戰為背景的長篇小說。使老一輩的讀者們，能重溫沉痛舊事，而有以警惕。也使成長於安樂中的年輕一代，了解我中華民族所經受的重重苦難，與國家在今日艱難的處境，而深深知所砥礪。

　　這也說明了：小說的功能，不只是為了娛樂讀者。寫作的目的，不是為了譁眾取寵。一個從事文學創作的人，自當尺度在心。默默中，他是有著一份沉重的使命感的。

　　　　　　　　　　　　——選自《中央日報》，1986 年 4 月 18 日，12 版

王藍的抗戰小說

《藍與黑》與《長夜》

◎張素貞*

　　《藍與黑》是暢銷的抗戰小說之一，無疑是王藍的一部重要著作；《長夜》卻是王藍最喜歡的小說。四十二萬字的《藍與黑》於民國 43 年秋脫稿，近十五萬字的《長夜》動筆在前，完成卻在《藍與黑》之後，44 年初稿，48 年修訂。[1]兩篇時地背景相同，選材與技巧也有近似而又殊異之處，從它們的比較可以略見王藍作品的風格及 1950 年代一般小說創作的特色。

一、兩女一男的戀愛故事

　　兩部都是愛情小說，而且都是兩女一男的關係。《藍與黑》第一章便是這麼兩行：

　　　一個人，一生只戀愛一次，是幸福的。

　　　不幸，我剛剛比一次多了一次。

　　以俏皮的筆調起始，應該是以愛情為主題的小說。作者雖不曾明言，大抵唐琪與鄭美莊各代表藍與黑。唐琪特愛藍色，認為：「藍色最能代表自由、光明、坦白、誠實，也最能代表愛情。」（頁 78，純文學版，下同）作者也意圖以這些「德操」來涵括唐琪的為人行事及對醒亞真摯熱烈的深

*發表文章時為臺灣師範大學國文學系副教授，現已退休。

[1]《藍與黑》，1958 年 2 月紅藍出版社初版，39 版以後，於 1977 年 8 月交純文學出版社印行。《長夜》，1960 年出版，於 1984 年交純文學出版社印行。

愛。她不假虛矯，不顧物議，擇善固執，為愛而奮鬥掙扎，出汙泥而不染，犧牲自己，成全別人，最後深入滇西做醫護工作，無一不在「藍」的光彩之內。作者把唐琪安排在教會學校學護理，賦予她絕美的姿容，加上一些大膽的，教會學校慣見而在當時保守社會未能認可的行為：如穿著時髦的短旗袍、高跟鞋，熱情摟抱，率性哭笑等。她為愛而求職被玷汙，不惜拋頭露面，上法院控訴，得罪龐大私人財團，被逼得走投無路，只有憑著才貌做舞女，當戲子（演員），她被人唾棄，但活得光明高貴。愛撐持著她，承受醒亞的誤解與怨恨；她用盡心力，援救抗日英雄賀力，一則為國家，一則為了醒亞。王藍的筆下，唐琪是歷盡滄桑的美人，能涵容「黑」，化「黑」為「藍」的天使。相對的，鄭美莊嬌貴恣縱，奢靡成性，最後屈從物慾，背離愛情，違棄醒亞，以她象徵「黑」，因她棄明投暗。事實上作者也並不曾把鄭美莊完全定位在「黑」。她對醒亞的愛曾經相當真切，一個人受幼小環境熏染，很難苛求一下子完全更改陋習，鄭美莊再三承認自己的缺點，足見本性不壞；她待朋友慷慨，也足證好義，作者對人性的關照頗廣，沒有把人性類型化是對的，但題目卻有類型化的傾向，必須能辨析此中繁複的意義才好。

　　唐與鄭對待張醒亞的愛，比較說來，唐真愛醒亞，為他不顧一切犧牲，為求去重慶見他，她攢錢，當舞女，做演員都是為這目的，醒亞敬愛賀力，她便要設法救賀力，醒亞訂婚，她便忍痛「退出」。比起唐琪無條件的付出，鄭美莊起始便自私自大，她攫取醒亞，帶有征服的滿足感。她不懂得尊重醒亞的意願，憑個人的價值觀，小看他的記者工作，勝利後到天津，不願受「姑婆」的約束，最後在四川，仍期望他留下；到臺灣之後，承受不了逆境，因而琵琶別抱。在人物刻畫上，唐琪是相當深刻動人的，鄭的角色略遜一籌。張醒亞被她「俘虜」，固然對唐琪當了舞國皇后的誤解是個刺激，他之同意訂婚，以及一再自許能與鄭美莊「相愛」，情節的鋪展仍欠自然。畢竟兩人個性相差太多，內心的衝突應該可以細加著力的，而愛鄭與愛唐的內心交戰，革命烈士後人與軍閥闊小姐交往的基本對立心

態，都可以再深入描摹。

二、一對姊妹的反共接力

　　在《長夜》裡，作者安排一對姊妹做小說的女角，她們是一種延續傳承的關係，而不是並立敵對的關係。妹妹畢乃馥在姊姊乃馨死後六年，才填補了康懇心中情愛的地位。乃馨以往對共產黨的誤認，在臨死之前業已覺醒，乃馥不但繼承姊姊反共的志願，而且對時局邅變與共產黨欺詐伎倆，能冷靜客觀的思辨，有超乎年齡的沉穩，甚至令人覺得誇飾地具有先見之明。《長夜》描寫的男女情愛，是以國家之愛做前提的少男少女之純情。小說像大多數 1950 年代的作品，不可避免地著重事實的敘述，少做人物的刻畫[2]，以致讀者雖然受劇情吸引，畢家姊妹的個性殊異仍不很明顯。依筆者愚見，兩姊妹個性還可以再略作區分，形貌也不一定要完全相仿。乃馨受共產黨宣傳的蠱惑，作者處理得疏淡有致，卻令人不寒而慄，彭愛蓮的遺書喚醒了她的迷夢，她逃過趙崇東的婚禮，卻在與康懇即將南下的前兩天被槍殺。康懇由大後方回來之後，與乃馥情感逐漸轉移深化，倒也寫來自然；乃馥起始待康懇即無微不至，由敬而愛，是意料中事。難得的是她還是諍友，她勸康懇少做無謂的應酬。而她的睿智，諸如懷疑沈崇事件是共產黨幕後導演的戲，不僅超越她的年齡，也超越了康懇，固然姊姊的悲劇是個警鐘，小說裡卻不曾特加強調。試想其父畢教授是留英學者，尚且天真地受共產黨擺布，相形之下，乃馥以一個大學女生要跳出共產黨統戰的煙幕，其理由脈絡，真該細加安排布置，才能深刻綿密動人。

　　大陸淪陷後，乃馥獻身教會，傳播福音，做間接反共的工作，她追隨美籍牧師到廣州，終於以間諜罪被捕。這些情節，礙於第一人稱觀點，是

---

[2] 司徒衛，《五十年代小說論評》（臺北：成文出版社，1979 年 7 月），頁 105：「適當的必須的風景及人物心理描寫的欠缺，減損了她作品藝術性的完美。」（謝冰瑩的〈聖潔的靈魂〉）頁 160：「既看不清他（主角蕭子陽）的心理活動，也認不出時代如何影響他的情與智。」（南宮博的〈江南的憂鬱〉）又頁 171：「作者過於重視事實……作者對人物心理描寫的相當忽略……」（郭衣洞的〈辨證的天花〉）

透過鄉親口述及香港報紙，由康懇告訴「我」（敘述者）。經過漫長的折磨與等待，乃馥被捕的噩耗，幾乎使得康懇一病不起。不同於《藍與黑》的希望綿渺，作者安排了奇蹟，一個月後，在朋友家的「家庭禮拜」，康懇聽到了福音：美籍牧師被驅逐出境，由香港來臺，他轉述乃馥已被教友救出，正在香港，兩人的「長夜」已過……。

三、愛國意識的充分表露

　　《藍與黑》和《長夜》雖以愛情故事為主題，同樣都寫抗戰前後，男主角都住在天津英租界，那是作者熟悉的時地背景。《藍與黑》以前往大後方念書劃界，讓前後兩個女角登場；也鋪寫賀力的地下工作，醒亞和賀蒙隨他去太行山打游擊，被八路突襲中了流彈，因而認清共產黨的包藏禍心，在重慶大學裡，他現身說法，當眾揭破共產黨職業學生的詭計。賀蒙後來參加印緬作戰，勝利後並轉戰東北，在瀋陽保衛戰中陣亡。《長夜》中的康懇，兼有《藍與黑》中賀力、賀蒙、醒亞三人愛國的資歷——抗日地下工作，從軍，在西南聯大與共產黨及其同路人周旋，駐留東北。他與乃馨的愛情開始於「九一八」事變後的愛國運動，愛情衝突則在於各為其黨的「抗日」戰績爭執上，這種混合民族大愛與兒女私情的戀愛故事，是《長夜》的特色之一。

　　作者關懷時局的憂患意識，在兩篇小說裡也表現得很明顯。共產黨的文藝攻勢，在當年是政府與民間所忽視的。《藍與黑》裡說：「學校當局……從未干涉過同學閱讀共產黨的書刊報章，而那些書報上的歪曲宣傳，著實在無形中把不少純潔青年的思想，帶到歧途上去。」（頁 312）《長夜》裡說：「共產黨吸引年青人，確有它的一套特殊本領。」（頁 144，純文學版，下同）又說：「共產黨卻悶聲不響地忙著辦書店，辦出版社，藉文藝作媒介在各個大中學校裡播種扎根。」（頁 275）就藝術技巧上說，這些表達略嫌直率刻板，但作者的苦心卻是可以領會得到的。

　　為了加強時代真實感，作者還運用史實作點線來貫串情節，《長夜》提

及的抗日鋤奸團事跡，××電影院爆炸案、××漢奸被刺案，都是實有可指之事。都在文末附註說明。

　　兩篇小說的男主角都隨同政府東渡，《藍與黑》的女主角唐琪既搭救賀力在先，最後轉往滇緬積極參與反共抗暴的醫療工作。《長夜》裡的畢乃馥則虔誠奉獻，為天主布道，她相信：「傳揚福音，就是傳播反共思想。」（頁 288）她因此被捕，也因此被救，得以逃亡至香港。基本上，作者安排這些大時代兒女的行徑，仍不脫 1950 年代文藝主要思潮──反共抗暴的影響。

四、延宕與懸疑的技巧

　　《藍與黑》與《長夜》同樣採取第一人稱敘述觀點，《藍與黑》始終是男主角自知觀點，而《長夜》則是兩個人交互採行雙線疏密互補的筆法，一是主角康懇的自知觀點，一是作家「我」的旁知觀點。《長夜》運用這種活潑手法給予作者更多的方便，因為「我」的觀察，主角康懇的外在形貌可以傳達給讀者，像起首的描摹，以及回憶中初見康懇的印象，都遠比《藍與黑》刻畫的張醒亞清晰得多。

　　在人物描繪上，唐琪是最生動的一個。作者運用延宕的筆法，先敘 15 歲時聽人提及唐琪，她是未婚表嫂的表妹。由表姊慧亞、表哥震亞先談及她的「漂亮」，姑媽複雜的論斷，未婚表嫂高小姐親切的敘述，讀者了解唐琪有悲慘的身世，獨立的個性，好打扮，太活潑，哭笑順性，偶而洋派擁抱高老太太；父親曾是軍閥幕僚，她在醫院實習，曾被病人熱烈求婚，卻絕不肯聽從高老太太之意嫁了那男人……。有這些伏筆，張醒亞由憧憬到厭惡、輕視，見了面仍不能自抑地崇拜敬愛。在高老太太的壽筵上，唐琪登場了，張醒亞遠遠望見，拿心中的影像比擬猜測，終於由表姊證實果然是唐琪。在前此多段虛筆的烘襯之下，幾經延宕，主角的形貌動作便格外醒目。

　　在《長夜》中，康懇來臺一、二十年，條件優越，品貌不差，偏偏不

接納女性，毫無結婚的意願。經由好友多方刺探，總不肯吐露心事，偶然被發現保有一張放大的少女照片，被迫掛上牆壁，雖牽扯姊妹戀愛一端，多數朋友的「圍剿」，至友的「激將」也無效，反而察覺到他深刻的痛苦，再也不敢逼問。意外地臨別前夕，康懇主動敘說了以往的難忘故事。這些迂曲的延宕筆法，使女主角出場之前，先勾引起讀者熱烈探尋的濃厚興趣。

《藍與黑》中，張醒亞最感痛心的，不在於唐琪的失身，做舞女，當演員（這也是夠令人痛惜的事），而是輾轉找到唐琪，約好一起隨賀力去大後方，臨開車時唐琪卻變卦失約。小說裡只提示：「深夜一時半，賀大哥突然要出去」，還安排醒亞臆想，自己解說賀力有某種任務上的需要；在重慶，醒亞接到尚先生轉交的錢，並聽說唐琪做了舞國之后，與漢奸交往，他的情愛瞬間轉化冷卻，以致毅然接納鄭美莊的情感。這些疑點，小說的第一人稱觀點保留得極其自然。勝利後，醒亞接到賀力致謝援助救他出獄，醒亞疑惑賀力神智不正常，敏慧的讀者心中想必比男主角清楚一些，至少要疑慮到是否唐琪之力？但這些故作痴傻的筆意，正是小說懸疑的好處，讓讀者也去運思，也去懷疑，而不像舊式小說反覆叮嚀，一語道破。謎底要到醒亞回天津，幾經周折，才由表姊說明唐琪援救賀力的曲折與苦心，而前此到達姑媽家，眾親友對唐琪的態度從反對到讚佩也是一個小懸疑。唐琪為了愛醒亞，想再見醒亞，不能不解決生活問題、旅費問題，於是當舞女，做演員；為了救賀力，放棄隨尚先生南下的機會，並不惜被親友誤解，與日本人套交情，與漢奸打交道，做了舞國之后。獲悉真相，充滿愧咎的醒亞，仍找到一個自我安慰的理由：唐琪不該負約不去大後方。這個疑竇，好不容易在天津陷匪前一天，唐琪冒險轉贈機票，附信苦苦要求醒亞離開，賀力感動之餘，親口招認八年前是自己要求唐琪不去南方的（頁545），情節發展到這裡，唐琪人格上的瑕疵完全滌去，她是光明磊落的完美天使！這番布局是頗具巧心，也極具震盪效果的。

《長夜》一書中，康懇被日本憲兵隊緝捕，因為東北翻譯官的提醒，

堅不承認「抗日」，終於獲釋。釋放前，執行槍決，竟然未被射擊；又命令自裁，被讚美不曾反抗，步步奇詭，令人驚心動魄。出獄後，乃馨說是趙崇東所搭救，提及翻譯官，更令人如墜五里霧中。後來由東北翻譯官證實，根本不認得趙某人，純粹是康懇擺放帽子的動作與幫會暗語熟悉，基於義氣而施援手的。進一步，再藉彭愛蓮的遺書，交代趙某陷害康懇，寫匿名信告發，又說與矮個子翻譯官一起販賣鴉片。至此，獄中譯官實所指不同，康懇應訊時，矮個子譯官多做不利的譯詞，用意也就昭然若揭！經這番玩索，讀者了解到，不僅康懇獄中的驚險遭遇奇詭有趣，令人崇敬，而且作者安排情節的匠心，懸疑技巧的運用，也是值得擊節讚賞的。

五、重複與鬆緩的缺失

作者敘筆常帶濃厚的感情，家國之痛，常不自覺流露。以第一人稱敘述觀點而言，熱烈的情感顯現敘述者的個性含藏感時憂國的意識；但就現代小說的表達技巧來說，冷靜客觀的剖析與呈現，毋寧更能提升藝術品質。讀者自有其聯想能力，作者很可以多作暗示。重複的筆調，不僅不能如傳統戲曲得到觀眾喝采，反而會使得小說架構鬆弛。《藍與黑》與《長夜》都有這方面的缺失，實在可惜，尤其是《藍與黑》，該在精省原則下，多做刪節。

張醒亞初見唐琪，內心澎湃，無法對表姊直說，便回臥房向母親的遺像喃喃傾訴。布局是好的，但那段話實在太冗長，重複太多。又如敘述唐琪尋職，被醫生玷汙一事，先寫：

不幸的事情果然發生了。

這真是我做夢也想不到的一樁意外的、巨大的、殘酷的不幸。這樁不幸，直接受到傷害的是唐琪；然而，我間接受到的傷害一點不比唐琪小。（頁 159）

　　然後再詳記報紙的新聞報導，渲染歪曲，以及親友的反應。若依精簡的原則，這兩段「開場白」大可省略。在重慶，張醒亞不顧學潮中群情激昂，上臺揭露共產黨徒的謊言，布局也是精采的，可惜那段演說全文卻萬萬比不上《凱撒》一劇中的安東尼演講，時時能出奇制勝。那顯然冗長了一點，因為真實的故事，前文敘述過，讀者已經知道了，再報導一次，錄音機重複放錄，便嫌多餘。又如，張醒亞去鄭美莊家，先說：

> 我終於去她家了。唉，我不該去的。我遲遲不肯去，似乎是有「先見之明」——她的家會帶給我失望。果然，我沒有想錯，我去了，我失望回來。
>
> 在她家裡，我看到了太多的奢侈、糜爛與黑暗。唉，她竟是這麼一個家庭出身的女孩子！

　　第一段根本是拖宕之言，不說絲毫不影響情節發展，第二段一些「奢侈、糜爛、黑暗」等抽象概念，可以從後文實際的鋪描展現給讀者；醒亞的感慨，也儘可以隨時配合景物的描繪穿插抒發，因為第一人稱的自知觀點，本來就最適合於心理描寫。

　　就全篇的結構來說，第八章如果刪去，也許反而能為讀者多留一些涵泳不盡的餘味，也就是說，唐琪的信交代得夠了，何不就此打住呢？那些親友勸慰的言語，大同小異，何必多費篇幅？而第二章，依筆者愚見，敘說的語調很值得商榷，既是以今憶昔的感慨，題目的對比性及事實上唐、鄭二女的殊異性不能不顧及。好的起筆，常能先為讀者顯示某些重要的線索，但是《藍與黑》的第二章，唐、鄭二女是聯帶並提，輕描淡寫就交代了的，好似兩人相契相合，有罪都在醒亞一般。給予讀者這種錯覺，是非常可惜的。

　　《長夜》的架構，以「我」和「康懇」輪流敘述，前一段的結尾往往是後一段的開頭，很類似修辭學上的「頂真」格。但作者運用它，實際上

並不完全一致，大抵是要藉「我」的回憶來補充某些細密的情節。在 10 節，由「我」的內心思緒，進而客觀描寫冷風、雷吼、驟雨，接著記敘乃馨欲嫁趙崇東，康懇內心的「風雨」，情景交融，頗能加深劇情的震撼力。但第「11」節「雨仍在下」及「12」節「雨終於停了」，很顯然只為了交代那場雨的結果，而傳棒似的由「我」接著補上一二句，對於情節的鋪展毫無意義，反而把讀者由過去的感動中硬拉回現實，產生阻隔的感覺。

《長夜》的敘筆大體比《藍與黑》來得精潔，但是仍看到反覆敘說的筆調。如寫乃馨逃婚，康懇先向「我」透露「新娘反倒沒有去」，敘述中，又先說明如何定計，可以說是二度洩底，減輕後文的吸引性。此外，乃馨由迷途中徹悟，全憑彭愛蓮的遺書與日記，時間在她與趙擬訂結婚的前一天晚上；她死，在即將與康同赴大後方的前兩天夜晚，時間的迫促，足以導致意外的驚喜與深刻的哀悼，雖嫌巧合，作者的設意仍有可取之處。而彭愛蓮以一個被騙女共產黨員身分，揭發趙崇東的負情，陰謀賣國，為牽合題旨，作者用心良苦，但賅涵實在太廣，日記記敘真實，倒不像女子口吻，幾乎是書生論政的筆調了。

當然，筆者一些粗淺的看法，是從高角度較為細密地談論小說技巧，也許這些建議，足以反映出 1950 年代小說寫作畢竟與往後二、三十年的小說有些不同的特色吧！

——選自《大華晚報》，1985 年 7 月 15～16 日，10 版

輯五◎
研究評論資料目錄

作家生平、作品評論專書與學位論文

學位論文

1. 林德芳　王藍小說《藍與黑》研究　中國文化大學中國文學系　碩士論文　席涵靜教授指導　2003 年　254 頁

本論文從王藍的生平經歷，以及創作《藍與黑》的時代背景作為討論，分析《藍與黑》中對於人生與社會的呈現與書寫。全文共 3 章：1.緒論；2.王藍生平及其創作；3.《藍與黑》小說中的主題。

2. 蔡惠玉　「抗日」與「反共」——王藍小說中的戰爭書寫　臺灣師範大學歷史學系　碩士論文　陳惠芬教授指導　2016 年　217 頁

本論文以「歷史小說」的角度，分析王藍兩本小說《長夜》、《藍與黑》中對戰爭的書寫。全文共 5 章：1.緒論；2.王藍文學創作的背景及其作品；3.王藍小說中抗日戰爭之描述與詮釋；4.王藍小說中國共內戰之描述與詮釋；5.結論。正文後附錄〈王藍生平年表〉、〈王藍文學作品年表〉、〈王藍、張醒亞與康懇的生平對照表〉。

作家生平資料篇目

自述

3. 王　藍　我的自白　美子的畫像　重慶　東方書社　1943 年 12 月　頁〔1〕—〔3〕

4. 王　藍　再版小記　一顆永恆的星　重慶　紅藍出版社　1943 年 12 月　頁〔95〕

5. 王　藍　《鬼城記》跋　鬼城記　重慶　紅藍出版社　1944 年 2 月　頁62—64

6. 王　藍　四版後記　美子的畫像　北平　紅藍出版社　1946 年 1 月　頁95—96

7. 王　藍　畫與我　自由中國　第 4 卷第 3 期　1951 年 2 月　頁25—27

8. 王　藍　生活是寫作的源泉　中國語文　第 1 卷第 1 期　1952 年 4 月　頁60—62

9. 王　藍　　後記　定情錶　臺北　紅藍出版社　1954 年 12 月　頁 133—137

10. 王　藍　　《定情錶》後　聯合報　1955 年 1 月 5 日　6 版

11. 王　藍　　《定情錶》三版小記　聯合報　1955 年 4 月 3 日　6 版

12. 王　藍　　自序　寫甚麼？怎麼寫？　臺北　紅藍出版社　1955 年 8 月　頁 1
　　　　　　　—5

13. 王　藍　　愛情小說與戰鬥文藝　復興文藝　第 1 期　1956 年 12 月　頁 7—9

14. 王　藍　　後記　藍與黑　臺北　紅藍出版社　1958 年 2 月　頁 657—659

15. 王　藍　　〔新版序〕　聖女・戰馬・鎗　臺北　紅藍出版社　1959 年 10 月
　　　　　　　〔1〕頁

16. 王　藍　　十年甘苦　十年　臺北　文壇社　1960 年 5 月　頁 39—43

17. 王　藍　　後記　期待　臺北　紅藍出版社　1960 年 11 月　頁 320

18. 王　藍　　譯者의解說　藍과黑（藍與黑）　漢城　三一閣　1967 年 4 月　頁
　　　　　　　3—6

19. 王　藍　　回憶在家鄉過年　中央月刊　第 1 卷第 4 期　1969 年 2 月　頁 70
　　　　　　　—77

20. 王　藍　　我畫畫的故事（上）　雄獅美術　第 25 期　1973 年 3 月　頁 88—
　　　　　　　97

21. 王　藍　　我畫畫的故事（中）　雄獅美術　第 26 期　1973 年 4 月　頁
　　　　　　　132—136

22. 王　藍　　我畫畫的故事（下）　雄獅美術　第 27 期　1973 年 5 月　頁
　　　　　　　132—139

23. 王　藍　　學習佈道　人生船　臺北　爾雅出版社　1985 年 7 月　頁 154—
　　　　　　　156

24. 王　藍　　銀婚已過，金婚將至　文訊雜誌　第 35 期　1988 年 4 月　頁 18—
　　　　　　　20

25. 王　藍　　銀婚已過，金婚將至　結婚照　臺北　文訊雜誌社　1991 年 5 月
　　　　　　　頁 49—54

26. 王　藍　　我寫・我畫・我跑萬里路　實踐　第 789 期　1989 年 3 月　頁 58
　　　　　　　—65

27. 王　藍　　從小唱到老　回憶常在歌聲裏　臺北　爾雅出版社　1995 年 7 月
　　　　　　　頁 175—182

28. 王　藍　　老歌情深，抗戰曲調我的最愛　中外雜誌　第 343 期　1995 年 9 月
　　　　　　　頁 97—100

他述

29. 謝冰瑩　　序　美子的畫像　重慶　東方書社　1943 年 12 月　頁 1—3

30. 潘　壘　　王藍、卜萊蒙斯基和我　寶島文藝　第 3 年第 1 期　1951 年 3 月
　　　　　　　頁 16—17

31. 綠　蒂　　文畫雙絕的三軍精神堡壘——王藍　野風　第 178 期　1963 年 9 月
　　　　　　　頁 28—30

32. 李彥博　　王藍畫畫的故事　青年戰士報　1965 年 5 月 16 日　3 版

33. 李廣淮　　王藍的故事　中國一周　第 792 期　1965 年 6 月 28 日　頁 14—16

34. 亞　荻　　抒情畫家王藍　劇與藝　第 2 卷第 3 期　1965 年 6 月　頁 86

35. 羅　門　　生活多方面情趣的開發者——王藍的創作世界　幼獅文藝　第 169
　　　　　　　期　1968 年 1 月　頁 109—115

36. 郭　風　　多才多藝的王藍——投筆從戎參加抗戰・多方成就文藝驚人・出國
　　　　　　　環繞地球一週　藝鳴　第 4 期　1968 年 9 月　頁 1—5

37. 何政廣　　王藍和他的畫　文壇　第 116 期　1970 年 2 月　頁 48

38. 陳長華　　作家談翻譯〔王藍部分〕　翰林小記　臺北　臺灣學生書局　1977
　　　　　　　年 5 月　頁 251—255

39. 唐　鑑　　畫國劇人物——王藍的「初戀」　文藝月刊　第 97 期　1977 年 7
　　　　　　　月　頁 210—215

40. 楊　明　　表兄妹遍布世界的王藍　中華日報　1978 年 4 月 7 日　11 版

41. 〔青年戰士報〕　王藍初戀難忘國劇深情流露畫面　青年戰士報　1978 年 9
　　　　　　　月 6 日　8 版

42. 李　瑞　　王藍的筆‧從畫到寫‧從寫到畫　聯合報　1978 年 9 月 11 日　9
版

43. 李　瑞　　王藍彩筆下的平劇人物　聯合報　1978 年 10 月 3 日　9 版

44. 官麗嘉　　王藍的「初戀」　光華雜誌　第 3 卷第 10 期　1978 年 10 月　頁
36—41

45. 王鼎鈞　　一團花絮——寄自哥斯大黎加〔王藍部分〕　明道文藝　第 34 期
1979 年 1 月　頁 82—83

46. 湯熙勤　　王藍和他的國劇人物畫　大成　第 63 期　1979 年 2 月　頁 57—59

47. 蔡文怡　　王藍的人與畫　中央月刊　第 11 卷第 6 期　1979 年 4 月　頁 126
—131

48. 童世璋　　王藍的畫　情文情話　臺北　學人文化公司　1979 年 6 月　頁 58
—60

49. 羅　門　　王藍，美的抒情世界創造者　中國時報　1980 年 1 月 14 日　8 版

50. 林淑蘭　　王藍在美為中華文化播種　中央日報　1980 年 10 月 20 日　3 版

51. 羊憶玫　　富有生活情趣的王藍，到他家好像逛畫廊　世界日報　1982 年 4 月
17 日　13 版

52. 王台珠　　王藍回到初戀路上，展示他的國劇人物　臺灣日報　1982 年 12 月
24 日　9 版

53. 林海音　　太行山上一男孩兒　聯合報　1983 年 7 月 15 日　8 版

54. 林海音　　太行山上一男孩兒　剪影話文壇　臺北　純文學出版社　1984 年 8
月　頁 82—84

55. 林海音　　太行山上一男孩兒　林海音全集‧剪影話文壇　臺北　遊目族文化
出版公司　2000 年 5 月　頁 80—82

56. 〔王晉民，鄺白曼編〕　　王藍　臺灣與海外華人作家小傳　福州　福建人民
出版社　1983 年 9 月　頁 115—116

57. 強偉城　　《藍與黑》作家王藍欣逢知音　中國時報　1983 年 10 月 8 日　9
版

58. 應鳳凰　多才多藝的王藍　文藝月刊　第 181 期　1984 年 7 月　頁 16—25

59. 應鳳凰　多才多藝——王藍　筆耕的人　臺北　九歌出版社　1987 年 1 月　頁 29—44

60. 劉　枋　手握兩支如椽筆——記王藍　非花之花　臺北　采風出版社　1985 年 9 月　頁 179—185

61. 劉　枋　手握兩支如椽筆——記王藍　非花之花　臺北　采風出版社　2007 年 8 月　頁 179—185

62. 張國立　王藍的人生三大樂事　中華日報　1986 年 12 月 24 日　11 版

63. 陳　宏　道藩文藝中心的國劇社與合唱團[1]　大華晚報　1987 年 3 月 13 日

64. 陳　宏　道藩文藝中心的國劇社與合唱團　懷念與祝福——紀念張道藩先生九九誕辰　臺北　中國文藝協會，道藩文藝中心編印　〔未著錄出版年月〕　頁 115—116

65. 溥　心　王藍以「王表哥」行走文壇　中央日報　1987 年 6 月 28 日　10 版

66. 周　谷　誰抄襲誰！？——王藍與吳祖光間的一段公案　中外雜誌　第 279 期　1990 年 5 月　頁 120—123

67. 姚儀敏　永不落幕的戲——王藍的人生舞臺翦影　中央月刊　第 24 卷第 4 期　1991 年 4 月　頁 77—80

68. 張曼娟　慷慨與謙遜〔王藍部分〕　中央日報　1992 年 10 月 3 日　16 版

69. 張曼娟　慷慨與謙遜〔王藍部分〕　風範：文壇前輩素描　臺北　正中書局　1996 年 10 月　頁 172—175

70. 周　愚　話說王藍，一段文學公案，一則漏網新聞　青年日報　1994 年 9 月 8 日　15 版

71. 陳芳婷　王藍、袁涓秋金婚　中央日報　1995 年 5 月 19 日　18 版

72. 唐紹華　新華日報整版批判徐訏、荊有麟、王藍之小說　文壇往事見證　臺北　傳記文學社　1996 年 8 月　頁 469—472

73. 唐紹華　《一顆永恆的星》與《少年遊》公案　文壇往事見證　臺北　傳記

---

[1] 王藍為道藩文藝圖書館的館長，道藩文藝圖書館後改名為道藩文藝中心。

文學社　1996 年 8 月　頁 473—475

74. 唐紹華　「抄襲大案」轟動一時　文壇往事見證　臺北　傳記文學社　1996
　　　年 8 月　頁 495—522

75. 〔九歌雜誌〕　書緣‧書香〔王藍部分〕　九歌雜誌　第 202 期　1998 年 1
　　　月　4 版

76. 〔九歌雜誌〕　書緣‧書香〔王藍部分〕　九歌雜誌　第 203 期　1998 年 2
　　　月　4 版

77. 王育梅　非常的信——祝賀您，非常王藍老師！　臺灣新生報　1998 年 3 月
　　　21 日　13 版

78. 李青霖　王藍縫紉機上寫《藍與黑》　聯合報　1998 年 6 月 12 日　14 版

79. 余　亮　王藍展畫吐露心中最愛　中央日報　1998 年 6 月 17 日　22 版

80. 〔九歌雜誌〕　書緣‧書香〔王藍部分〕　九歌雜誌　第 207 期　1998 年 6
　　　月　4 版

81. 〔九歌雜誌〕　書緣‧書香〔王藍部分〕　九歌雜誌　第 208 期　1998 年 7
　　　月　4 版

82. 李青霖　王藍掀起藝文風　文訊雜誌　第 153 期　1998 年 7 月　頁 52—53

83. 〔九歌雜誌〕　書緣‧書香〔王藍部分〕　九歌雜誌　第 209 期　1998 年 8
　　　月　4 版

84. 〔九歌雜誌〕　書緣‧書香〔王藍部分〕　九歌雜誌　第 210 期　1998 年 9
　　　月　4 版

85. 舒　蘭　新詩歌和七月派時期——王藍　中國新詩史話（二）　臺北　渤海
　　　堂文化公司　1998 年 10 月　頁 518—523

86. 邵立毅　王藍現象　青年日報　1999 年 1 月 29 日　15 版

87. 柯玉雪　少一分抱怨則增一分喜樂——開刀後的王藍更積極　九歌雜誌　第
　　　217 期　1999 年 4 月　4 版

88. 王怡之　六郎之歌（代跋）　一顆永恆的星——王藍小說選　臺北　九歌出
　　　版社　1999 年 4 月　頁 275—293

89. 王琰如　　王藍的兩枝彩筆　文友畫像及其他續編　臺北　詩藝文出版社
　　　　　　　1999 年 11 月　頁 47—52

90. 洛華笙　　畫與我　臺灣畫壇風雲　臺北　國立歷史博物館　1999 年 12 月
　　　　　　　頁 233—236

91. 耕　雨　　能寫會畫的王藍　中華日報　2000 年 5 月 17 日　19 版

92. 劉於蓉　　初遇王藍——美夢成真　美國旅人情‧世間情‧親情　洛杉磯　洛
　　　　　　　城作家出版社　2000 年 10 月　頁 111—112

93. 吳疏潭　　《藍與黑》作者王藍，彩筆揮灑文化天地　藝文大師 100 家　臺北
　　　　　　　淑馨出版社　2001 年 1 月　頁 172—179

94. 王景山　　王藍　臺港澳暨海外華文作家辭典　北京　人民文學出版社　2003
　　　　　　　年 7 月　頁 558—560

95. 小　民　　離別之後思念深——悼王藍大兄　青年日報　2003 年 10 月 16 日
　　　　　　　10 版

96. 丘秀芷　　敬悼王藍先生　青年日報　2003 年 11 月 21 日　10 版

97. 周伯乃　　秋風依舊蕭瑟——敬悼小說家、畫家王藍先生　文訊雜誌　第 217
　　　　　　　期　2003 年 11 月　頁 120—122

98. 雨　耕　　王藍習畫　臺灣時報　2003 年 12 月 11 日　23 版

99. 彭　歌　　落月滿屋樑——憶王藍（1—4）[2]　聯合報　2003 年 12 月 25—28
　　　　　　　日　E7 版

100. 彭歌著；范德培譯　　Remembering Wang Lan（憶王藍）　The Chinese Pen
　　　　　　　第 126 期　2003 年 12 月　頁 4—30

101. 彭　歌　　落月滿屋梁——憶王藍　憶春臺舊友　臺北　九歌出版社　2011
　　　　　　　年 12 月　頁 151—170

102. 王鼎鈞著；戴德巍，陳豔玲譯　　May His Work Last Forever（碩果永存）
　　　　　　　The Chinese Pen　第 126 期　2003 年 12 月　頁 31—38

103. 洪士惠　　知名作家王藍逝世　文訊雜誌　第 218 期　2003 年 12 月　頁 84

---

[2] 本文後由范德培譯為“Remembering Wang Lan”一文。

104. 賈亦棣　敬悼王果之兄　藝文漫談　新竹　明新科技大學　2003 年 12 月　頁 209—211

105. 王蘭芬　文友追憶王藍——傷感又歡笑　民生報　2004 年 1 月 10 日　13 版

106. 陳希林　王藍情重又風趣——文壇追思　中國時報　2004 年 1 月 10 日　8 版

107. 曹銘宗　憶王藍——文友齊聚追思　聯合報　2004 年 1 月 10 日　6 版

108. 沈　謙　王藍的人格與風格　中央日報　2004 年 1 月 19 日　17 版

109. 于德蘭　擅用留白的藝術家——王藍　中外雜誌　第 443 期　2004 年 1 月　頁 40—44

110. 朱　炎　慷慨重義的王藍　中華日報　2004 年 2 月 5 日　23 版

111. 朱　炎　慷慨重義的王藍　人間有情・義游於藝　臺北　九歌出版社 2004 年 6 月　頁 97—101

112. 周　愚　王藍、張天心、周腓力和我　青年日報　2004 年 3 月 6 日　10 版

113. 劉昌博　多元作家，文壇名嘴——《藍與黑》作者王藍　中外雜誌　第 445 期　2004 年 3 月　頁 143—154

114. 林淑惠　懷念人物——王藍　2003 臺灣文學年鑑　臺北　行政院文建會 2004 年 8 月　頁 153

115. 王怡之　果之，來！咱倆一起讀這首詩——憶吾弟王藍（上、下）　中華日報　2005 年 3 月 2—3 日　23 版

116. 曉　風　講故事的人走了——念朋友王藍　藍與黑（上）　臺北　九歌出版社　2005 年 5 月　頁 11—13

117. 曉　風　講故事的人走了——念朋友王藍　藍與黑　臺北　九歌出版社 2015 年 5 月　頁 615—617

118. 龍瑛宗著；葉笛譯　《今日之中國》作者生平簡介——王藍　龍瑛宗全集・中文卷・文獻集　臺南　國家臺灣文學館籌備處　2006 年 11 月　頁 108

119. 龍瑛宗　　『今日の中國』作者の略歷——王藍　龍瑛宗全集・日本語版・
文獻集　臺南　國立臺灣文學館　2008 年 4 月　頁 74

120. 許俊雅　　新店溪流域的文化與文學——永和市——現代文學——王藍（一
九二二年—二〇〇三年）　續修臺北縣志・藝文志第三篇・文學
（上）　臺北　臺北縣政府　2008 年 3 月　頁 162

121.〔封德屏主編〕　　王藍　2007 臺灣作家作品目錄　臺南　國立臺灣文學館
2008 年 7 月　頁 115

122. 張夢瑞　　看《藍與黑》的日子——懷念王藍先生　中華日報　2009 年 5 月
18 日　B7 版

123. 龔聲濤　　天天天藍——記《藍與黑》的作者王藍　文訊雜誌　第 295 期
2010 年 5 月　頁 125—127

124. 龔聲濤　　天天天藍——記《藍與黑》的作者王藍　文協 60 年實錄（1950—
2010）　臺北　普音文化事業公司　2010 年 5 月　頁 108—111

125. 簡弘毅　　反共筆部隊，集合！——中國文藝協會及其作家群〔王藍部分〕
文訊雜誌　第 295 期　2010 年 5 月　頁 66

126. 古遠清　　臺灣文壇六十年來文學事件掠影——吳祖光「抄襲」王藍疑案　新
地文學　第 28 期　2014 年 6 月　頁 186—187

127. 羅　青　　果汁先生藍與黑——懷老四大名嘴王藍先生（1922～2003）　聯合
報　2017 年 11 月 9—10　D03 版

訪談、對談

128. 夏祖麗　　《長夜》談錄——訪王藍先生　長夜　臺北　純文學出版社　1956
年 8 月　頁 299—312

129. 夏祖麗　　《長夜》談錄（上、下）　中央日報　1984 年 5 月 21—22 日　12
版

130. 金　雲　　作家王藍在美國　青年俱樂部　第 4 期　1964 年 12 月　頁 16—
17

131. 易兆熊　　我與王藍一席談　臺灣民聲日報　1965 年 6 月 12 日　8 版

132. 王藍口述；魏穎寧專訪　我們怎樣寫作——我怎樣完成了《藍與黑》　中國一周　第 793 期　1965 年 7 月 5 日　頁 21

133. 鮑蓓光　訪文藝作家王藍談創作經驗　中央日報　1965 年 8 月 4 日　6 版

134. 楊　明　三位文學先進（王藍、尹雪曼、王集叢）談肺腑之言——集中智慧，發揚人性，文藝作者有此責任　中華日報　1977 年 8 月 29 日　3 版

135. 周安儀　迷你的圖書館館長：王藍[3]　青年戰士報　1977 年 10 月 22 日　11 版

136. 周安儀　訪「迷你」圖書館　懷念與祝福——紀念張道藩先生九九誕辰　臺北　中國文藝協會，道藩文藝中心編印　〔未著錄出版年月〕頁 102—108

137. 純　之　王藍的彩筆　空中雜誌　第 539 期　1978 年 6 月　頁 81—94

138. 方　梓　畫到老，學到老　人生金言（上）　臺北　自立晚報社　1983 年 9 月　頁 61—64

139. 方　梓　畫到老，學到老　人生金言　臺北　自立晚報社　1985 年 1 月　頁 61—64

140. 羽　清　訪王藍談《藍與黑》　純文學季刊　第 11 期　1984 年 4 月　頁 36—38

141. 康來新　天色常藍的王國——王藍先生的情藝與信仰　宇宙光　第 141 期　1986 年 1 月　頁 26—31

142. 黃秋芳　王藍：在黑裡常藍的忠愛情懷[4]　文訊雜誌　第 28 期　1987 年 2 月　頁 32—36

143. 黃秋芳　在黑裏長藍——王藍的忠愛情懷　速寫簿　臺北　希代書版公司　1988 年 1 月　頁 54—61

144. 游淑靜　人生的三角習題——王藍談《藍與黑》的創作始末　出版之友

---

[3] 本文後改篇名為〈訪「迷你」圖書館〉。
[4] 本文後改篇名為〈在黑裏長藍——王藍的忠愛情懷〉。

第 44 期 1988 年 7 月 頁 48—52

年表

其他

作品評論篇目

綜論

---

[5]與會者：楊錦郁、王藍、尼洛、秦賢次、賈亦棣。

156. 葛賢寧，上官予　　反共詩歌的極盛〔王藍部分〕　五十年來的中國詩歌
　　　臺北　中正書局　1965 年 3 月　頁 138—148

157. 應未遲　　北派正宗——王藍　藝文人物　臺北　空中雜誌社　1972 年 12 月
　　　頁 37—38

158. 鍾梅音　　自己的路——談王藍旅美畫展　摘星文選　臺北　三民書局　1974
　　　年 3 月　頁 49—55

159. 何　欣　　三十年來的小說〔王藍部分〕　中華文化復興月刊　第 10 卷第 9
　　　期　1977 年 9 月　頁 24—25

160. Lo Ching（羅青）　　The Art of Wang Lan（王藍的藝術）　The Chinese Pen
　　　第 39 期　1982 年 6 月　頁 37—51

161. 宋田水　　要死不活的臺灣文學——透視臺灣作家的良心——王藍　臺灣新
　　　文化　第 14 期　1987 年 11 月　頁 37

162. 張超主編　　王藍　臺港澳及海外華人作家辭典　江蘇　南京大學出版社
　　　1994 年 12 月　頁 458—459

163. 唐紹華　　吳祖光劇本與王藍小說的比較會談　文壇往事見證　臺北　傳記
　　　文學社　1996 年 8 月　頁 479—495

164. 皮述民　　從反共小說到現代小說〔王藍部分〕　二十世紀中國新文學史　臺
　　　北　駱駝出版社　1997 年 10 月　頁 317—318

165. 何念丹　　王藍、藝術家、作家、長銷、暢銷《藍與黑》[6]　九歌雜誌　第 202
　　　期　1998 年 1 月 10 日　1 版

166. 余光中　　The Inward Journey of Wang Lan（王藍的心路歷程）　The Chinese
　　　Pen　第 126 期　2003 年 12 月　頁 39—47

167. 洛華笙　　王藍的彩光世界——從《藍與黑》到國劇人物　孔學與人生　第
　　　27 期　2004 年 2 月　頁 69—77

168. 傅怡禎　　論一九五〇年代臺灣小說中的懷鄉意識——一九五〇年代重要的
　　　懷鄉小說作家——王藍　理論、現象與批評論考　臺中　天空數

---

[6]本文綜論王藍生平與作品。

位圖書公司　2009 年 2 月　頁 179

169. 陳芳明　　一九五〇年代的臺灣文學局限與突破——陳紀瀅與反共文學的發展〔王藍部分〕　臺灣新文學史　臺北　聯經出版公司　2011 年 10 月　頁 305—307

分論
◆單行本作品
詩
《聖女‧戰馬‧鎗》

170. 舒　蘭　　評《聖女‧戰馬‧鎗》　新文藝　第 266 期　1978 年 5 月　頁 37—41

171. 王志健　　王藍〔《聖女‧戰馬‧鎗》〕　中國新詩淵藪（上）　臺北　正中書局　1993 年 7 月　頁 1176—1182

散文
《寫甚麼？怎麼寫？》

172. 馬　丁　　評《寫甚麼？怎麼寫？》　臺灣民聲日報　1956 年 3 月 9 日　6 版

173. 楊　樺　　《寫什麼？怎麼寫》讀後　聯合報　1956 年 12 月 20 日　6 版

174. 湯　咸　　文藝寫作指導——王藍著《寫什麼？怎麼寫？》，陶希聖著《作文的方法》，趙友培著《文藝書簡》　自由青年　第 18 卷第 7 期 1957 年 10 月 1 日　頁 8—9

小說
《定情錶》

175. 韋政通　　評短篇小說集《定情錶》　中興評論　第 2 卷第 2 期　1955 年 2 月　頁 19—20

176. 糜文開　　讀《定情錶》　暢流　第 11 卷第 1 期　1955 年 2 月　頁 18

177. 歸　人　　評《定情錶》　中華婦女　第 6 卷第 11 期　1956 年 7 月　頁 27—28

178. 司徒衛　王藍的《定情錶》　書評續集　臺北　幼獅書店　1960 年 6 月　頁 75—76

179. 司徒衛　王藍的《定情錶》　五十年代文學論評　臺北　成文出版社　1979 年 3 月　頁 177—178

180. 程大城　從王藍的《定情錶》說起[7]　文學批評集　臺北　半月文藝社　1961 年 2 月　頁 68—72

181. 程大城　評王藍的《定情錶》　文學評論　臺北　半月文藝出版社　1997 年 4 月　頁 123—131

《咬緊牙根的人》

182. 陳康芬　臺灣歷史主體？抑或中國歷史主體——反共小說敘事歷史主體的難題——反共敘事的國族／國家寓言：家仇——國恨——國際正義——現代化、政黨政治倫理與社會階層〔《咬緊牙根的人》部分〕　斷裂與生成——臺灣五○年代的反共／戰鬥文藝　臺南　國立臺灣文學館　2012 年 10 月　頁 225—228

《女友夏蓓》

183. 王　鈞　讀王藍的《女友夏蓓》　中央日報　1957 年 5 月 1 日　6 版

《藍與黑》

184. 葛賢寧　王藍先生的《藍與黑》　自由青年　第 19 卷第 6 期　1958 年 3 月 16 日　頁 8—10

185. 孫　旗　評介《藍與黑》　徵信新聞報　1958 年 3 月 23 日　6 版

186. 王　鈞　評《藍與黑》　聯合報　1958 年 3 月 24 日　6 版

187. 江石江　《藍與黑》讀後　自由時報　1958 年 3 月　3 版

188. 陳樹曦　《藍與黑》讀後　暢流　第 17 卷第 6 期　1958 年 5 月 1 日　頁 26

189. 季　薇　人的定性分析——試評《藍與黑》　海風　第 3 卷第 5 期　1958 年 5 月　頁 12—13

---

[7]本文後改篇名為〈評王藍的《定情錶》〉。

190. 劭　毅　　《藍與黑》的人物說話研究　晨光　第 6 卷第 4 期　1958 年 6 月　頁 4—7

191. 水束文　　我看《藍與黑》　筆匯　第 27 期　1958 年 7 月 16 日　3 版

192. 朱　門　　百密一疏　中華日報　1958 年 9 月 3 日　6 版

193. 朱介凡　　理想主義的人物　晨光　第 6 卷第 7 期　1958 年 9 月　頁 15

194. 王平陵　　《藍與黑》的動態描寫　中央日報　1958 年 12 月 30 日　7 版

195. 程大城　　評王藍的《藍與黑》　文學批評集　臺北　半月文藝社　1961 年 2 月　頁 1—20

196. 程大城　　評王藍的《藍與黑》　文學評論　臺北　半月文藝出版社　1997 年 4 月　頁 133—165

197. 后希鎧　　《藍與黑》的欣賞　中央日報　1962 年 12 月 7 日　6 版

198. 蔡丹冶　　《藍與黑》的小說和劇本　中央日報　1963 年 2 月 22 日　6 版

199. 樹　文　　評《藍與黑》小說與劇本　文壇　第 32 期　1963 年 2 月　頁 32—36

200. 唐山人　　話夢錄——談《藍與黑》　大中華日報　1963 年 8 月 3 日　7 版

201. 王集叢　　看《藍與黑》　中央日報　1966 年 7 月 27 日　9 版

202. 田　原　　酸甜苦辣鹹　陽明　第 13 期　1967 年 1 月　頁 16

203. 〔臺灣日報〕　　《藍與黑》昨在藝術館上演　臺灣日報　1967 年 4 月 2 日　6 版

204. 蔡丹冶　　王藍‧吳若的《藍與黑》　文藝論評　臺中　普天出版社　1968 年 10 月　頁 11—18

205. 蔡丹冶　　論王藍《藍與黑》　中華日報　1970 年 10 月 17 日　9 版

206. 蔡丹冶　　論王藍和他的《藍與黑》（上、中、下）　中華文藝　第 13—15 期　1972 年 3，4，5 月　頁 251—261，199—205，253—260

207. 陸震廷　　《藍與黑》和王藍（1—2）　臺灣新聞報　1970 年 11 月 1，3 日　9 版

208. 周培瑛　　《藍與黑》響譽文壇，書中人物迄成謎，「喜從天降」王藍登

臺，且聽揭露隱秘　青年戰士報　1977 年 6 月 2 日　8 版

209. 鄧海珠　《藍與黑》索隱——

王藍是書中不幸的人・各角色都是真實人物　聯合報　1978 年 7 月 11 日　9 版

210. 王鼎鈞　重看《藍與黑》　中央日報　1978 年 7 月 28 日　10 版

211. 王鼎鈞　重看《藍與黑》　風簷展書讀　臺北　純文學出版社　1985 年 1 月　頁 48—52

212. 彭　歌　人間夢間　不談人性・何有文學　臺北　聯合報社　1978 年 9 月 頁 99—101

213. 方念國　善惡一線天——光明與黑暗的《藍與黑》　民聲日報　1979 年 4 月 15 日　11 版

214. 周　錦　中國新文學第四期的特出作品〔《藍與黑》部分〕　中國新文學 簡史　臺北　成文出版社　1980 年 5 月　頁 274—276

215. 上官予　中國文學的反共性——反共小說的成就〔《藍與黑》部分〕　文 學天地人　臺北　黎明文化公司　1981 年 5 月　頁 163—166

216. 楚　歌　我讀《藍與黑》　酸葡萄集　臺北　立德出版社　1981 年 10 月 頁 149—183

217. 舒傳世　大時代的《藍與黑》　臺灣日報　1982 年 1 月 1 日　8 版

218. 許　逖　《藍與黑》的取子彈問題　奔流　雙喜出版社　1983 年 1 月　頁 197—199

219. 夏祖麗　重讀《藍與黑》　今天別刊　第 116 期　1983 年 2 月　頁 6—7

220. 張秀亞　迴旋曲——《藍與黑》的外在與內在的世界（上、下）　中央日 報　1985 年 10 月 29—30 日　12 版

221. 張秀亞　迴旋曲——《藍與黑》的外在與內在的世界　張秀亞全集・散文 卷 8　臺南　國家臺灣文學館　2005 年 3 月　頁 360—377

222. 張秀亞　迴旋曲——《藍與黑》的外在與內在的世界　張秀亞散文精選 臺北　臺灣商務印書館　2008 年 6 月　頁 145—168

223. 顧樹型　　我讀《藍與黑》　黃昏來臨時　臺北　〔自行出版〕　1987 年 1 月　頁 123—124

224. 杭　之　　總論——從大眾文化觀點看三十年來的暢銷書——五〇年代的暢銷書——感傷與濫情的愛情基調〔《藍與黑》部分〕　從〈藍與黑〉到〈暗夜〉　臺北　久大文化　1987 年 5 月　頁 28—29

225. Cecilia H. Chang（張秀亞）　　Foreword　The Blue and the Black（藍與黑）　臺北　Chinese Materials Center Publications　1987 年　頁〔7〕—〔18〕

226. 尼洛〔李明〕　　文學拓荒中里程碑——讀《藍與黑》的感受和心得[8]　中華日報　1988 年 3 月 14 日　17 版

227. 李　明　　讀《藍與黑》有感　文藝月刊　第 226 期　1988 年 4 月　頁 35—39

228. 林少雯　　重溫《藍與黑》及《女兵自傳》　青年日報　1988 年 3 月 25 日　21 版

229. 王鼎鈞　　三生石上坐三人　中華日報　1988 年 7 月 12 日　14 版

230. 王志健　　反共小說十年有成——王藍的《藍與黑》　文學四論（下冊）　臺北　文史哲出版社　1988 年 7 月　頁 524—527

231. 游淑靜　　人生的三角習題——王藍談《藍與黑》的創作始末　出版之友　第 44 期　1988 年 7 月　頁 48—52

232. 文藝作品調查研究小組　　《藍與黑》　心靈響宴　臺北　國家文藝基金管理委員會　1992 年 6 月　頁 160—161

233. 約瑟史屈卡著；汪珏譯　　《藍與黑》——中國四十年代的愛情政治小說　中央日報　1994 年 3 月 2 日　16 版

234. 張夢瑞　　《藍與黑》國際文壇漸露光芒，王藍筆下的抗日故事，至今令人盪氣迴腸　民生報　1995 年 4 月 9 日　15 版

235. 楊　照　　四十年臺灣大眾文學小史〔《藍與黑》部分〕　文學、社會與歷

---

[8] 本文後改篇名為〈讀《藍與黑》有感〉。

史想像：戰後文學史散論　臺北　聯合文學出版社　1995 年 10 月　頁 47

236. 保　真　川娃兒鄭美莊　中華日報　1996 年 11 月 26 日　14 版

237. 保　真　川娃兒鄭美莊——王藍的傳世名著《藍與黑》　保真領航看小說　臺北　九歌出版社　1999 年 5 月　頁 151—153

238. 曾仕良　《藍與黑》　翰海觀潮　臺北　行政院文建會　1997 年 5 月　頁 5—7

239. 詹　悟　談談王藍的《藍與黑》　好書解讀　南投　南投縣立文化中心　1997 年 5 月　頁 49—75

240. 何念丹　作家‧藝術家‧暢銷‧長銷——王藍《藍與黑》　九歌雜誌　第 202 期　1998 年 1 月　1 版

241. 王鼎鈞　重溫習，又是一番歌哭——三讀《藍與黑》　中國時報　1998 年 2 月 22 日　27 版

242. 楊筱梅　《藍與黑》整裝出發　中華日報　1998 年 6 月 16 日　15 版

243. 朱秀娟　熱鬧滾滾之《藍與黑》　中華日報　1998 年 8 月 13 日　16 版

244. 張　殿　永遠的暢銷經典〔《藍與黑》部分〕　聯合報　1998 年 8 月 24 日　41 版

245. 楊筱梅　烽火戀情刻骨銘心——《藍與黑》一百版整裝待發　九歌雜誌　第 209 期　1998 年 8 月　4 版

246. 梁雲坡　再看《藍與黑》　青年日報　1998 年 9 月 24 日　15 版

247. 奕　奕　烽火兒女情——王藍筆下的反共懷鄉文學　中央日報　2000 年 7 月 21 日　22 版

248. 梅家玲　性別論述與戰後臺灣小說發展——男性家國觀念下的性別建構與解構〔《藍與黑》部分〕　中外文學　第 29 卷第 3 期　2000 年 8 月　頁 130

249. 陳芳明　臺灣新文學史——五○年代的文學侷限與突破〔《藍與黑》部分〕　聯合文學　第 200 期　2001 年 6 月　頁 173

250. 王育德　　在臺外省人的流浪哀史——王藍《藍與黑》　王育德全集‧創作、評論集　臺北　前衛出版社　2002 年 7 月　頁 215—222

251. 張索時　　《藍與黑》的藝術魅力探原　桃花扇的下落　臺北　瀛舟出版社　2003 年 7 月　頁 159—167

252. 徐國能　　五○年代臺灣小說——五○年代的作家與作品——王藍與《藍與黑》　臺灣小說　臺北縣　國立空中大學　2003 年 12 月　頁 101—104

253. 周昭翡　　抗日報國與烽火戀情——《藍與黑》　文訊雜誌　第 221 期　2004 年 3 月　頁 50

254. 馬西屏　　懷念《藍與黑》　一頁一人間　臺北　香海文化公司　2004 年 6 月　頁 84—85

255. 應鳳凰　　「反共名著」上臺亮相：入圍「文學史書寫」排行榜十書——王藍《藍與黑》[9]　五○年代臺灣文學論集　高雄　春暉出版社　2004 年 6 月　頁 66

256. 應鳳凰　　「反共＋現代」：右翼自由主義思潮文學版——五○年代臺灣小說——王藍《藍與黑》　臺灣小說史論　臺北　麥田出版公司　2007 年 3 月　頁 170—171

257. 應鳳凰　　1950 年代臺灣小說——常見於各版文學史的反共小說——王藍：《藍與黑》（1958 年）　畫說 1950 年代臺灣文學　新北　遠景出版公司　2017 年 2 月　頁 165—166

258. 王怡之　　寫藍弟的《藍與黑》　文學人季刊　第 7 期　2004 年 11 月　頁 70—73

259. 陳雨航　　編輯引言：二元對立，見證大時代　藍與黑（上）　臺北　九歌出版社　2005 年 5 月　頁 7—9

260. 陳雨航　　二元對立，見證大時代　藍與黑　臺北　九歌出版社　2015 年 5

[9]本文後增修為〈「反共＋現代」：右翼自由主義思潮文學版——五○年代臺灣小說——王藍《藍與黑》〉。

月　頁 618—620

261. 王鼎鈞　有動乎中，又是一番歌哭——三讀《藍與黑》　藍與黑（下）
　　　臺北　九歌出版社　2005 年 5 月　頁 607—614

262. 王鼎鈞　有動乎中，又是一番歌哭——三讀《藍與黑》　藍與黑　臺北
　　　九歌出版社　2015 年 5 月　頁 607—614

263. 孟　樊　一九五○年代的通俗文學〔《藍與黑》部分〕　文學史如何可
　　　能：臺灣新文學史論　臺北　揚智文化公司　2006 年 1 月　頁 49
　　　—55

264. 陸卓寧　20 世紀 50 年代的臺灣文學〔《藍與黑》部分〕　20 世紀臺灣文
　　　學史略　北京　民族出版社　2006 年 5 月　頁 121—122

265. 應鳳凰　五○年代臺灣小說「反共美學」初探〔《藍與黑》部分〕　臺灣
　　　文學史書寫國際學術研討會論文集・第二集　高雄　春暉出版社
　　　2008 年 6 月　頁 455—456

266. 應鳳凰，傅月庵　王藍——《藍與黑》　冊頁流轉——臺灣文學書入門 108
　　　臺北　印刻文學生活雜誌出版公司　2011 年 3 月　頁 38—39

267. 蕭玉龍　逐漸塵湮的反共文學：重讀《藍與黑》有感　更生日報　2013 年
　　　8 月 27 日　11 版

268. 貢　敏　《藍與黑》給劇運帶來更多希望　戲有此理　臺北　城邦印書館
　　　公司　2015 年 2 月　頁 76—77

269. 吳明宗　從戰爭小說到愛情電影：王藍《藍與黑》及其改編電影之比較研
　　　究　臺灣文學研究學報　第 22 期　2016 年 4 月　頁 163—199

《長夜》

270. 重　提　王藍先生的《長夜》　中央日報　1984 年 6 月 17 日　10 版

271. 朱白水　長夜讀《長夜》　中華日報　1984 年 7 月 2 日　10 版

272. 朱白水　評王藍著《長夜》　新書月刊　第 12 期　1984 年 9 月　頁 70

273. 聞見思　苦難的《長夜》　中央日報　1984 年 10 月 6 日　12 版

274. 紀　剛　長夜情長——我讀王藍的《長夜》　新書月刊　第 16 期　1985 年

1 月　頁 52—53

275. 紀　剛　　長夜情長　風簷展書讀　臺北　純文學出版社　1985 年 1 月　頁 29—34

276. 徐開塵　　戰亂時代裡的《長夜》　文訊雜誌　第 17 期　1985 年 4 月　頁 172—173

277. 琦　君　　難忘的歲月——讀《長夜》有感　中央日報　1986 年 4 月 18 日　12 版

278. 夢　霞　　《長夜》之思　中華日報　1986 年 8 月 18 日　11 版

279. 黎慕華　　《長夜》之後　飛揚青春：中市青年選集　臺北　業強出版社　1993 年 12 月　頁 219—222

280. 劉於蓉　　以血寫成的書——王藍的《長夜》　美國旅人情・世間情・親情　洛杉磯　洛城作家出版社　2000 年 10 月　頁 132—136

281. 林佩蓉　　《長夜》　臺灣文學館通訊　第 44 期　2014 年 9 月　頁 108—109

《期待》

282. 孫　旗　　評長篇小說《期待》　暢流　第 23 卷第 3 期　1961 年 3 月 16 日　頁 29—30

《一顆永恆的星——王藍小說選》

283. 王鼎鈞　　一星如月看多時（上、下）　中央日報　1999 年 3 月 25—26 日　22 版

284. 王鼎鈞　　一星如月看多時——序《一顆永恆的星》　九歌雜誌　第 217 期　1999 年 4 月　2 版

285. 王鼎鈞　　一星如月看多時　一顆永恆的星——王藍小說選　臺北　九歌出版社　1999 年 4 月　頁 3—12

286. 張夢瑞　　王藍短篇又入目，早年作品放光芒　民生報　1999 年 4 月 5 日　19 版

多部作品
《長夜》、《藍與黑》

287. 張素貞　王藍的抗戰小說——《藍與黑》與《長夜》（上、下）　大華晚報　1985 年 7 月 15—16 日　10 版

288. 張素貞　王藍的抗戰小說——《藍與黑》與《長夜》　細讀現代小說　臺北　東大圖書公司　1986 年 10 月　頁 181—202

289. 陳康芬　「我們」的政治、「我」的文藝——反共戰鬥小說敘事的現實與世界觀——反共與戰鬥小說的集體性敘事——人道主義的人性觀〔《長夜》、《藍與黑》部分〕　斷裂與生成——臺灣五〇年代的反共／戰鬥文藝　臺南　國立臺灣文學館　2012 年 10 月　頁 159—160

《師生之間》（原名《定情錶》）、《咬緊牙根的人》、《長夜》、《女友夏蓓》、《藍與黑》

290. 秦慧珠　五〇年代之反共小說——王藍　臺灣反共小說研究（一九四九年至一九八九年）　中國文化大學中國文學系　博士論文　金榮華教授指導　2000 年 4 月　頁 107—117

單篇作品

291. 遠　峰　〈父親〉的激盪　豐碩的果盤——〈泰華文學〉第三集　曼谷　泰國世界日報社　2000 年 12 月　頁 331—333

作品評論目錄、索引

292. 中國文藝協會編　關於王藍先生的重要評論索引　王藍先生追思會　臺北　中國文藝協會藝文中心主辦　2004 年 1 月　頁 23—29

293. 〔封德屏主編〕　王藍　臺灣現當代作家評論資料目錄（一）　臺南　國立臺灣文學館　2010 年 11 月　頁 324—334

國家圖書館出版品預行編目資料

臺灣現當代作家研究資料彙編. 107, 王藍 / 應鳳凰編
選. -- 初版. -- 臺南市：臺灣文學館, 2018.12
　面；　公分
ISBN 978-986-05-7170-7 (平裝)

1.王藍　2.傳記　3.文學評論

863.4　　　　　　　　　　　　　107018456

【臺灣現當代作家研究資料彙編】107

王藍

發 行 人　蘇碩斌
指導單位　文化部
出版單位　國立臺灣文學館
　　　　　地　　址／70041 臺南市中西區中正路 1 號
　　　　　電　　話／06-2217201　　　　傳　　真／06-2218952
　　　　　網　　址／www.nmtl.gov.tw　　電子信箱／pba@nmtl.gov.tw

總 策 畫　封德屏
顧　　問　林淇瀁　張恆豪　許俊雅　陳義芝　須文蔚　應鳳凰
工作小組　呂欣茹　沈孟儒　林暄燁　黃子恩　蘇筱雯
編　　選　應鳳凰
責任編輯　蘇筱雯
校　　對　沈孟儒　林暄燁　黃子恩　蘇筱雯
計畫團隊　財團法人台灣文學發展基金會
美術設計　翁國鈞・不倒翁視覺創意
印　　刷　松霖彩色印刷事業有限公司

著作財產權人　國立臺灣文學館
　　本書保留所有權利。欲利用本書全部或部分內容者，須徵求著作財產權人
　　同意或書面授權。請洽國立臺灣文學館研究典藏組（電話：06-2217201）

經銷展售　國家書店松江門市（02-25180207）
　　　　　國立臺灣文學館—雪芙瑞文學咖啡坊（全面 85 折優惠，06-2214632）
　　　　　國立臺灣文學館藝文商店（全面 85 折優惠，06-2216206）
　　　　　三民書局（02-23617511、02-2500-6600）
　　　　　台灣的店（02-23625799）　　　　府城舊冊店（06-2763093）
　　　　　南天書局（02-23620190）　　　　唐山出版社（02-23633072）
　　　　　五南文化廣場（04-22260330）

初版一刷　2018 年 12 月
定　　價　新臺幣 320 元整
　　　　　第一階段 15 冊新臺幣 5500 元整　第二階段 12 冊新臺幣 4500 元整
　　　　　第三階段 23 冊新臺幣 8500 元整　第四階段 14 冊新臺幣 5000 元整
　　　　　第五階段 16 冊新臺幣 6000 元整　第六階段 10 冊新臺幣 3800 元整
　　　　　第七階段 10 冊新臺幣 3200 元整　第八階段 10 冊新臺幣 3700 元整
　　　　　全套 110 冊新臺幣 33000 元整

GPN　1010702070（單本）　ISBN　978-986-05-7170-7（單本）
　　　1010000407（套）　　　　　　978-986-02-7266-6（套）

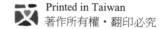